Die dunkle Talion

Wolfgang Haupt

Dieses Buch ist auch als E-book erhältlich.

Copyright © 2015 Wolfgang Haupt

Coverbild © 2015 Wolfgang Haupt

(Pistole: www.adamsguns.com, Silencer: http://bit.ly/1M2xlnd)

Schrift: RM Typerighter old

2. Auflage

Herstellung und Verlag:

BoD - Books on Demand,

Norderstedt

ISBN 978-3-7386-5090-7

Für Luka, den Weltumsegler, Astronauten, Rennfahrer, Arzt, Physiker.
Aber in erster Linie für Luka, den guten Menschen, den ich gerne kennengelernt hätte.

Wo Schuld ist, kann nur Schuld entstehen.
Wo Vergebung ist, herrscht Frieden.

1

Leichen im Regen. Ein trauriger Anblick, vor allem nachts. Wenn sich die Strahlen der Taschenlampen kreuzen, und verzweifelt zwischen den Tropfen nach Hinweisen suchen. Wenn die Kapuzen der Regenmäntel tief ins Gesicht gezogen werden und Stimmen in der Nässe verhallen. Das nimmt den Toten irgendwie die Würde.

Larut stellt das Fahrrad ab und geht zu Complatier, der in einem blauen Regenmantel vor einer Baugrube steht. Allein. Keinerlei Absperrbänder, Gipsreste, Markierungen, Reifenspuren. Keine Presse, keine Ermittler, die mit gewitzten Theorien um sich werfen. Nur ein verlegenes Nicken von Complatier, in seinen glatt polierten Schuhen und den maßgenau angepassten Hosenumschlägen. In der Rechten hält er eine Taschenlampe, deren Licht durch die Tropfen schneidet.

»War die Spurensicherung schon da?«, fragt Larut.

Complatier hebt ansatzweise die Schultern, wendet den Blick für einen Moment ab.

Larut hatte bei ihm schon oft das Gefühl, dass er nachlässig ist, sich aber nicht die Blöße geben will, einen Fehler zuzugeben.

»Wer hat die Leiche gefunden?«

»Ein gewisser Yanis Miloud, Weinbauer und …«

»Ich kenne Yanis.« Den Bauern kennt jeder, der sich gerne einen hinter die Binde kippt.

»Was hatte er in der Grube zu suchen?«

»Sein Hund hat angeschlagen. Zuerst wollte der Bauer gar nicht hingehen, weil die Leute immer ihren Dreck in der Grube entsorgen. Normalerweise frisst der Hund irgendetwas und kommt dann wieder. Dieses Mal nicht, da ...«

Larut winkt ab.

»Darf ich?«, fragt er, hält Complatier die Handfläche hin.

»Haben Sie getrunken?«, fragt Complatier.

Larut antwortet nicht, nimmt die Taschenlampe und steigt in die Baugrube. Der geschwefelte Bandol läuft eher unter Chemielabor als Betrinken.

»Kennen Sie ihn?«, schreit Larut, tastet mit dem Lichtstrahl den Toten ab. Grauer Anzug mit erdigen Akzenten, jede Menge Haargel, das mit Blut vermischt in die Erde sickert. Complatier hebt die Schultern, Larut die Augenbrauen. Larut macht ihm mit einer Handbewegung klar, dass er zu ihm kommen soll. Widerwillig steigt er in den Matsch und stellt sich neben ihn.

»Das sieht eher wie eine Hinrichtung aus«, sagt Larut.

»Was meinen Sie?«

Er leuchtet mit der Taschenlampe in den ersten Schusskanal, dann in den zweiten.

»Zwei Schüsse«, skandiert Larut aus der Hocke.

»In den Hinterkopf. Das sagte ich bereits«, ergänzt Complatier und stopft die Hände in die Hosentaschen.

»Zwei Schüsse in den Hinterkopf. In der Grube, auf der einmal das Haus von Auguste Petrus gestanden hat, ...«, sagt Larut, macht eine Pause und fügt schließlich hinzu: »... liegt ein Mann, der auf dieselbe Weise hingerichtet wurde wie Monsieur Petrus. Fast genau zwölf Jahre danach, nur einen Stock tiefer.« Complatier fixiert Larut, verengt die Lider.

»Halten Sie das für Zufall?«, fragt Larut.

Ohne eine Antwort abzuwarten, setzt er fort: »Gehen Sie zum Wagen, rufen Sie Guerlaine an und erzählen Sie ihm von der Sache.«

Complatier verlässt die Grube, Larut sieht sich den Toten noch einmal genau an. Er zieht ihn an den Haaren hoch, mustert das Gesicht. Keine Ahnung, noch nie gesehen.
Ein Griff in die Gesäßtasche, nichts, er tastet die Arme ab, die Schultern, umrundet die Leiche, bis er in der Bewegung verharrt. Fast hätte er es übersehen.

1984: Ein ermordeter Säufer in dem Haus, das sich an dem Ort befand, wo jetzt der Mann im Anzug liegt. Hingerichtet mit zwei Schüssen in den Hinterkopf. Der einzige Verdächtige: François Ranfort, ein Kommissar aus Saint-Lemis. Mit bis dato einwandfreiem Leumund, dem Alkohol nicht abgeneigt, aber grundsätzlich harmlos und unauffällig. Dazu der beste Freund und Saufkumpan des Ermordeten.

Ansonsten keinerlei Hinweise. Keine Fingerabdrücke, Spuren oder Anzeichen irgendwelcher Feindschaften. Das einzige Indiz, das gegen die Schuld von Ranfort spricht, sind die Leute, die so schnell auftauchen, wie sie wieder verschwinden. Männer ohne Gesicht oder Identität. Der Staatsanwalt tritt auf den Plan, der Täter so klar wie der Himmel an einem Sommertag. Alles passt zusammen, jedes Teil des Puzzles an seinem Platz. Der vermeintlich Schuldige Ranfort streitet zwar alles ab, kann aber seine Unschuld nicht beweisen. Er sucht Hilfe bei seinem Chef, Principal Larut, der sie ihm in seinem grenzenlosen Pflichtbewusstsein verwehrt. Ein Mord im Streit unter Säufern, das kommt vor, in dörflichen Kreisen keine Seltenheit. Besonders, wenn der Täter Ranfort mit der Schwester von Monsieur Petrus liiert war und das Einverständnis gegenüber der Liaison äußerst fragwürdig blieb. Ebenso die Rolle der Schwester, die in der stillgelegten Fischfabrik neben zwei Unbekannten erschossen aufgefunden wird, deren Anzüge dem der Leiche in der Baugrube zum Verwechseln ähnlichsehen. Die Tätowierungen an ihren Oberarmen lassen auf ehemalige Fremdenlegionäre schließen, deren Identitäten allerdings ungeklärt bleiben.

Principal Larut wird die Sache unheimlich, will ermitteln, aber ihm werden vom Staatsanwalt die Hände gebunden. Eine Drohung seitens der Judikative wird nicht ausgesprochen, schwebt jedoch im Raum.

Larut ist vor nicht allzu langer Zeit Vater geworden, ein spätes Wunschkind, Saint-Lemis ein Ort, an dem man sich die Zukunft für den Jungen gut vorstellen kann. Die Rückkehr nach Paris sowie jegliches Vorgehen gegen den Dienstgeber wären ein Risiko. Er hält sich bedeckt, schiebt die Unfehlbarkeit der Judikative vor und schenkt der Akte keinerlei Beachtung mehr. Die Schuldgefühle sind überdeckt von der Harmonie und der Belobigung, die ihm zuteilwird.

Die gleichen Gefühle, die sich gerade seinen Bauch hinaufzwängen, im Hals stecken bleiben, sich nicht mehr verdrängen lassen.

Larut verzichtet darauf, der Ankunft der Kollegen beizuwohnen und entscheidet sich, den Weg in Richtung Westen fortzusetzen, wo sich die Polizeiwache befindet. Entgegen den Polizeifahrzeugen, die sich ein paar hundert Meter weiter zu der Baustelle zwängen, in der Complatier die Stellung hält. Ein guter Zeitpunkt, seine Vorahnung zu überprüfen. In der schwach besetzten Wache, wo in solchen Fällen der Unwilligste den Dienst verrichtet.

Sie kennen sich von früher, auch Dupin, ein äußerst schmächtiger Typ, tituliert Larut mit *Principal*, wie es ihm im Ruhestand ergehe, ob er den Dienst vermisse. Larut fragt, welche Art Ruhestand er denn meine, es folgt ein gezwungenes Lachen. Ein Moment ratloses Schweigen, dann widmet sich der Polizeibeamte wieder den Abendnachrichten.

Larut schleicht durch das Revier, bleibt jeden Meter stehen, sieht sich um, lässt die Atmosphäre wirken. Er war in Paris und Marseille, hat viele Kollegen kommen und gehen sehen. Eine Menge menschlicher Abgründe, die tiefer nicht sein könnten. Dennoch stand ein Ausscheiden aus dem Polizeidienst stets außer Frage. Selbst im Ruhestand kann er sich dieser Magie nicht entziehen. Er spürt diesen Hauch der Verbrecherjagd, dieses Taktieren, das etwas Animalisches in sich trägt. Wie ein Raubtier, das die Spur aufnimmt und sich lautlos anschleicht, um einen tödlichen Hieb auszuteilen.

Die breiten Stufen tragen den Duft des Verbotenen, dessen Attraktivität er sich nur schwer erwehren kann. Er geht in Complatiers Büro, dreht die Schreibtischlampe an und drückt den Einschaltknopf des Computers. Ein Piepton, die Festplatte frisst die Daten hinein, das Lämpchen blinkt hektisch im Takt.

Larut reißt es aus den Gedanken, als der Computer das Startsignal ausspuckt. Er setzt sich vor den Bildschirm, den Pass des Toten legt er neben sich. Er tippt die Anmeldeinformationen ein, das Gerät lässt sich Zeit, bis sich die Datenbank öffnet. Er gibt den Namen ein, den er dem Pass des Toten entnimmt. Caspar Vestal. Ein Glücksfall, dass er ihn gefunden hat. Andererseits erscheint ihm dieser Zufall ein wenig zu glücklich.

Der Computer quält sich, sucht, es vergeht eine gefühlte Ewigkeit, dann ein Ergebnis: nichts. Keine Übereinstimmung. Er vertauscht Vor- und Nachnamen, ersetzt das V in Vestal durch ein W, das C in Caspar durch ein K. Kein Ergebnis.

Er steht auf, geht zum Fenster, lenkt sich mit dem Funkeln des nassen Asphalts ab. Ein Mann dieser Sorte hat nie und nimmer einen einwandfreien Leumund, das spürt er. Er muss schon verhaftet worden sein, irgendwann war er bestimmt auffällig. Vielleicht einer vom Geheimdienst oder einer anderen Regierungsorganisation? Warum taucht dann niemand auf und untersucht die Angelegenheit? Warum wird er ausgerechnet in Saint-Lemis erschossen? Ist es das Haus, das nach Toten verlangt? Ein Fluch? Larut presst Luft durch die Nase und wehrt sich gegen den Anflug des Aberglaubens. Geister schießen nicht mit Pistolen.

Eine kurze Nacht für Larut. Ein klarer Morgen, den er kaum genießen kann. Gejagt von Gedanken, Theorien, Möglichkeiten, die ihn nicht loslassen wollen. Eine Sache für Interpol oder den Inlandsnachrichtendienst DST?

Vielleicht täuscht er sich, doch die Erfahrung sagt etwas anderes. Auch der Ort spielt eine Rolle. Keine Spuren, die auf einen Transport hindeuten, kein Einschlag, als sie ihn in die Grube geworfen haben. Die Spurensicherung wird Klarheit bringen. Zudem benötigt Larut mehr Informationen.

Am besten vor Ort.

Das Fahrrad klappert die Rue Pouy hinab, möglichst schnell vorbei an dem Duft, der den Weinberg um diese Zeit in Beschlag hält. Wie frische Leinentücher.

Seine Frau Sarah liebte diesen Duft und zerrte die Pflanze buschweise nach Hause. Seit sie nicht mehr bei ihm ist, kann er diesen Gestank nicht mehr ertragen. Normalerweise würde er in die andere Richtung fahren, weg von der Folter. In Yanis' Richtung, dem Lockruf des Bandol-Verschnitts nach.

Larut lenkt das Fahrrad in die Rue Marseille. Er lässt sich Zeit, um den Geist an den bunten Fassaden und den gusseisernen Balkongeländern hängen zu lassen. Eine Sache, die sie beide liebten. Die überschaubare Hektik von Saint-Lemis. Ein paar Straßencafés, kleine Geschäfte, ein Markt, der nicht viel bietet, außer einem gewissen Charme. Deshalb waren Sarah und er hierhergekommen. Um Paris Lebewohl zu sagen, dem Chaos der Großstadt zu entfliehen, in eine ruhigere Heimat. Sie hatten sich schnell daran gewöhnt, von jedem gekannt und gegrüßt zu werden, auch wenn es für jemand, der in Marseille geboren wurde und in Paris gelebt hat, zunächst komisch anmuten mag.

Doch diese Art Gemeinschaft erleichtert Larut die Zeit. Keine allzu tiefen Bekanntschaften, jedoch eine willkommene Ablenkung.

Er kreuzt den Marktplatz, steuert auf das Polizeirevier zu und stellt das Fahrrad neben den Aufgang. Das Büro von Kommissar Complatier befindet sich direkt neben seinem ehemaligen. Ein Klopfen, ohne eine Antwort abzuwarten, die Tür geht auf. Complatier diskutiert mit Laruts Nachfolger, ihre Augen richten sich auf Larut, ein Moment Stille.

Principal Guerlaine. Ein junger Aufstrebender, gefüllt mit Ehrgeiz und einem Klumpen Arroganz. Akribischer Kleidungsstil, wahrscheinlich vom Herrenausstatter, alles aufeinander abgestimmt. Jedes Stück hat seinen Platz. Im Gegensatz zu Complatier zieht er es vor, die Hände in den Hosentaschen zu lassen.

»Wieder nüchtern?«, fragt Guerlaine, einen Mundwinkel hochgezogen.

»Ich möchte mit Kommissar Complatier sprechen. Allein.«

»Wir haben keine Geheimnisse voreinander«, sagt Guerlaine.

»Das habe ich bemerkt«, sagt Larut, den Blick auf Complatier. »Es geht um den Toten. Haben wir eine Identifikation?«

Guerlaine sieht Larut an, mustert ihn, den rechten Ellbogen hält er mit der linken Hand und streicht sich über das Kinn. Er lehnt sich vor, sagt:

»*Wir* haben gar nichts. Den Fall übernimmt Kommissar Complatier. Danke für Ihre Hilfe, Pierre.«

Nicht nur die Zunge, sein ganzer Körper trampelt auf Laruts Vornamen herum.

»Warum rufen Sie mich dann mitten in der Nacht an?«

»Ich habe die Sache mit Kommissar Complatier geklärt. Das wird nicht wieder vorkommen. Verzeihen Sie die Störung und danke für die Mühe.«

Was bezweckt Guerlaine? Warum will er ihm nichts erzählen? Stimmt Laruts These? Ist das eine bizarre Fortsetzung?

»Haben Sie mit Interpol Kontakt aufgenommen? Weiß die DST davon?«

Guerlaine massiert sich mit Daumen und Zeigefinger die Nasenwurzel. Er löst die Pose und wedelt mit dem Finger den Worten hinterher.

»Gehen Sie nach Hause, Larut. Trauern Sie oder lassen Sie sich endlich helfen. Und uns die Arbeit machen.«

»Welche Arbeit meinen Sie? Die Sache im Sand verlaufen zu lassen? Mit Ihren Golffreunden Ihr Handicap zu verbessern? Alles unter den Tisch zu kehren, damit es nicht an die Öffentlichkeit kommt?«

»Ich verstehe Ihre Aufregung, Pierre. Sie suchen eine Aufgabe, sehnen sich nach Abwechslung von Ihrem Alltag. Doch in diesem Fall sehen Sie Geister. Möglicherweise liegt es an der mäßigen Qualität des Bandols, der ihnen die Sinne vernebelt.«

»Sie waren nicht dabei, Guerlaine. Sie haben Ranfort nicht ins Gefängnis gehen sehen.«

»Sie doch auch nicht. Wenn man den Leuten Glauben schenken darf, haben Sie sich einen Dreck um ihn geschert. Oder irre ich mich?« Pause. »Ihre Reue kommt spät, das liegt in ihrer Natur.«

»Wie Sie meinen, *Principal*«, sagt Larut kalt, verlässt das Büro und schließt leise die Tür.

Damit niemand die Wut sieht, die ihm den Bauch hinaufkriecht.

»Monsieur Larut«, sagt eine Stimme, als er das Revier verlässt und sich auf das Fahrrad schwingen will. »Monsieur Larut.«

Er kennt diese Stimme. Monsieur Goutelle. Der Gerichtsmediziner aus Marseille.

»Warum waren Sie nicht bei mir? Es gibt interessante Neuigkeiten«, sagt der Arzt.

»Gehen Sie mit mir auf einen *Petit Jaune*?«

»Wenn Sie einen guten haben«, sagt er, nickt, rückt sich die Brille zurecht und klemmt sich die Ledertasche unter den Arm.

Larut schiebt das Fahrrad über das leere Kopfsteinpflaster des Place de la Brise und biegt in die Hafenstraße ein. Sie gehen etwa dreihundert Meter dem Kreischen der Möwen hinterher und folgen dem Hafendamm, bis sie einen Kiosk erreichen.

»Ich kann dem Regen etwas abgewinnen«, sagt Larut mit einem Grinsen auf den Lippen. »Es hält die Besucher fern.«

Der Arzt lächelt, als ob er wisse, was er meint. Sie stellen sich an einen der runden Tische, Larut bestellt, ein kleiner, alter Mann mit Fischermütze bringt wortlos zwei Pastis.

Klirrende Gläser, ein Zug, ein Handzeichen für zwei weitere. Dieselbe Prozedur ein weiteres Mal.

»Sie haben etwas von Neuigkeiten erzählt?«, fragt Larut.

»Warum sind Sie nicht zu mir gekommen?«

»Die Situation ist momentan etwas schwierig.«

»Das heißt, Sie sind nicht an dem Fall dran.«

»Nicht so ganz.«

»Sie ermitteln privat?«

»Ich ermittle gar nicht.« Das *Noch nicht* spart er sich.

»Was interessiert Sie die Sache dann?«

»Ich habe da so eine Vorahnung.«

»Und welche wäre das?«

Larut sieht ihn an, lässt sich Zeit, ihn von oben nach unten zu mustern. Sie kennen sich seit etwa zwanzig Jahren. Ein zuverlässiger, integrer Mann. In Cordsakko mit Flicken an den Ellbogen, irgendein Farbton zwischen beige und braun.

Larut atmet durch, überlegt, gibt dem Besitzer des Kiosks ein Zeichen.

»Einer reicht nicht, und drei sind einer zu viel«, sagt er, die Mundwinkel nach oben gezogen.

»Wie lange kennen wir uns?«, fragt der Arzt mit steifer Miene. Suggestiv. Sie beide wissen das.

»Sie werden mich für verrückt halten«, sagt Larut.

»Das glaube ich nicht.«

Zwei Pastis erreichen den Tisch, sie senken den Kopf, die Hände greifen zu den Gläsern, erneutes Klirren, ausweichende Blicke.

»Sie kennen den Fall Auguste Petrus?«, fragt Larut.

Stoisches Nicken.

»Dann wissen Sie auch, wie er ums Leben kam?«

Keine Frage. Natürlich weiß er das. Er hatte ihn vor sich auf dem Seziertisch liegen.

»Halten Sie das für Zufall?«

»Ich halte nichts für Zufall.«

»Auch nicht, dass ich nicht ermitteln darf?«

»Auch das nicht. Mich wundert, dass noch niemand von auswärts hier ist, der sich der Sache annimmt. Das hat damals eine Menge Staub aufgewirbelt. Ich habe den Prozess verfolgt. Mustergültig würde ich sagen.«

»Ich habe den Pass des Toten überprüft«, flüstert Larut.

»Und nichts gefunden«, ergänzt der Arzt.

Larut senkt langsam das Kinn, sagt: »Haben Sie Informationen über seine Identität?«

»Was glauben Sie?«

»Dass es ihn nicht gibt. Keine Fotos, keine Identität, wahrscheinlich ist er nicht einmal im Kindergarten gewesen.«

Der Arzt beugt sich zu Larut, sieht sich um, ob niemand zuhört, sagt: »Das ist nicht einmal das Auffälligste.«

Larut kriecht ein unangenehmes Gefühl durch die Brust. Er drängt den Kloß, der am Gaumen klebt, nach unten und beugt sich zu ihm.

»Wir haben Informationen über die Waffe.«

»Eine Walther P21 mit Schalldämpfer«, sagt Larut.

Ein Nicken, beinahe apathisch.

»Dieselbe Walther P21?«

»Sogar die Entfernung stimmt. Schmauchspuren am Hinterkopf wie seinerzeit. Alles spricht für eine Hinrichtung.«

»Und einen Zusammenhang.«

»Würde mich wundern, wenn es nicht so wäre.«

»Eine Frage noch.«

Der Arzt dreht die Handflächen nach oben, lehnt den Kopf zur Seite.

»Haben Sie Kontakt zu Interpol?«

»Warum?«

Larut zieht eine Kopie des Passes aus der Hosentasche und schiebt sie über den Tisch.

Ein kurzer Blick, der Arzt nickt und bestellt zwei weitere Pastis. Drei sind heute nicht genug.

2

Dunkelheit klebt an den Fassaden wie hartnäckiger Zahnbelag. Allein die Stille wird von den Hauswänden reflektiert und in die laue Nacht entlassen. Der Horizont zeigt sich kupfern, genauso fern wie die Hoffnung selbst. Ein paar zerfledderte Turnschuhe schleichen die Rue Puits du Denier hinab Richtung Panier. Der Mann, der darin steckt, hält den Blick geradeaus, nicht nach links oder rechts, schon gar nicht zurück.

Die Hände in den Hosentaschen vergraben, den Kopf zwischen den Schultern eingezwängt. Die buschigen Augenbrauen haben sich zu einer vereint, er denkt an die Vergangenheit, die ihn nicht loslassen will, ihn verfolgt. Egal wohin er geht, was er auch denkt, er kann es nicht vergessen. Auch wenn es verschwiegen wird, niemand darüber spricht, passiert ist es dennoch. Ein kalter Nebel, unaufhaltsam, der durch die Fenster kriecht, in die Ecken schleicht, sich festhält und alles erdrückt. Wie Schicksal, das bewältigt werden will. Eine Flucht: ausgeschlossen.

Er hat Widerstand geleistet, sich gewehrt, allen Ablenkungen ergeben, doch es ist immer noch da und präsenter als jemals zuvor. Im Moment klebt es als Schatten an seinen Fersen, die er immer schneller in den Stein presst. Dabei lässt er Vorsicht walten, die sollen nicht merken, dass sich Panik in ihm breitmacht. Aber er weiß, was passieren wird. Deshalb hält er sich an den Wänden, damit die Silhouette im Schatten der Gebäude verschwindet, sein Geruch sich mit dem der Abfalleimer und Müllsäcke vermischt. Möglicherweise haben sie Hunde, die seine Fährte aufgenommen haben.

Wenn sie ihn kriegen, wird es nicht gut für ihn aussehen, dann ist er schnell wieder da, wo er früher war. Dort, wo er nie wieder hin will. Die Erinnerungen, die ihm den Schlaf rauben, ihm den Boden unter den Füßen wegreißen, sie sollen verschwinden, auf keinen Fall erneuert werden.

In den Gassen hat er die besseren Karten, dort kennt er sich aus, kann Abkürzungen nehmen. Damit sie ihm mit dem Fahrzeug, das in einer Seitenstraße wartet, um ihn hineinzuzerren, nicht verfolgen können. Da kann ein Betonpfeiler, sei er noch so klein, die Rettung bedeuten.

Dann müssen sie schneller laufen als er. Er ist schnell, wenn es darauf ankommt. Zudem listig, sonst hätten ihn schon andere erwischt. Dass es irgendwann passieren wird, ist nicht auszuschließen.

Aber nicht heute. Nicht, wenn er vorbereitet ist.

Er bleibt stehen, drängt den Körper in eine dunkle Ecke, spitzt die Ohren, sieht sich um. Nichts. Nicht einmal eine hungrige Katze. Kein Rascheln zwischen den Müllsäcken, kein Huschen in der Dunkelheit. Vielleicht galten die Schritte nicht ihm, vielleicht hat ihm die Fantasie einen Streich gespielt. Er atmet tief ein, nicht zu auffällig, dass sich der Brustkorb kraftvoll hebt, bläst langsam Luft aus der Lunge.

Glück gehabt. Deine Beine haben dich gerettet.

Ein Nicken, er mustert sich, der gesamte Körper ist in Aufruhr. Die Ohren gespitzt, kein Geräusch kann ihm entgehen.

Er wartet, harrt aus, die Augäpfel quellen aus den Höhlen, sein Blick sucht die Umgebung ab. Sein Herz beruhigt sich, der Atem wird flacher, ein Schritt aus dem Versteck.

Absätze hacken sich in das Pflaster, ein keuchender Schatten von links, Karim dreht den Kopf, zu langsam, er nimmt den dumpfen Hieb nicht wahr.

Was zum ...?

Sternenhimmel, verzweifelte Lider, die Hand will das Unverständnis berühren, es begreifen. Doch sie erreicht es nicht. Stattdessen weicht die Kraft aus den Knien, ein harter Aufprall, die Welt verschwimmt im Dunkel.

Du hast es geahnt, Karim. Diese verdammte Euphorie, die dich alles vergessen lässt. Bazou hat dich gewarnt.

Kälte durchfährt seinen Körper. Eine Kälte, die sich festgräbt, in die Knochen frisst, ihn bis ins Innerste frösteln lässt. Ausgeliefert, hilflos, abgelegt. Wie ein Sack verschimmelter Reis, der auf die Abholung der Müllabfuhr wartet. Sie haben ihn in ein Auto gezerrt, wie er es geahnt hat. Eine Fahrt im Dunkeln, stumm, die Lichter der Stadt zogen vorbei, blendeten ihn durch den Plastiksack, der gerade genug Luft zum Atmen durchließ. Ein erneuter Schlag, nicht ganz das gewünschte Ergebnis, ein Stück Besinnung ist ihm noch geblieben. Zwei Männer zogen ihn an den Armen aus der Tür, in ein Haus, durch einen Gang, ein Stockwerk tiefer. In einen Raum, der selten die Sonne sieht, wahrscheinlich auch an warmen Tagen die Feuchtigkeit hält. Ein Fenster zur Straße, dessen Öffnung die Freiheit verheißt, aber zu klein ist, um hindurchzuklettern.

Am anderen Ende des Raumes eine Eisentür, abgeschlagenes Metall, die Klinge abgegriffen. Er ist nicht der Erste, der hier zu Gast ist und mit Sicherheit nicht der Letzte. Ein Rütteln an der Klinke scheint sinnlos, das haben schon andere vor ihm versucht. Im Moment kann er nur die Beine an den Körper ziehen, weg von der Wand, die ihm die restliche Wärme entzieht. Die Haut spannt wie ein Brett voller Nägel. Er reibt sich die Hände, bis die Hitze unangenehm wird, streicht die Beine entlang. Ein Schauer zieht den Rücken hinab, der ganze Körper schüttelt sich.

Sie haben dich erwischt und du hast es nicht glauben wollen.

Alles andere wäre wohl ein Wunder gewesen. Die guten Jahre, die ein anderer niemals so bezeichnen würde, wo sind sie hin? Warum hat er nicht das bisschen genossen, das er hatte?

Mehr kannst du nicht erreichen.

Tropfen fallen von den Wänden, nichts außer Kälte und Dunkelheit. Wäre er doch in Bias geblieben, wie die anderen, die sich nicht lösen können von der Vergangenheit, sogar ein Haus gebaut haben neben dem Lager. Mit Vorgärten, in denen die Kinder spielen, Blumen an den Fenstern, die verschönern sollen, was damals geschah. Blumen, die einen Dämon in einen Engel verwandeln sollen. Neben dem Bann der Tricolore, die sie heute noch dort hält. Niemand interessiert sich dafür, was ihnen widerfahren ist, deshalb übermalen sie die Vergangenheit mit neuen Bildern. Warum stehen sie nicht auf, packen das Übel und ziehen die zur Rechenschaft, die es verdienen? Stattdessen stehen sie da, in den alten Kostümen, die sie Uniformen nennen und freuen sich über einen Handschlag desjenigen, der damals ihren Rücken mit der Reitpeitsche bearbeitet hat.

Lieber verrottest du in diesem Loch, als es ihnen gleichzutun.

Soll sich doch die Kälte in sein Gebein fressen, ihm das Leben aussaugen, bevor er jenen vergibt. Sie sind wie der Dämon Iblis: Verwirrer, Verleumder, Faktenverdreher. Doch sind sie nicht aus Stein, sondern aus Ton wie er selbst.

Karim will sich aufrichten, zum Kampf bereitmachen oder wenigstens zum Laufen. Er stützt sich auf die Hände, lehnt sich vor, auf die Knie, die Fersen schmerzen, sind gefroren. Die Knie vermögen kaum das Gewicht zu tragen, die Hand hält sich am Gemäuer fest. Er drückt den Rücken gegen die Wand, reibt sich die Füße warm und humpelt zur Tür. Knapp hinter der Spur, die in den Boden gekratzt wurde, in einem Winkel, den man nicht so leicht einsehen kann.

Nicht mit dir, schon gar nicht heute.

Der Schlüssel dreht sich, die Klinke knackt, ein Sicherheitsschuh schiebt sich in den Raum. Eine Pistole wird entsichert, Karim stürmt nach vor, ein Grinsen, die Beine verlassen ihn. Die zwei Männer lachen, der eine steckt die Pistole in den Hosenbund, sie hieven ihn hoch und zerren ihn weg.

Nicht weit, bloß zwei Meter, eine andere Tür, ungesichert, eher von einem Büro. Ein Mann presst ihn in den Sessel, die Hand auf der Schulter, der andere nimmt hinter ihm Platz.

Etwas kommt von hinten, Karim erschrickt, kein Grund zur Panik. Das Kratzen einer Decke am Rücken, die er automatisch nach vorne zieht. Er drängt die Beine an den Bauch, drückt die Fußsohlen an den Bezug des Bürostuhls. Die zwei Hünen hinter ihm stoßen ein Lachen hervor, ihre Blicke treffen sich in Amüsement, die Körper schütteln sich. Derb und grell drängen die Laute in seinen Kopf, wie eine Dampflok in den Tunnel.

Karim presst die Hände gegen die Ohren, die Decke kriecht nach unten, er holt sie zurück, die beiden imitieren seine kläglichen Versuche, die Würde zu bewahren.

Bis sich die Tür öffnet und ein Mann eintritt.

Leichter Bauchansatz, an die sechzig, harte Gesichtszüge. Die Haut spannt an den Wangenknochen, der Körper täuscht Gebrechlichkeit vor. Eine Täuschung, der Karim nicht erliegen darf. Der Mann hält eine Stoffrolle in der Hand, die ebenso alt wie er sein dürfte, legt sie auf den Tisch, an dem er gegenüber Platz nimmt und sich gemächlich die Hemdsärmel hochkrempelt. Ein Blick in eine Akte, zu Karim, eine eiskalte Miene. Der Mann stützt sich auf die Ellbogen, die dürren Augenbrauen angespannt. Die Furchen im Gesicht geraten mit den Dellen am Kopf in Bewegung, er sagt:

»Karim Zidane. Ein Mann, der mit seinem Landsmann lediglich den Nachnamen teilt. Weder ist ihm der leichtfüßige Umgang mit dem Ball vergönnt noch dessen Geschenk der Schnelligkeit.«

Der Mann dreht sich zu den zwei Hünen mit den Sicherheitsschuhen, kollektives Lachen, das sich in Karims Gehirn frisst.

»Er macht Schwierigkeiten, wie so einige seiner Landsmänner, taucht hie und da auf, ein paar kleine Delikte, man möchte fast sagen, dass er in diesem Sinne seiner Herkunft alle Ehre bereitet. Ein wenig Hasch, folglich übt er sich im Nichtstun, lässt das Leben an sich vorbeiziehen. Es scheint ihm alles egal zu sein.« Kurze Pause. »Bis er die Rue Puits de Denier entlanggeht und merkt, dass seine Handlungen nicht ohne Folgen bleiben.«

Keine Bullen, und wenn, dann mit Sicherheit nicht der reguläre Verein. Vielleicht eine Splittergruppe, die Selbstjustiz übt, sich an den Arabern rächt. Wofür auch immer.

»Was wollen Sie?«, fragt Karim.

»Ich möchte Sie dazu bewegen, uns mitzuteilen, was wir wissen wollen.«

»Was möchten Sie denn wissen, Monsieur?« Karim legt die ganze Verachtung, die er zu geben bereit ist, in das letzte Wort.

»Lesen Sie Zeitung, M'sieu Zidane?«

Mit dem Lesen hat er es noch nie gehabt, trotz der Mahnungen seines Vaters. Schon gar nicht die Hetzblätter, die den Franzosen Angst vor den Arabern machen sollen.

»Kaum.«

Der Mann steht aus dem Sessel auf, nimmt die Rolle in die Hand, wirft sie auf den Tisch. Er umkreist Karims Stuhl, langsam, stoppt, legt ihm die Hände auf die Schultern und hält den Kopf neben sein Ohr. Kein Mundgeruch, trotz des sichtlich maroden Zahnstatus. Der Atem dringt in seine Nase wie ein Sturm. Der Mann zieht den Mundwinkel hoch, schnaubt ihm ins Ohr, stößt sich von Karims Schultern ab.

Dann geht er wieder in Richtung des Sessels, auf dem er zuvor gesessen hatte.

»Der Bombenanschlag in der Rue Émile Pollak ist, was uns im Moment brennend interessiert. Nehmen Sie sich ruhig Zeit, sinnieren Sie ein wenig, antworten Sie nicht zu vorschnell.«

»Worüber sollte ich denn sinnieren, Monsieur? Dass Sie

Araber fangen und in ein Loch sperren, bis sie verrotten? Das haben Sie schon immer mit uns gemacht. Dass mein Vater …«

Lass es. Das geht ihn nichts an.

»Dass Ihr Vater ein Harki war? Ein Mann, der sein eigenes Volk verraten hat? Weil er glaubte, ein Franzose zu sein? Selbst wenn, und ich sage das in höchsten Glauben, M'sieu Zidane, selbst wenn seinesgleichen Frankreich zum Sieg verholfen hätte, so wäre sein Status stets der eines Verräters am eigenen Volk geblieben. Aber eines muss man ihm lassen.« Der Blick sticht in Karims durchgefrorenen Körper. »Er war wenigstens ein Mann.«

»Was weißt du schon von meinem Vater?«, kreischt Karim wie ein trotziges Kind, springt auf, will dem Dürren an die Gurgel. Der schnalzt mit der Zunge, die beiden mit den Sicherheitsschuhen drücken die Arme unter Karims Achseln und schleifen ihn fort.

»Alles, was fortan passiert, M'sieu Zidane, haben Sie sich selbst zuzuschreiben«, sagt der Dürre, den Blick fest auf ihn gerichtet. Stoisch, doch es könnte bestimmter nicht sein.

Die Eisentür fällt in den Rahmen und Karim ist mit dem unaufhörlichen Tropfen des Wassers allein. Die Decke haben sie ihm gelassen, gerade groß genug, dass er entweder darauf liegen oder sich damit zudecken kann. Perfide, aber effektiv.

Besonders, wenn der Rest des Körpers ohne Unterhose in einem Keller verschimmelt. In Karim steigt Hass auf, Wut, die ihm die Kälte aus den Knochen treibt. Der Kopf errötet, fast glüht er. Er hat nur einen Wunsch: Dem Dürren das Leben aus dem Gerippe zu prügeln, ihm den letzten Tropfen Blut herauszuquetschen, bis die kalten Augen die Dschahannam erblicken.

Was hat er für eine Ahnung von seinem Vater? Er darf sich kein Urteil erlauben. Sein Vater hätte sein Leben gegeben für Frankreich, es mit dem letzten Atemzug verteidigt. Wie stolz stand er da, in seiner Uniform, bereit, für das zu kämpfen, woran er glaubte? Dass dieser Krieg nur einen Ausgang, einen Sieger kennt. Einen Glauben, der sich als Betrug entpuppte. Selbst, als alles verloren war, trat er ein für seine Überzeugung. Entwaffnet von den Vorgesetzten, zurückgelassen, ohne Ehre. Wartend auf das, was kommen sollte. Seinen Vorgesetzten hat er nicht angefleht wie viele seiner Waffenbrüder.

Er hat nicht gebettelt, dass sie ihn mit nach Frankreich nehmen. Er hat keinen Gedanken daran verschwendet, dem Schicksal zu entkommen. Dabei hatte er gesehen, was die FLN mit denen macht, die sich mit den Franzosen verbrüdert hatten. Einer seiner Kameraden hatte versucht, zu flüchten. Verfolgt von FLN-Kämpfern, Maschinengewehren, zwischen den Kugeln hindurch hinein in eine Menschenmenge. Untergetaucht, in einem Taxi Richtung Algier. In einem alten Citroën, der niemals die Stadtgrenze von Tizi Ouzou erreichte. Sie zerrten ihn aus dem Wagen, traktierten ihn mit Stromstößen und schnitten ihm die Zunge heraus. Dann führten sie ihn öffentlich vor, damit ihn die Leute beleidigen und bespucken konnten. Tag für Tag waren sie gekommen. Menschen, die ihn früher gemocht hatten. Menschen, die ihm nahe gestanden hatten.

Karims Mutter hatte versucht, seinen Vater von der Flucht zu überzeugen, doch er wusste, dass er nirgends sicher war. Die Stadt war abgeriegelt, die Bahnhöfe dicht, eine Flucht keine Option. Nicht mehr. Seine einzige Möglichkeit: Zu hoffen, dass sie gnädig wären.

Ähnlich wie bei Karim. In diesem Moment.

Die Tür öffnet sich, die Hünen kommen herein, ein entschlossenes Glitzern in den Augen. Ein Sicherheitsschuh trifft ihn in die Seite, noch ein Hieb, er krümmt sich, will die Eingeweide schützen. Ein Husten entkommt dem Körper, er fleht nicht, bittet nicht, hält die Worte im Inneren. Das innere Auge auf den Vater gerichtet, der aufrecht fortgezerrt wurde in die Ungewissheit.

Eine Sohle steht auf den brennenden Rippen, hält die Lunge davon ab, sich auszudehnen. Ein gefälliges Schnauben, der Laut eines Reißverschlusses. Langsam, Zacken für Zacken, knackt der Schieber nach unten, bis er das Ende erreicht. Ein Genital, das sich aus der Hose schält, ein Lachen, das Klatschen nackter Haut auf dunkelblauen Jeans. Karim schließt die Lider, denkt sich woanders hin.

Urin läuft über sein Gesicht, er presst die Lippen zusammen, um dem sauren Geschmack zu entgehen.

Damit das Brennen nicht die Schleimhäute befällt.

Für einen Moment vergisst er die Kälte, spürt die Wärme, die gleich wieder vergeht, als es seine Würde ertränkt.

Diesem Schicksal wolltest du entgehen. Dein Leben sollte anders verlaufen.

Er hat es geschafft, ist weg aus diesem Land, das er für seine Heimat hielt. Durch die Lager, zu zweit, allein. Ihn haben sie nicht gebrochen, nicht zerstört, nur wütender gemacht. Die langen Tage im Lager in Bias, die Störungen in der Nacht durch die Soldaten, das Geschrei, die sinnlosen Befehle, das Antreten im Morgengrauen vor der Tricolore. Warum haben die Soldaten das gemacht, die Flüchtigen dazu gezwungen? Deshalb waren sie doch hier, weil sie die Heimat für Frankreich aufgegeben, ihr Heim verlassen hatten. Für eine Hoffnung, die sie zerstörten.

Karim war noch ein kleiner Junge, doch schnell hatte er verstanden. Zum ersten Mal als ihn die Soldaten der FLN wegstießen, an den Fuß des Vaters geklammert. Daheim in Tizi Ouzou, am Fuße des intensivsten Grün, das man sich vorstellen kann, hatte er das erste Mal Bekanntschaft mit dem Holz eines Gewehrkolbens gemacht.

Eine Erfahrung, dass Jungen weinen und der Dämon in verschiedensten Gewändern, in allen Farben zu Tage tritt. Jede Witterung und jede Kulisse vermag der Dämon in Dunkelheit zu tauchen. Die Männer, die zuvor über die weißen Teufel geweint hatten, hatten sich zu braunen Teufeln gewandelt. Mächtig und unbarmherzig.

Immun gegen die Tränen der Frauen, das Jammern der Kinder und das Blut der Männer.

Da ist es wieder, dieses Gefühl der Hilflosigkeit, des Ausgeliefertseins, dem er abgeschworen hatte. Im Gesicht die Rückstände fremden Urins, das die Decke nur notdürftig aufzusaugen vermag, fast nackt auf dem Boden liegend, in einer Lache verlorener Selbstachtung. Die letzten Worte des Vaters in den Ohren klingend.

»Studiert ... Denn Wissen bedeutet das edelste Leben und die Unwissenheit den größten Tod!«

Doch das hat er nicht geschafft, er hat versagt, dem Appell des Vaters zu folgen. Trotz der Versprechungen der Regierung. Trotz der Schwere des Zitats von Ahmed Zabana, der 1956 in Barberousse von den Franzosen exekutiert wurde.

Bauern und Beamte wurden in Frankreich nicht gebraucht, waren nutzlos. Umschulungsprogramme in der neuen Heimat nur unzureichend vorhanden und in der Regel den *Rapratiés*, den Heimkehrern vorbehalten. Algerienfranzosen, *Pied-noirs*, die selbst nicht genug hatten, sich das, was sie brauchten, gewaltsam zu holen bereit waren. Mit den Kommandos der OAS, die schon zuvor in Algier Terror verbreitet hatten.

Doch Karim war bei keiner Siegertruppe dabei, er war fern der Aggressoren. Verloren, dem Leben hingegeben, hoffend, dass ihm das Schicksal in die Hände spielt.

Eine trübe Hoffnung, die sich bald der Realität ergeben hat. Hätte er nicht Bazou getroffen, einen Tagelöhner und Gelegenheitsdieb, wäre sein Leben schlimmer verlaufen. Bazou erkannte Karims Talent und bot sich als Mentor an, ja beinahe aufgedrängt hatte er sich, ihm gezeigt, wie man Taschen ausräumt, ohne sich bemerkbar zu machen. Eine Ablenkung, ein nettes *Bonjour*, so weich wie möglich. Damit sie die zwei Hände, die unabhängig voneinander funktionieren, nicht bemerkten. Von den Insassen, die es anfangs als Spaß belächelten, bis zu den Soldaten, deren Prügel er gespürt hätte. Wenn nicht seine Schnelligkeit wäre, die ihm das Leben mehr als einmal gerettet hat. Die Mädchen liebten seine flinken Finger. Ein Magier sei er, jemand, der hundert Finger an zwanzig Händen hätte.

Karim spielte mit ihnen, war sich der Betörung bewusst, die er ausstrahlte. Die Mädchen, zahlreich, er konnte nicht sagen, welche die Schönste war, welche Haut die weichste.

Der Gedanke wärmt ihn, lässt ihn vergessen was ist, ersetzt den Geruch des Urins durch den eines zarten Halses.

Die Mundwinkel ziehen sich in die Länge, ein Kichern, das sich zu einem Lachen hochschaukelt, an Bass gewinnt, ihn an der Achsel packt und aus dem Raum zerrt.

3

Der Regen hat sich verzogen und den Schaulustigen Platz gemacht. Meist eine gute Gelegenheit, um aufs Meer zu fahren. Larut hatte sich ein paar Jahre vor dem Ruhestand ein Boot gekauft. In Saint-Lemis eine verschwindende Tradition. Viele waren Fischer, konnten sich aber gegen die subventionierte Hochseefischerei nicht durchsetzen. Das hatte die meisten ruiniert. Manche versuchten, sich mit Ausflugsfahrten über Wasser zu halten, zogen Wasserskifahrer oder Bananenboote hinter sich her. Keines der Dinge, die Larut und seine Frau seinerzeit nach Saint-Lemis gelockt hatten.

Dennoch genießt er die Stimmung im Hafen, wenngleich nicht so sehr wie früher. Weniger Touristen wären besser, genauso verhält es sich mit den Ständen, die belanglosen Ramsch aus Asien zu überteuerten Preisen anbieten. Doch es ist ein erträgliches Übel und oftmals die einzige Einkommensquelle für die Händler.

Meist verbringt Larut den Vormittag bei Manon, einem Kiosk am Hafen, der einen guten Blick aufs Meer und die nötige Abgeschiedenheit von den Fremden bietet. Früher gab es nur einen Teil ohne Meerblick, weil Manon die Zahl der Besucher klein halten wollte. Aber irgendwann konnte er sich den Idealismus wegen der steigenden Miete nicht mehr leisten.

Larut nimmt sich den *Le Méridonal* und setzt sich an einen Tisch vor den Kiosk. Ein Handzeichen für einen Espresso, dann schlägt er die Zeitung auseinander. Laruts Augen bleiben auf der ersten Seite kleben. Das Stahlgerippe eines ausgebrannten Autos vor dem Handelsgericht in Marseille. Die Tür fehlt, wahrscheinlich herausgesprengt, ein Haufen verschmortes Plastik. Darin eine verkohlte Leiche, die auf dem Lenkrad lehnt. Larut hält den Atem an. Er schüttelt die Gedanken aus dem Kopf, taucht in den Artikel ein.

Neuer Terror in Marseille. Bombenanschlag vor dem Handelsgericht. Anzahl der Opfer derzeit unbekannt.

In der Nacht vom 5. auf 6. Juni 1996 zündete ein unbekannter Attentäter eine Autobombe vor dem Handelsgericht in der Rue Émile Pollak. Über die Anzahl der Todesopfer ist bis dato nichts bekannt. Der Wagen, ein Mercedes W 123, auf einen Anwalt zugelassen, wurde dabei vollständig zerstört. Bisher hat sich noch keine Organisation zu dem Anschlag bekannt. Es wird nach sachdienlichen Hinweisen seitens der Bevölkerung gesucht.

Larut war 1961 in Paris als junger Polizist dabei. Der Anschlag auf die Zeitung *France Soir*, auf den Laden in der Rue de Seine. Passanten, die fassungslos auf die Trümmerhaufen blickten, kreidebleiche Rettungskräfte, die denselben Menschen öfter als einmal bargen. Offene Münder in der Stille, denen das Entsetzen in die Miene gemeißelt war. Alles aufgrund des Starrsinns einer Organisation, die Algerien nicht in die Unabhängigkeit entlassen wollte. Die OAS.

Organisation armée secrète, die den Namen der *armée secrète*, einer Gruppierung der französischen Résistance, in den Dreck gezogen haben. Nicht wissend, dass die Unterstützung der Bevölkerung ab diesem Zeitpunkt ein Ende haben würde, dass Bombenanschläge im eigenen Land zu nichts führen würden. Gepaart mit der Gewissheit, dass Gnade nicht mehr angebracht war. Diesen Preis war kein Franzose bereit zu zahlen.

Larut kommt der unbekannte Tote in den Sinn.

Wer könnte verantwortlich sein? Besteht ein Zusammenhang zum Fall Petrus? War Ranfort ein Bauernopfer? Hat sich Larut von der Macht der Gerechtigkeit blenden lassen?

Es gibt nur einen, der imstande ist, ihm diese Fragen zu beantworten: ein inhaftierter Mörder.

Larut reißt die Tür zu seinem ehemaligen Büro auf. Guerlaine sitzt ohne eine Regung am Tisch. Wie er es in der Ausbildung gelernt hat.

Larut wirft ihm die Zeitung auf den Sekretär und stellt sich vor ihn. Guerlaine zupft sich die Hemdsärmel zurecht und schreibt das Protokoll zu Ende. Mit einer Handbewegung bedeutet er ihm, sich zu setzen.

Laruts Lider verengen sich zu schmalen Schlitzen. Er ist keiner seiner willfährigen Kommissare, war selbst *Principal* und hat ihm mit Rat und Tat zur Seite gestanden. Offenbar hat sich Guerlaine nur die Arroganz zu eigen gemacht.

Guerlaine legt das Protokoll zur Seite und wirft einen flüchtigen Blick auf das Titelblatt des *Le Méridonal*.

»Man hört, dass der *Le Méridonal* nächstes Jahr fusioniert wird.« Kurze Pause. »Möglicherweise verbessert *das* die Qualität.«

Guerlaine versucht, ihn aus der Reserve zu locken, ihn wütend zu machen, damit Larut sein Ziel aus den Augen verliert.

»Halten Sie das für Zufall?«, fragt Larut.

Guerlaine setzt sich aufrecht in den Stuhl, lehnt sich auf die Ellbogen. Er fixiert Larut, dann beginnt er langsam:

»Wenn Sie auf den Toten anspielen, hatten wir eine Vereinbarung. Wenn Sie gekommen sind, um mit mir ernsthaft über dieses Schmierblatt zu diskutieren, muss ich Ihnen leider mitteilen, dass mir für derlei Dinge keinerlei Vakanzen zur Verfügung stehen.«

»Ich denke, Sie unterschätzen die Situation. Was ich Ihnen zu diesem Zeitpunkt nicht einmal verdenken kann. Sie waren damals nicht dabei, haben nicht erlebt, welche Kräfte in Saint-Lemis gewirkt haben.«

»Ich denke, ich weiß sehr wohl, worum es sich in dieser Angelegenheit gehandelt hat. Sie waren überfordert, haben sich der Allmacht alter Männer ergeben, die eine alte Rechnung beglichen haben. Einer davon Ihr geliebter Kommissar. Weil wir gerade davon sprechen, Pierre. Warum haben Sie ihm damals nicht geholfen? Warum ereilt Sie *nun* die Reue?«

»Weil die Indizien dafür sprechen, dass Kommissar Ranfort ein Spielball dieser Leute war. Und ich denke keinesfalls, dass lediglich alte Männer am Werk waren. Es ist Ihre verdammte Pflicht, mehr zu tun, als den Dingen ihren Lauf zu lassen.«

»Das ist nicht Ihre Entscheidung, Pierre.«

»Warum tun Sie das?«, fragt Larut. Ruhig. Zumindest äußerlich.

»Hören Sie, Pierre. Ich erkläre Ihnen die Situation gerne noch einmal. Wir benötigen Ihre Dienste nicht. Kommissar Complatier hat den Fall übernommen und ist den Anforderungen durchaus gewachsen.«

»Damit er im Nichts versandet.«

Guerlaine lacht, sagt: »Soweit ich informiert bin, haben Sie selbst seine Beförderung veranlasst. Wahrscheinlich mit einem netten Schreiben, dass er überaus qualifiziert für die Tätigkeit sei, immer seine Pflicht erfüllt habe und so weiter. Standardisiert, mit relativem Wahrheitsgehalt, aber so laufen die Dinge eben. Es gibt weder Grund noch Einwand seitens der Verwaltung, da sowieso niemand in dieses Kaff will. Eine kleine Zeremonie mit billigem Champagner aus dem Supermarkt, begleitet von aufgesetztem Lächeln und falschen Handschlägen. Sie wissen selbstverständlich, dass es nicht die beste Lösung darstellt, haben aber zu wenig Mumm, um ihm den lang gehegten Wunsch abzuschlagen. Vielleicht hat er ihnen zuvor noch vorgejammert, dass er das Geld brauche, in Schulden stecke, die Kinder neue Schuhe benötigten, der Hund krank sei oder irgendeine andere mangelhafte Dürftigkeit.«

»So in etwa ist es mit Ihnen gelaufen, Jacques.« Larut lässt den Namen zwischen den Zähnen knacken wie eine Nuss, dann setzt er fort: »Nur habe ich keinen Schimmer, was Complatier damit zu tun hat.«

Guerlaine will ihn auflaufen lassen. Warum auch immer. Eine kleine Erinnerung, warum er hier ist, kann nicht schaden.

»Ich denke, unsere Unterhaltung ist beendet. Und tun Sie mir einen Gefallen: Nehmen Sie dieses Schmierblatt mit.«

Dieses Mal wirft Larut die Tür ins Schloss. Es gibt keinen Grund, sich die Wut nicht anmerken zu lassen.

Er lenkt das Fahrrad vorbei an den Straßencafés, knapp an den Autos vorbei, die in der Rue Lafette parken. Den wenigen Menschen, die den Vormittag im Café verbringen können, schenkt er einen freundlichen Gruß und müht sich weiter den Hügel hinauf bis zur Kirche. Er folgt dem Feldweg, der sich an der Eisenbahnstrecke hält und genießt die Romantik des verwachsenen Gleisbetts und der rostigen Schienen, begleitet vom Surren der Stromleitung.

Eine Erinnerung an frühere Zeiten, das einfache Leben und dessen Vergänglichkeit. Ein Zwiespalt, der in ihm das Verlangen nach Vergessen auslöst. Er tritt in die Pedale, erreicht den Asphalt der Rue Pouy und quält sich über die letzte Steigung, vorbei an Augustes Haus. Beinahe gegenüber, hinter dichten Reben, befindet sich die Einfahrt zu Yanis' Hof. Zweihundert Meter Schotter, ein Brunnen, daneben der Bauer, der auf einer Holzbank sitzt. In blauer Latzhose und schwarzen Gummistiefeln mit hellblauen Punkten.

»Pierre«, ruft Yanis und steht langsam auf.

Larut bestätigt mit einem Nicken, reicht ihm die Hand.

»Ist der Rote schon leer?«, fragt Yanis und wischt sich die Hände am T-Shirt ab. Kurzer Griff an die Krempe des Strohhuts, darunter ein verschmitztes Lächeln.

Larut lehnt das Fahrrad an die Wand, legt ihm die Hand auf die Schulter und drückt ihn in Richtung des Hauses. Ein prüfender Blick den Weg entlang, dann lassen sie das verwitterte Grün der Tür hinter sich.

»Willst du einen Kleinen?«, fragt Yanis, als sie in die Küche gehen.

Kopfschütteln, Larut macht ihm klar, dass er sich setzen soll, und tut es ihm gleich.

»Dann muss es ernst sein.«

Yanis legt den Hut auf den Tisch, steht auf und schenkt sich selbst einen Anissée ein.

»Du willst wirklich keinen?«

Larut schüttelt erneut den Kopf.

Larut sieht sein Herz förmlich durch die Brust schlagen.

»Ist etwas mit deinem Sohn?«

Larut verneint. »Es geht um die Leiche.«

»Davon weiß ich nichts.«

»Davon weißt du also nichts.« Larut starrt ihn an, lehnt die Ellbogen auf den Tisch. Yanis weicht seinem Blick aus.

»War Complatier schon da?«

»Ich hab dir doch gesagt, dass ich nichts weiß.«

»Hör mal gut zu. Da ist etwas im Gange, dessen Complatier sich nicht im Klaren ist. Er ist ein Befehlsempfänger, eine Marionette, die Angst um ihren Job hat. Nicht mehr, nicht weniger.«

»Was interessiert dich die Sache überhaupt? Genieß deinen Ruhestand.«

»Du bist fünfundsiebzig Jahre alt und kelterst noch immer deinen Wein.«

Eigentlich meint er schwefeln.

»Da steckt doch mehr dahinter. Irgendetwas beschäftigt dich, Pierre. Ich spüre das.«

»Du solltest den Pernod nicht pur trinken.«

»Seit acht Jahren kommst du zu mir, kaufst im Mai flaschenweise Bandol, von dem die meisten nicht mal eine schaffen. Dann kommst du das ganze Jahr über gar nicht mehr. Du hast dir die Sache mit Sarah nie verziehen. Das solltest du aber. Sie hätte das nicht gewollt, glaub' mir.«

Das geht ihn nichts an. Das ist allein Laruts Sache. Das geht niemanden etwas an. Er war nicht dort, hat ihr nicht aus der Zeitung vorgelesen, Tag für Tag, hoffend, dass sie aus ihrem Schlaf erwacht. Wie im Märchen, ohne Glas, auf einer teuren Luftmatratze, einem Loch in der Luftröhre, steht der Prinz neben ihr und wartet in ewiger Hoffnung, dass der Zustand vorübergeht. Er hat sie zu allen möglichen Ärzten gezerrt, sich an jeden Strohhalm geheftet, um sich dann der Diagnose zu ergeben. Apallisches Syndrom. Wachkoma. Nur basale Stimulation. Funktionslose Großhirnrinde. Tetraspastik.

Das ist eine schwere Erkrankung, da ist eine genaue Prognose sehr schwierig. Aber es gibt da jemanden in Amerika (oder Mexiko), der nach zwanzig Jahren aufgewacht ist. Es ist also nicht gänzlich ausgeschlossen. Geben Sie die Hoffnung nicht auf.

Pflegeheim. Endstation.

Essen durch eine Magensonde, kleines Geschäft: Harnkatheter, großes Geschäft: Plastikschüssel. Ein wenig Musik aus dem Radio, waschen, liegen, Umlagern, auf die Seite, Besuch, Tageszeitung, ein Kuss auf die Stirn, Abschied, Umlagern, Essen, Schlafen.

Das hätte sie nicht gewollt in ihrer Lebensfreude, ihrer Schläue und Schönheit.

»Es geht mir nur um die Leiche. Wenn ich etwas anfange, bringe ich es auch zu Ende.«

»Das hast du nicht angefangen.«

»Ich sehe das anders. Ich brauche Informationen über die Leiche. Hast du etwas gesehen? Etwas gehört? Vielleicht etwas gefunden, von dem du der Polizei nichts erzählt hast?«

»Es gibt nicht viele Menschen, die Auguste Petrus besser kannten als ich. Seit er wiedergekommen ist, hat er sich den Wein bei mir geholt. Tag für Tag. Manchmal für sich, manchmal für sich und François. Dass er wiederkommt, war so sicher wie das Amen im Gebet. Dass sie sich stritten, ebenso.«

»Irgendetwas stinkt doch dabei. Spürst du das nicht? Hat dir der Pernod die Sinne vernebelt?«

»Auguste war ein Heißsporn, einer, der sich betrank und dann ausgeflippt ist. Er hat das nie verwunden, dass sich Ranforts Frau gegen ihn entschieden hat. Er hat Claudine geliebt, Pierre. Er konnte das Ranfort nicht verzeihen. Selbst nach ihrem Tod hat er ihm das vorgeworfen. Claudine war vielleicht der einzige Mensch, für den er jemals etwas übrig hatte.«

»Ranfort und er haben jahrelang miteinander deinen Schwefel gekippt.«

Yanis überlegt, schwenkt den Kopf hin und her, sagt: »Mehr aus Not als aus echter Freundschaft. Sie hatten eine Verbindung, etwas, um das sie gemeinsam trauern konnten. Das hat vieles leichter gemacht. Aber die Sache mit Augustes Schwester hat ihn gebrochen. Er hat Ranfort dafür gehasst.«

»Das erklärt nicht, warum ihn Ranfort ermordet haben soll.«

»Ich glaube, was man sich erzählt, Pierre. Dass Ranfort bei der FLN war und Auguste ihn damit erpressen wollte, damit er endlich die Finger von seiner Schwester lässt.«

»Das sollen wir glauben. Das passt viel zu gut zusammen.«

»Selbst ich lese Statistiken. Am wahrscheinlichsten bringt dich jemand um, den du kennst.«

»Ich habe dich nie um etwas gebeten, Yanis, aber dieses Mal tue ich es dennoch. Sag mir, was du weißt.«

Ein Seufzer, Yanis starrt in das Limonadenglas und leert den Pernod, der kaum den Boden bedeckt.

»Geh nach Hause, Pierre. Es ist besser so.«

Yanis gehört nicht zu der Sorte Mensch, die ein Geheimnis für sich behalten kann. Wenn er auf den Markt geht, verbreiten sich Neuigkeiten wie ein Lauffeuer in der Savanne. Das alles stinkt nach Vertuschung, da ist etwas im Busch.

Ein kurzer Abschied, begleitet von dem Gefühl, dass etwas nicht stimmt. Die blaue Fassade, die schon bessere Tage gesehen hat, verschwindet hinter den Reben.

Nur das Rauschen der Blätter im Wind ist zu hören, ab und zu ein Vogel, der kreischend seine Bahn zieht. Es ist fast, als ob Laruts Herzschlag nach außen dringt. Regelmäßig, kraftvoll und vor allem: geduldig. Es vergehen ein paar Minuten, bis das Knacken des Schotters die Stille ablöst. Ein Peugeot 206, Polizeifahrzeug, kommt die Straße von Yanis' Hof entlang und biegt in den Feldweg ein, der hinab zur Rue Pouy führt.

Larut wartet einen Moment, bis er sein Versteck verlässt. Er folgt dem Wagen etwa hundert Meter, bleibt stehen, der Peugeot verschwindet hinter der nächsten Biegung. Larut hat Zeit, lässt ein wenig davon verstreichen, biegt links ab und versteckt das Fahrrad zwischen den Weinreben hinter der Baugrube von Augustes ehemaligem Haus.

Zu Yanis zurückzufahren: ein sinnloses Unterfangen. Die Etiketten von Yanis' Pernodflaschen sind kaum noch lesbar, aber die Flaschen gut gefüllt. Steuermarken: Fehlanzeige. Ein geduldetes Geheimnis und zugleich eine Schwäche, die ihn erpressbar macht.

Larut geht die Absperrbänder entlang, sondiert den mittlerweile trockenen Boden und widmet sich der Baugrube. Eine Markierung, die Umrisse des Toten, ein paar Gipsreste. Sonst nichts. Nur das Flattern der Bänder im Wind und der beinahe unerträgliche Gestank des Lavendels.

Larut umrundet die Grube und streift durch den Garten, in dem lediglich die Hütte fehlt, in der sich nur Gerümpel befand. Ein klarer Fall für die Müllabfuhr. Außer einem Gewehr, das sich in der Asservatenkammer befindet und mit Sicherheit dort verschimmeln wird.

Auguste Petrus hatte kaum Familie. Seine Schwester wurde 1984 ermordet, seine Eltern sind 1994 verstorben. Augustes Haus wurde 1995 an einen Österreicher versteigert, der es sofort abreißen ließ. Zur Freude der Bewohner von Saint-Lemis. Die Menschen mieden es wie eine Pestgrube. Ein Platzhalter für ein Kapitel, dass sie aus einem Buch reißen wollten, dessen Inhalt kaum verdaulich war. Eine Welle der Erleichterung ging durch den Ort, als die Bagger die Arbeit aufnahmen. Danach sprach niemand mehr über die Vorfälle. Der Mörder: Im Gefängnis, gelöscht aus den Gedanken, auf ewig verbannt.

Larut streift durch den Garten, der nur von Reben begrenzt wird, sucht nach Hinweisen. Zu den Pflanzen, davon weg, vielleicht gibt es Spuren eines Kampfes. Er umkreist den braunen Fleck, auf dem der Schuppen stand, geht die Stäbe entlang, an denen sich einst Tomaten hochrankten. Jeden Meter bleibt er stehen, dreht sich um, geht in die Knie und sucht die Umgebung ab. Nichts. Normalerweise stellt ein Perspektivwechsel ein probates Mittel dar, um neue Erkenntnisse zu gewinnen. Der Tatort beschränkt sich auf den Keller, den Augustes Haus nie hatte. Der Täter muss ihn in die Grube gezwungen und dann von hinten exekutiert haben. Wenn er es oben getan hätte, hätte er näher am Rand gelegen. Schleifspuren sind nicht zu sehen, Fußabdrücke im Matsch des gestrigen Regens vergangen.

Wer oder was hat das Opfer hierher gebracht? Warum musste es ausgerechnet hier passieren? Welche Symbolik steckt dahinter? Ist Saint-Lemis das moderne Belgien?

Complatiers Beschattung macht Laruts Unterfangen nicht leichter. Wenngleich Complatiers Methoden vorhersehbar für ihn sind. Zu lange kennt er ihn, zu genau weiß er, wie er agiert. Dennoch wird es nicht einfach. Guerlaine taktiert in all seiner Arroganz gekonnt. Er hat Laruts Entschlossenheit gewittert. Auch wenn Larut seine Beweggründe nicht kennt und noch weniger nachvollziehen kann, bleibt er ein ernst zu nehmender Gegner.

Deshalb hat sich Larut die Dunkelheit ausgesucht, um aufs Revier zu fahren. Mit dem Fahrrad, ohne Licht, den Feldweg entlang. Hier kann er ein sich näherndes Fahrzeug leicht ausmachen und sich verstecken.

Die Rue Lafette meidet er. Es sind die Hinterhöfe, die ihn interessieren. Hier ist alles still. Hin und wieder Hundegebell, Fenster, die sich schließen, um die klamme Nacht auszusperren. Nichts von Bedeutung.

Nur noch eine Straße, die er kreuzen muss, er klettert über die Mauer auf den Parkplatz des Polizeireviers. Der Hintereingang ist nicht bewacht und schlecht beleuchtet. Eine Nachlässigkeit, auf die er während seiner Amtszeit immer wieder hingewiesen hat.

Larut dämpft die Schritte, schleicht hinauf zu den Büros. Langsam und behutsam, von Zeit zu Zeit bleibt er stehen, versucht, einen Laut ausmachen.

Eine Stille, die verdächtiger nicht sein könnte. Larut öffnet die Tür zu Complatiers Büro, orientiert sich, tastet den Sekretär entlang zu den Aktenschränken. Er kennt die Ordnung, greift zur korrekten Lade und öffnet sie. Dann zieht er sich die Jacke über den Kopf, dreht die Taschenlampe auf und steckt sie in den Mund. Der rechte Zeigefinger gleitet über die Rücken der Akten, das Aluminium der Lampe beißt auf der Zunge. Er erreicht den Buchstaben Q, fährt mit der Hand zum R. Er biegt den Karton nach hinten, um die Namen besser erkennen zu können. Rak, Ral, Ram, Treffer. Ranfort, François.

Die Akte verschwindet unter der Jacke, die Lade versinkt mit einem dumpfen Laut im Schrank. Larut öffnet die Tür, geht durch den Hintereingang auf den Parkplatz. Prüfender Blick über die Mauer, Larut klettert und sprintet zum Fahrrad.

Kein Polizeiwagen, kein Complatier. Dennoch bleibt dieses Ziehen im Magen, das ihn selten getäuscht hat und bis zu seinem Haus nicht verlassen soll. Er lehnt das Fahrrad an die

Mauer und geht hinein. Das Schlafzimmer und das Wohnzimmer zeigen sich unverändert. Er bleibt in der Küche stehen, sieht sich um. Vertauschte Vorratsdosen, Blumentöpfe, die wenige Millimeter verrückt wurden. Eine kaum merkliche Änderung. Gerade so, dass Larut wahrnehmen kann, dass jemand hier war.

4

Der Dürre sitzt am Tisch, die Rolle aus Stoff neben ihm. Er sieht auf, weist Karim einen Platz zu. Ein Ordner liegt vor dem Dürren, aufgeschlagen, ein paar Fotos, Notizen, er schreibt etwas. Ein fast respektvolles Nicken, Blickkontakt, ein Foto, das er vor Karim auf den Tisch wirft und auf dessen Reaktion wartet.

»Kein Freund von Ihnen, M'sieu Zidane.« Keine Frage. Der Dürre drängt die Fingerspitzen aneinander, lehnt das Kinn darauf, verharrt in der Beobachtung.

»Wer soll das sein?«

Ein Mann an die sechzig, Brille, harte Züge, ein Scheitel wie mit dem Lineal gezogen.

»Vielleicht kennen Sie ihn von hinten?«

Ein anderes Bild, das eines Hinterkopfs, zwei klaffende Löcher, deren Tiefe tödlich anmutet.

»Nie gesehen«, sagt Karim, ruhig.

»Die Behandlung gestern, M'sieu, haben Sie nur erfahren, damit Ihnen klar wird, wie wir vorgehen. Ich habe Ihnen ebenfalls gesagt, dass alles, was passiert, in Ihrer Verantwortung liegt. Eine Verantwortung, die Sie nicht zu übernehmen bereit waren. Möglicherweise, und das hoffe ich doch stark, hat sich Ihre Einstellung zum Besseren gewendet. Ich für meinen Teil kann mir vorstellen, dass wir den gestrigen Tag vergessen könnten und von vorne beginnen. Wie sieht es bei Ihnen aus?«

Der Dürre fixiert ihn, der Blick bleibt auf ihm hängen, eine Erwartung, die er nicht erfüllen kann.

Noch nie gesehen, er will gar nicht hinsehen.

Das solltest du aber, sonst werden sie dich vielleicht töten. Ein Araberleben ist hier nicht viel wert, schon gar nicht, wenn es straffällig geworden ist. Seien es auch noch so kleine Delikte.

»Ich würde Ihnen gerne helfen, Monsieur. Ich weiß nur nicht wie.«

»Er weiß nicht wie.«

Der Dürre sieht sich zu den anderen um, setzt ein Lachen auf, künstlich, gerade so laut, dass es in den Ohren schmerzt. Ein Griff auf die Stoffrolle, er reißt an dem Klettverschluss, ein Geräusch, das an den Nerven zerrt. Noch einmal, der Blick bleibt an Karim hängen, der den Kopf abwendet, die Augen schließt.

»Ich will einen Anwalt. Ohne den sage ich gar nichts.«

Wieder ein Lachen, zu einem Zischen mutiert.

»Entweder sind Sie verdammt schlau oder verdammt dumm, M'sieu Zidane. Ich denke, Sie haben das Recht, das zu tun, was ich Ihnen sage. Mir das zu geben, wonach mir verlangt. Wenn es Ihnen nach anderem dürstet, so muss ich Ihnen mitteilen, dass Sie sich in einem, sagen wir ...« Kurze Pause, »... rechtsfreien Raum befinden. Zumindest, was uns betrifft. Wir teilen nämlich Ihr Problem der Strafverfolgung keineswegs. Deswegen kann ich Ihnen eins verraten: Alles, was zwischen uns passiert, wird niemanden, aber auch wirklich niemanden interessieren.«

Ein Schauer läuft ihm über den Rücken. Auf jeden Fall keine Bullen, keine Typen, die auf einen schnellen Spaß aus sind und sich dafür irgendeinen beliebigen Araber in den Keller holen. Keine rechte Vereinigung, dafür wirkt der Typ zu abgebrüht und die Methoden zu koordiniert. Es gibt keine Zelle, eher einen Lagerraum, ein Archiv, in dem man einst wichtige Akten verstaut hat. Das Büro wirkt wie ein Untergeschoss einer stillgelegten Fabrik. Allein die Absenz jeglichen Geräuschs. Keine Klimaanlagen, Stimmen, Schritte, Türen. Draußen halten keine Autos, die Müllabfuhr hat ihn nicht aus dem Schlaf gerissen.

Es trifft ihn wie ein Blitz. Es gibt hier nichts und niemanden. Außer den drei Typen, die ihn in die Mangel nehmen.

16. Oktober 1961. Ein milder Herbsttag in Tizi Ouzou. Die Wolken begannen sich aufzulösen, die Sonne hatte ein wenig an Kraft verloren. Karims Mutter lief nach draußen, wieder herein, aufgelöst, ein glasiger Schleier hatte sich über ihre Augen gelegt. Sie sah aus dem Fenster, drehte sich zu Karim, fragte, ob er Jona und Nori gesehen habe. Die besten Anzüge hatten sie aus den Kästen genommen, ein schnelles Frühstück, etwas Sesam, Thymian und Öl, dazu Brot und Käse für unterwegs.

Sie fragte, ob er wisse, wo sie hin seien. Karim verneinte, er war noch jung. Ein Kuss der Brüder, dann hatten sie das Haus verlassen. Er wisse von nichts.

Sie ergab sich den Tränen, fiel auf die Knie, schloss Karim in den Arm, der ganze Körper bebte vor Aufregung. Der Vater war weg, im Kampf, wenn er das wüsste, er würde die Hand erheben, sie zur Vernunft bewegen. Wie würde die Zukunft werden? Würden die Brüder, die Idealisten, sie zu ändern imstande sein?

Seine Mutter, ihr Haar, die schwarze wallende Mähne, wie Seide fiel es herab, in den seltenen Momenten, in denen sie es offen trug. Der intensive Blick ihrer Augen, grün wie die Hügel ringsum. Aufrecht und stolz, eine Stütze, aus der der Putz bröckelte an diesem Tag, gebrochen, wie er sie noch nie zuvor erlebt hatte. Er stimmte mit ein in das Klagelied, wusste nicht wieso, ergab sich der Stimmung. Was konnte schon passieren in den Anzügen? Kein Aufzug für einen Kampf.

Karim steht auf, geht ein paar Runden im Kreis, das Blut soll in den Füßen pulsieren, nicht im Kopf. Vielleicht verschwinden dann die Gedanken, die sich so hartnäckig halten. Der Mund wie die Wüste nach einem Sandsturm, die Lippen aufgerissen. Er fängt ein paar Tropfen von der Wand mit der Zunge auf, benetzt die Lippen.

Ein Gefühl, das ihn für einen Moment die Brüder vergessen lässt. Die Nacht, in der seine Mutter den Blick nicht vom Fenster abwenden konnte, kaum Karims Nähe wahrnahm. Ungewissheit, ein Dämon, der die Menschen befällt und nicht mehr entlässt. Ein Stechen, er umklammerte den Fuß der Mutter, ein Tätscheln über den Kopf. Geteilte Sorge, die bald der Gewissheit weichen sollte.

Abend des 17. Oktober. Fast zeitgleich zogen an diesem Dienstag die Wolken mit der Nachricht über den Tellatlas. Jona und Nori seien in Paris verstorben, bei einer Demonstration, im Kampf mit anderen algerischen Extremisten. Es sei hart zur Sache gegangen, nur unter größter Mühsal und übermäßigem Einsatz konnte die Polizei die Randalierer unter Kontrolle bringen. Jegliches Maß an Gewalt sei angemessen gewesen, jede Aktion der Polizei Selbstschutz.

Von da an hatte die Sorge ein Ende. Ein Griff an den Bauch, dort, wo sie Jona und Nori getragen hatte, ein Teil von ihr war gerade gestorben. Eine Berührung, herzlich gemeint und kalt ausgeführt. Der Vater stand in der Tür, die Nachricht in den Augen, eine Umarmung zu dritt, den Geist in der Ferne, bei den Brüdern, Söhnen.

Karim verlassen die Tränen, der Abend will ihm nicht aus dem Kopf. Jona und Nori waren niemals radikal. Wie die meisten, die mit ihnen gefahren waren. Man hatte sich erzählt, dass kein Demonstrant bewaffnet gewesen sei, doch diese Informationen hatte man nie in der Öffentlichkeit verlauten lassen, um die Behörden nicht zu provozieren. Er hatte von einem Mann gehört, den sie aus der Seine gezogen haben und zurückwarfen, als sie merkten, welcher Herkunft er war.

Wie sie die Demonstranten an den Bahnhöfen erwarteten, mit Schlagstöcken, die nicht in den Halftern blieben. Wie sie die Menschen in Turnhallen trieben, sie schmoren ließen, ihnen die Hilfe verweigerten. Sie verließen die Straßen nicht in diesen Tagen, die Gerüchte, die durch den Staub schlichen, hinter vorgehaltener Hand erzählt. Leise und geduldig, wie der Dämon selbst.

Er ist beinahe froh, als ihn die Hünen aus der Zelle zerren, unmotiviert, als lasse ihr Elan nach. Sie gehen lieber zwei Schritte vor und hinter ihm, sein Geruch ließe zu wünschen übrig. Eine abfällige Bemerkung über die Hygiene der Araber, ein Lachen, sie betreten den Raum. Der Dürre sitzt am Tisch, keine Akte, keine Fotos.

Ein Lächeln wie bei einem Bewerbungsgespräch, die Nase gerümpft, kaum merklich, bevor er mit sanfter Stimme beginnt: »M'sieu, wie ich schon angedeutet habe, ist unser Anfang ein wenig missglückt. In Ihrer Lage verstehe ich das Schweigen nur allzu gut. Sie haben Angst, glauben, dass wir Ihnen Böses wollen, doch Sie bedenken in Ihrer Not eines nicht, M'sieu Zidane: Wir handeln stets in Ihrem Sinne. Wir wollen alle sicher, geborgen sein.«

Kurze Pause, die Gänsehaut läuft wie ein Tsunami über Karims Rücken. Ein Mensch, der keine Ahnung hat, was Geborgenheit heißt. Er hat die Züge eines Mörders, eines Mannes ohne Liebe, ohne Gott, er ist ein Werkzeug, scharf und spitz. Aber Geborgenheit?

»Ist das nicht auch Ihr Wunsch? Möchten Sie diese Stadt nicht auch ein wenig sicherer machen? Nicht zuletzt, weil ja eine Menge Ihresgleichen dieses wertvolle Stück Land sehr schätzen. Böse Zungen behaupten, sie würden es überfluten, diese Meinung teile ich keineswegs. Denn diese Menschen vergessen den Reichtum der Kultur, den sie aus ihrer Heimat mitbringen. Nicht wahr, M'sieu Zidane?«

Karim hat die Alien-Trilogie gesehen. Im Kino. Der Schleim tropft aus dem Maul, das kleinere Gebiss wartet einen Moment, bevor es dem Opfer ein Loch in den Kopf stanzt. Es studiert ihn, ist fasziniert von seiner Spezies, doch hat es nur eines im Sinn: Ihn zu benutzen und dann zu töten.

Karim nickt verhalten, vorsichtig.

»Natürlich finden Sie das. Es ist ja Ihre Kultur, Ihr Reichtum, von dem ich spreche. Und deshalb ist es nur rechtens, es mit unserer Kultur genauso zu halten. Und genau die sehe ich gerade bedroht. Ja, in diesem Augenblick, M'sieu Zidane. Es mag Ihnen entgangen sein in Ihrer Welt, aber Marseille wird heimgesucht von Attentätern und Mördern, die sich mit aller Vehemenz Aufmerksamkeit verschaffen. Eine Aufmerksamkeit, deren Hintergründe sich im Verborgenen halten, sich mir nicht offenbaren wollen. Doch will ich Ihnen eines verraten: Das müssen sie auch nicht. Man hat mich mit der Aufklärung der Angelegenheit betraut. Eine Aufgabe, die ich gerne angenommen habe. Verstehen Sie, worauf ich hinaus will?«

Natürlich. Die Araber, die sich über Europa ergießen, es überschwemmen. Undankbar, stinkend, brutal.

»Ich denke schon, Monsieur.«

»Das ist gut. Finden Sie nicht auch, dass es an der Zeit ist, Ihren Teil beizutragen? Nur ein kleiner Dank für die jahrelange Gastfreundschaft? Wäre das zu viel verlangt?«

Karim versucht, die Wut im Zaum zu halten. Nicht er wollte hierher.

Der Dürre lächelt, spricht weich und langsam.

»Ich meine, für Sie wird es schwierig bis unmöglich, zurückzukehren. Ihr Vater, sei er auch noch so tapfer gewesen, hat Sie in diese Lage gebracht. Haben Sie schon einmal versucht, nach Algerien zu reisen?«

Karim schnellt hoch, beugt sich über den Tisch, kann sich nicht halten. Er weiß, dass er nicht weit kommt, ihm die Sache nichts bringt. Die Hünen werfen ihn in den Sessel, einer hält ihm den Kopf zurück, der andere macht eine Kopfbewegung in Richtung der Rolle aus Stoff.

Der Dürre schüttelt den Kopf, sagt lakonisch: »M'sieu Zidane, ich verstehe Ihre Wut. Aber diese Wut richtet sich gegen den Falschen. Ich biete Ihnen lediglich Hilfe an. Wenn Sie denn endlich bereit sind, sich auf diese Hilfe einzulassen.«

Karim schnaubt, der gesamte Körper spannt sich an, er sammelt Spucke im Mund, holt sie aus den Untiefen hervor und schleudert sie dem Dürren entgegen.

Er weicht aus, ein Lachen, blechern, wie ein Echo, lässt einen Moment vergehen.

»Wie Sie meinen, M'sieu Zidane. Wie Sie meinen.«

Sie zerren ihn zurück in den Raum, versetzen ihm einen Stoß, er fällt auf die Knie, schlägt hart auf. Karim kämpft um das Bewusstsein, bleibt einen Moment am Boden liegen. Die Kälte treibt ihn hoch, Schwindel, er sieht sich um.

Etwas ist anders. Er reibt sich die Augen, schüttelt den Kopf, schließt die Lider, öffnet sie. Sein Blick gilt einer Matratze, die an der Wand lehnt. Er geht hin, wirft sie um, lässt sich fallen, sie federt zurück.

Flecken, von gelb bis braun, auf einem Muster, das vor zehn Jahren schon alt gewesen sein musste. Der Blick gleitet durch den Raum, beobachtet, fragt sich, warum. Ein Gedanke, der sich nicht lange hält. Zu attraktiv ist das Gefühl, sich einfach hinzulegen und einen Moment die Augen zu schließen. Umgarnt von der wohligen Vertrautheit der rauen Decke, die ihn durch die Nacht begleitet hat.

8. Juli 1962. Frenetisches Pfeifen erfüllte die Straßen, Pferdehufe, Wagen, die ihre Runden drehten. Die Sonne spielte dem Tag in die Hände, alles war neu, im Aufbruch, wie ein Erdbeben, das sich gerade hochgeschaukelt hatte. Und doch gab es ein Dunkel, das durch die Straßen schlich, die Menschen befiel. Etwas Ungehöriges, das den Lärm der neu gewonnenen Freiheit übertönte.

Drei Tage waren es gewesen, seit die neuen Fahnen die Tricolore abgelöst hatten. Drei Tage, seit der Lärm begonnen und sich Straße um Straße durch Tizi Ouzou gearbeitet hatte. Bei jedem Geräusch erbebte die Mutter, erstarrte mit geweiteten Pupillen.

Sie verließen niemals das Haus, außer es war unbedingt vonnöten. Grund dafür war der Vater, den sie vorgestern geholt hatten. In seiner Uniform, draußen, im Staub der Straße. Eine Traube um ihn versam-

melt, Leute, die er kannte, die ihn kannten und schätzten, deren Rat er gerne angenommen und jene, die ihn gerne um Rat gefragt hatten, umzingelten ihn. Hass in den Mienen, über den aufgerissenen Mündern, den schmalen Lidern. Die Fäuste erhoben, zum Schlagen bereit. Die Männer, die ihn abgeholt hatten, versuchten, die aufgebrachte Menge zu beruhigten. Sie würden sich darum kümmern, niemand würde ihnen entkommen.

Einer der FLN, ein hagerer Fellagha, ein Räuber, wie sie sich selbst nannten, ein echter Araber, riss Karims Vater die Medaillen von der Uniform und warf sie auf den Boden. Die Menge, die zuvor noch getobt hatte, verharrte in Stille und sammelte alles in den Mündern, was sie hatte. Zwanzig Männer und Frauen senkten die Köpfe und spuckten den ganzen Groll auf die winzigen Stücke Metall. Der Fellagha wies Karims Vater an, die Medaillen aufzuheben. Ein anderer hielt das Gewehr im Anschlag. Schlucken sollte er sie, die hart verdienten Orden der Teufel. Karims Vater wehrte sich nicht. Er dachte, wenn er das über sich ergehen ließe, würde er heil aus der Sache kommen. Dann zerrten sie ihn fort, während seine Freunde, Bekannten und Nachbarn mit Schlägen traktierten.

Karim schnellt hoch. Die Bequemlichkeit der Matratze kann die Gedanken nicht dämpfen. Er malt sich aus, welch Schicksal ihm widerfahren wird, welch Gräuel ihm der Dürre zuteilwerden lässt. Gibt er ihm, was er braucht, wird er tot in der Rhône liegen, erschlagen wie die Brüder in Paris. Von wem auch immer. Eine Nachverfolgung: sinnlos. Ein toter Araber: ein gelöstes Problem.

Die zwei Hünen verlieren ein wenig ihren Schrecken, wie damals die Soldaten in Bias. Die Gewohnheit reißt ihnen die Fratzen herab, sie wirken ein wenig erschöpft, nicht körperlich. Als ob sie wüssten, dass sie nichts aus Karim herausbekommen und zu wenig in der Hand haben, um ihn damit dranzukriegen. Der einzige Anhaltspunkt: die Harkis-Vergangenheit seines Vaters. Eher ein Schuss ins Blaue, irgendein Araber, der mit den Toten etwas zu tun haben muss. Die Männer auf den Fotos: Ehrwürdige Bürger, sicher Anwälte, Politiker, etwas in der Art. Da muss immer einer von auswärts dran glauben.

Der Dürre empfängt ihn, spult sein Ritual ab, Karim glaubt, so etwas wie Verzückung in seinem Gesicht zu erkennen.

»Wie haben Sie geschlafen?«

»Was glauben Sie, Monsieur?«

»Zugegeben, es ist nicht das Hilton, aber das dürften Sie wohl kaum gewohnt sein, angesichts ihrer Lebenssituation in der Rue Puits du Denier. In Ihrer Panik dürfte Ihnen entgangen sein, dass das Ihre Matratze ist?« Eigentlich keine Frage, ein Lachen geht durch die Runde.

Da ist sie wieder: Die Wut, die sich gerade zu einem Tötungswunsch steigert.

»Sie sehen, M'sieu Zidane, ich bin alles andere als ein Unmensch. Sie geben mir etwas, ich gebe Ihnen etwas. Weil Sie bis jetzt noch Probleme mit dem Vertrauen haben, will ich ausnahmsweise den ersten Schritt machen. Also: Wie steht es mit Ihnen? Haben Sie sich entschlossen, uns zu sagen, was Sie wissen?«

Karims Wut macht schlagartig der Wärme Platz, die in ihm aufsteigt. Sie sind verzweifelt, wissen gar nichts, sonst wäre er schon lange tot. Er ist vielleicht ihre einzige Spur.

»Ich habe Ihnen bereits gesagt, dass ich nichts weiß, Monsieur. Ich verstehe die Behandlung hier nicht. Ich will einen Anwalt und den Grund der Anklage.«

Die Miene des Dürren wird kalt wie ein Eisberg. Er schlägt auf den Tisch, steht auf, lehnt sich auf das Holz. Ein Blick, der Löcher in Steine bohrt.

»Hören Sie gut zu, M'sieu Zidane, ich denke, ich war sehr geduldig mit Ihnen. Alles was gegeben, kann auch wieder genommen werden. Gutes widerfährt hier nur dem, der es auch verdient. Und bei Ihnen muss ich mittlerweile meine ganze Geduld und Empathie aufbringen, um nicht aus der Haut zu fahren. So widerspenstig, beinahe hinterlistig führt er mich an der Nase herum, spielt mit mir, der dreckige Fellagha. Will mir nichts sagen, nutzt meine Gutmütigkeit bis zum Bersten aus. Ich denke, es ist an der Zeit, dass Sie spüren, wie ernst es mir ist, M'sieu Zidane.«

Die Hand des Dürren greift zur Stoffrolle, reißt an dem Klettverschluss, rollt sie mit einer Bewegung aus. Chrom präsentiert sich Karim, poliert, geölt. Eine Beißzange, ein Messer für Gemüse, eines zum Filetieren, ein dazugehöriger Messerschleifer und ein Chirurgenhammer. Perfekt ausbalancierte Geräte, die punktgenau die Arbeit verrichten.

Der Dürre überlegt, welches Instrument das passendste sei, greift zum Hammer, wiegt ihn in der Hand, gibt einem Hünen ein Zeichen. Der greift ihn am Handgelenk, zieht es nach vorne, die Finger auseinander, presst die Hand auf den Tisch.

Dann lehnt er sein ganzes Gewicht darauf, der Dürre klatscht den Kopf des Hammers ein paar Mal in seine Hand.

Du willst hier raus, verdammt noch mal, sag ihm einfach irgendwas, sie werden Zeit brauchen, um das zu überprüfen, vielleicht fällt dir was ein.

Karims Lippen öffnen sich, setzen an, alles wie in Zeitlupe, er will etwas sagen, die Stimme verlässt ihn. Das Herz setzt einen Schlag aus, Schwindel, Übelkeit, ein Blick streift die Unversehrtheit, bevor er sich in die Dunkelheit hechelt.

5

Larut hat den ersten Zug nach Marseille genommen. Zwischen den Berufstätigen, den Pendlern, die Erholung in den umliegenden Städten suchen, um sich jeden Morgen wieder in das Chaos zu werfen. Eine gute Gelegenheit, sich noch einmal der Akte zu widmen. Irgendwo muss sich ein Hinweis befinden, der Licht in das Dunkel bringt.

Ranfort, François
24. Oktober 1934 in Saint-Lemis geboren
1952 Abschluss *Collège, Baccalauréat Général*, Polizeischule für den gehobenen Dienst, Eintritt in die *Gendarmerie Nationale*.
12. Juni 1952 Tod Ranfort, Sylvie (Mutter)
7. Juli 1958 Heirat Clairemont, Claudine
3. Mai 1960 Geburt Ranfort, Fernand
6. Januar 1964 Selbstmord Ranfort, Lucien (Vater)
7. Januar 1968 Tod Claudine (Ehefrau) und Fernand (Sohn); Ursache: Autounfall mit Fahrerflucht
7. Juli 1984 Verurteilung wegen Mordes an Auguste Petrus, Überstellung nach Paris La Santé
18. März 1996 Überstellung nach Les Beaumettes auf Anordnung des Staatsanwalts (Unterschrift schwer leserlich)

Die Verbindung zur FLN konnte zwar nicht nachgewiesen werden, blieb aber gegenstandslos. Der Angeklagte plädierte nicht schuldig, zeigte sich reuelos, dazu die Absenz jeglicher Delikteinsicht. Notwehr war auszuschließen, es war davon auszugehen, dass der Angeklagte das Opfer mit zwei Schüssen in den Hinterkopf hingerichtet und sich dann selbst durch einen Schlag auf die Stirn das Bewusstsein genommen hatte, um das Verdachtsmoment von sich lenken. Die Mordwaffe, laut Ballistikprofil eine Pistole, Modell Walther P21 mit Schalldämpfer, war bis zum Ende des Prozesses unauffindbar, ließ jedoch auf die stringente Planung und den Vorsatz der Tat schließen.

Auch war davon auszugehen, dass Cecille Rancis, verehelicht mit Gerard Rancis und Schwester des Ermordeten Auguste Petrus, nachweislich in einer Affäre mit dem Angeklagten, sowie die beiden Männer, deren Identität bis dato nicht geklärt werden konnte, vom Angeklagten zur Verdunklung der Tat ebenfalls getötet wurden. Die drei Personen waren nicht Gegenstand der Verhandlung, eine weitere Anklage wegen Mordes wurde vom zuständigen Staatsanwalt geprüft. Der Angeklagte flüchtete entgegen der Empfehlung des Staatsanwalts nach Algerien, konnte dort jedoch von der örtlichen Polizei aufgegriffen und zurückgebracht werden. Auf die Aussage des Kommissars aus Algier wurde verzichtet. Der einzige Entlastungszeuge, Émile Revian, Kommissar aus Marseille, zeigt sich verhalten und hält dem Kreuzverhör nicht stand.

Eine Berufung mit jetzigem Stand des Wissens: sinnlos. Eine Grauzone, die sich verdächtig, aber logisch verhält. Larut hat sich die Akte nach Ranforts Verhaftung nie mehr angesehen. Das hätte seinem Arbeitsablauf zu sehr widersprochen. Verbrecher suchen, finden, verhaften. Den Rest regelt die Judikative. Eine persönliche Sache, die ihn nun einholt. Was bleibt, sind Fragen, die sich wiederholen, unbeantwortete Fragen. Hinweise, die zu Antworten degradiert wurden. Gebogen, bis sie ihrer Aufgabe gerade noch gerecht werden konnten. Um die Zeit, bis sie brechen, möglichst lange hinauszuzögern.

Larut hängt über der Akte, liest sie immer wieder, sucht nach Anhaltspunkten, die sich ihm nicht offenbaren wollen. Nur eines: Ranfort befindet sich in Les Beaumettes, einem Gefängnis im Süden von Marseille. Eine Anstalt, die jeder Couleur von Verbrechern Unterschlupf bietet. Zwischen Vorstadtvillen, in denen Kinder planschen und unter elterlicher Aufsicht die Haltbarkeit der Trampoline testen. Ein Loch, erbaut vor dem Zweiten Weltkrieg, selten renoviert und chronisch überbelegt. Hygienische Zustände: dementsprechend. Ratten, die aus den türkischen WCs kriechen, Gefangene, die gezwungen sind, in die eigenen Zellen zu urinieren. Selbstmorde sind zwar nicht an der Tagesordnung, treten aber zu gehäuft auf, um sie ordentlich vertuschen zu können.

Ob Ranfort noch lebt? Unwahrscheinlich, aber nicht gänzlich ausgeschlossen für jemanden von seinem Kaliber. Dennoch quält Larut die Frage, ob er ihn vor dieser Logis hätte retten können.

Larut lässt den Zwiespalt auf sich wirken, holt sich ein Croissant mit Creme, einen Espresso zum Mitnehmen und schlendert die Rue Chemin de Morgiou entlang. Hinter einer Kastanienallee erstreckt sich ein Mosaik aus Backsteinen, in denen die Fratzen der sieben Todsünden zur Gesetzestreue mahnen. Larut schluckt den Brocken, der den Nachgeschmack der Creme durch Bitterkeit ersetzt hat. Weiter zum Gefängniseingang neben dem grünen Eisentor, dessen meterdicke Zarge die *Drapeau Tricolore* trägt. Vorbei an den Touristen, die sich gegenseitig vor der Fassade fotografieren. Hauptsache weg von diesem bizarren Widerspruch.

Larut gibt den Ausweis mit gesenktem Kopf durch den Schlitz, der Beamte greift zum Telefon. Ein Nicken, er wird hineingelassen und durchsucht. Es folgt der Gang über den Hof, einige Schließrituale später erreicht er den Besucherraum. Feuchte Wände mit der dazugehörigen Kälte, trotz der Temperaturen, die draußen vorherrschen.

Larut setzt sich auf einen Stuhl, der sich nicht durch Bequemlichkeit auszeichnet, und wartet. Der Minutenzeiger der Wanduhr rastet fünf Mal ein, ein Schlüssel dreht sich im Schloss, ein gequältes Quietschen. Absätze folgen in Monotonie, die Tür öffnet sich. Larut steht auf, mustert den Bärtigen, der eine kurze Hose und ein T-Shirt trägt. Die einst gut gebaute Gestalt hat an Substanz verloren, gleichsam mit der Aura, die sich in etwas Dunkles verwandelt hat, das eine unnachgiebige Härte ausstrahlt.

Ranfort setzt sich ihm gegenüber, sondiert Larut wie einen Fremden. Die Arme verschränkt, die Lider schmal wie Panzerschlitze. Ranfort zieht Luft in die Nase, die rechte Augenbraue zuckt. Er sammelt Speichel im Mund, zieht ihn durch die Backen und deutet an, auf den Boden zu spucken.

Larut hält den Blick, obwohl es ihn wie eine Klinge durchzieht. Er atmet tief ein, setzt sich aufrecht hin, lehnt sich auf den Tisch und starrt Ranfort an. Ranfort tut es ihm gleich. Die Blicke treffen sich, vermengen sich zu etwas Zerstörerischem, Ranfort macht dem Wärter klar, dass er zurück in die Zelle möchte.

Mit einer Entschuldigung wird er sich nicht zufriedengeben. Larut muss ihn ködern, eine Information, die er von niemandem bekommt. Vielleicht hat er Glück.

»In der Baugrube, wo einmal Augustes Haus gestanden hat …« Ranfort verlangsamt den Schritt, bleibt aber zielgerichtet.

» … haben wir einen Mann gefunden.«

Er bleibt stehen, macht dem Wärter klar, dass er noch warten soll.

»In einem hässlichen Anzug.«

Ranfort dreht sich, macht eine kreisende Bewegung mit der Hand.

»Fettige Haare, langes Gesicht.«

Ein Zucken wie nach einem Blitzschlag. Er schüttelt den Kopf, hält dem Wärter die flache Hand vor den Körper. Bestätigendes Nicken. Ranfort setzt sich wieder und verschränkt die Arme.

»Wir haben keine Ahnung, um wen es sich handelt.«

Ranfort schnaubt gelangweilt, verdreht die Augen.

»Aber wir wissen, dass er mit derselben Waffe wie Auguste ermordet wurde.«

Ranfort schluckt. In den Blick mischt sich ein Stück Erleichterung.

»Hören Sie, François. Ich habe mir Ihre Akte angesehen. Es gab keine Beweise, die die Verurteilung gerechtfertigt hätten. Das ausschlaggebende Indiz war Ihre Anwesenheit am Tatort. Die Sache mit der Mordwaffe könnte alles ändern.« Kurze Pause. »Das könnte alles gut für Sie ausgehen.« Larut lässt sich Zeit, ergänzt: »Wenn Sie uns helfen.«

Dieses Mal ist die Spucke nicht angetäuscht. Ranfort sammelt alles, was er hat und schleudert es gegen die Scheibe. Er sieht den Wärter an, knickt den Kopf zur Seite und geht zur Tür.

Dieser Mann ist die einzige Möglichkeit, die Larut hat und einer der größten Fehler, den er je beging.

Larut steht auf, schreit: »Ich habe einen Fehler gemacht. Wollen Sie das hören?«

Ranfort macht eine Handbewegung, der Wärter gibt ihm etwas zu Schreiben. Er drückt das Papier an die Wand und kritzelt etwas. Der Wärter nimmt den Stift entgegen, Ranfort schnellt zur Scheibe und knallt den Zettel dagegen. Ranfort verlässt den Raum, das Blatt segelt langsam auf den Boden, und mit ihm die Hoffnung.

Larut will das Ganze nicht aus dem Kopf. Er steht auf, sieht das Blatt immer wieder an, Wort für Wort, Buchstabe um Buchstabe.

Bringen Sie mir ein Bild!

Die Mauern der Häuser ziehen am Fenster des Taxis vorbei, wie die Gedanken, die Larut nicht fassen kann. Wenn er inhaftiert wäre, noch dazu in Les Beaumettes, würde er alles daran setzen, sich aus dieser Lage zu befreien. Doch das scheint nicht Ranforts Intention zu sein. Außerhalb des Kerkers hätte er ihn wahrscheinlich nicht wiedererkannt.

Gebrochen, von Stolz und Härte durchzogen. Mager, aber von Stärke geprägt.

Dieser Blick will ihn nicht loslassen. Die Kälte der Augen, der Hass, etwas, das Larut unbekannt war. Hat ihn der Ort möglicherweise zu alldem gemacht?

Niemand weiß, was passiert, wenn er entlassen wird. War Ranfort Teil einer Verschwörung? Die zwei Männer, die neben Ranforts Freundin erschossen aufgefunden wurden: Wer hat sie tatsächlich erledigt? Vestal vielleicht? Es wird schwierig, ein Bild von ihm zu besorgen. Vor allem in totem Zustand. Der Pass ist verschwunden, der Zugang zur Leiche unmöglich. Wenn Guerlaine das Haus durchsuchen ließ, kann er froh sein, wenn er Larut nicht verhaften lässt. Zurückhaltung von Beweismaterial: Ein krimineller Akt, der ihn schnell zu einem Verdächtigen machen kann. Bei einem derart prekären Thema ein vermeidbares Risiko. Die einzige Chance: der Gerichtsmediziner. Vielleicht hat er etwas herausgefunden.

Larut macht dem Taxifahrer klar, dass er bei der nächsten Telefonzelle halten soll. Ein paar Francs extra für die Nummer der Auskunft, dann steht Larut auf der Avenue du Prado. Zwischen neuen Geschäften und Marktständen, vor einer Filiale der PTT. Er steuert das öffentliche Telefon an, nimmt das Telefonbuch und sucht nach dem Namen des Gerichtsmediziners. Drei Einträge unter Goutelle, zwei davon Ärzte. Larut tippt die erste Nummer in den Apparat, das Freizeichen ertönt. Etwa eine Minute lang, dann der Anrufbeantworter, der ihn mit einer Frauenstimme auffordert, eine Nachricht zu hinterlassen.

Larut versucht die zweite Nummer, der Apparat wählt. Besetzt. Er schenkt der Frau, die mit der Fußspitze hektisch auf den Boden tippt ein Lächeln und hängt den Hörer in das Telefon. Er sollte etwas essen gehen, etwas mit Substanz, das länger anhält als ein Croissant. Fisch wäre eine Option. So einen wie hier bekommt man nicht so schnell. Die raue Küche von Marseille, das Urtümliche, derbe. Knoblauch, Rosmarin, ein Hauch Zitrone an einer gegrillten Meeresche.

Dann: Ein Freizeichen, es meldet sich der Gerichtsmediziner.

»Monsieur Goutelle?«

»Am Apparat.«

»Monsieur Larut. Ich rufe an, weil …«

»… Sie wissen möchten, ob ich etwas über den Toten herausgefunden habe.«

»Und, haben Sie?«

»Das ist in der Tat interessant, Monsieur. Ihre Leiche hat eine lange Geschichte. Was mich sehr verwundert, ist, dass alle Aktivitäten dieses Mannes unter demselben Decknamen stattgefunden haben. Eine Identität, die allerdings erst Ende 1958 ihren Ursprung findet. Davor scheint er nicht existiert zu haben. Was auch nicht weiter von Belang sein dürfte. Was mir wirklich wichtig erscheint, ist seine Rolle in Algerien während des Unabhängigkeitskrieges.

Ein junger Mann aus der Legion, schließt sich bald der OAS an und fällt dort durch seine außerordentliche Brutalität auf. Bald organisiert er Ortsgruppen, Anschläge, alles gedeckt von den Behörden, obwohl gedeckt die falsche Bezeichnung ist. Man kennt ihn, lässt ihn walten, solange er den französischen Interessen in Algerien nicht im Weg steht.

Was die Behörden allerdings nicht wissen, ist, dass er bald sein eigenes Süppchen kocht und jeden zum Feind erklärt, der ihm persönlich im Weg steht. Vermehrt kümmert er sich um die algerienfreundlichen *Pied-noirs*, die sich für die Unabhängigkeit einsetzen. Er wird in Verbindung mit der Ermordung des Polizeichefs von Algier gebracht, dem Folterkeller eines ungarischen Arztes in Birmandres, dem Attentat auf General Raoul Salan, entzieht sich jedoch stets der Gerichtsbarkeit. Mit aller Härte verfolgt er seine Ziele, Ende 1961 merkt er aber, dass seine Möglichkeiten in Algier ausgeschöpft sind. Er geht zurück nach Frankreich, verlässt Algerien auf der *Ville de Tunis*, einem Dampfer, der sowohl *Harkis* als auch *Rapratiés* nach Frankreich bringen soll. Schnell wird ihm klar, dass seine Rolle in diesem Konflikt zu Ende geht, er nicht mehr gebraucht wird. Eine vom Staat zugewiesene Wohnung und der daraus resultierende Lebensstandard bedeuten Verzicht, den er nicht auf sich nehmen will. Deshalb schmiedet er einen Plan mit seinen OAS-Kollegen, die ihrer Rolle in Algerien nachtrauern.

Zwar lassen sie die *Harkis*, die in Lagern unter unwürdigen Umständen untergebracht werden, in Frieden, jedoch sind sie gewillt, sich das zu nehmen, was ihnen in ihrem Glauben zusteht. Der Staat hält sich bedeckt, sie sollten froh sein, dass man sie nicht inhaftiert, doch die Undankbarkeit seitens der

Regierung schlägt den Ex-Terroristen bitter auf den Magen. Sie überfallen Banken, verteilen es an die *Rapratiés*, nehmen sich, was sie möchten. Nun haben sie zwar die Regierung zum Feind, jedoch handelt es sich bei dieser Gruppe um Ex-Attentäter und Ex-Militärs, für die ein Bankraub mehr ein Kavaliersdelikt als eine richtige Straftat darstellt.

Das geht einige Zeit gut, bis die Unterstützung seitens der *Rapratiés* rapide abnimmt. Zu sehr hat ihr Ruf unter dem Joch der OAS-Männer gelitten. Obwohl das gestohlene Geld selbstverständlich bei den neuen Besitzern verweilt. Dann verliert sich die Spur von Caspar Vestal irgendwo in der Gegend von Arles, wo er sich mit dem neuen Reichtum niedergelassen haben dürfte. Allerdings fehlt mir ein wenig der Glaube, denn die Regierung hat an solch erfahrenen Figuren noch selten das Interesse verloren. Wahrscheinlich hat er hie und da einen Auftrag für die DST oder DGSE erledigt, unerwünschte Zeitgenossen von diesem Planeten entfernt. Alles in allem kein Verlust, wenn Sie mir die Bemerkung gestatten.«

Laruts Instinkt hat seit der Pensionierung kaum gelitten. Er wusste, dass die Sache stinkt. Nach einer unbequemen Vergangenheit, derer man sich heutzutage kaum mehr besinnen will. Und wenn, dann werden die Leute als Spinner, als ewig Gestrige abgetan, die doch endlich Ruhe geben sollten.

Ranfort wusste, wen Larut meinte. Das heißt, Vestal war möglicherweise 1984 in den Mord von Auguste Petrus involviert. Wenn er in diese Maschinerie geraten ist, erklärt das den Ausgang der Gerichtsverhandlung. Selbst wenn er ihm geholfen hätte, wäre Laruts Aufwand ohne Wirkung geblieben. Doch jetzt hat er die Möglichkeit, jetzt ist die Zeit, zu handeln.

»Monsieur Goutelle, ich danke Ihnen für die Mühe.«

»Sie fragen mich nicht nach der Quelle? Äußerst ungewöhnlich, selbst für einen *Principal* im Ruhestand.«

»Monsieur, selbst wenn ich Sie fragen würde, und das würde ich keineswegs, sie würden mir keine Antwort geben. Oder täusche ich mich?«

»Keineswegs, Monsieur Larut. Keineswegs.«

Larut hängt den Hörer in die Muschel und versucht, die Gedanken zu ordnen. Ein Unschuldiger in Les Beaumettes, ein toter OAS-Mann, ein Attentäter, der in Marseille sein Unwesen treibt. Möglicherweise bringt ein Pastis vor dem Essen Klarheit.

Er geht zur Tür, greift zur Klinke, als ihn eine Druckwelle nach hinten schleudert. Vorbei an der Frau, deren Gesicht gerade an der Muschel klebt. Sein Körper presst sich an den ihren, ihr gellender Schrei vergeht im Lärm der Explosion, bevor sie zu einer Person verschmelzen. Laruts Schulter gräbt sich in ihr Bauchfett, dann reißt er sie um und bleibt neben ihr an der Wand liegen. Was zum …?

Ein letzter Blick auf die Zerstörung, die Lider werden schwer wie Beton, die Welt ist fern, dumpf, verhallt. Bis ihn die Sirene zwischen den Ohren in den Schlaf begleitet.

Die Welt fühlt sich genauso an, wie er sie verlassen hat. Unscharf und irreal. Wie Pudding, der durch die Finger fließt. Ein Wasserfall, dessen Rauschen sich mit einem konstanten Pfeifton vermengt. Die Druckwelle, der Flug, die Frau, die Wand. Jemand muss eine Bombe gezündet haben. Vor dem Laden, vielleicht in einem Wagen, wie es in der Zeitung gestanden hat. Wer immer das getan hat, muss einen Plan verfolgen und auf der Flucht sein. Denn mit Sicherheit sucht die gesamte Polizei nach ihm. Ein Ausnahmezustand, in dem man sich nicht frei bewegen kann. Jeder Zug obliegt einer strengen Planung, die kaum ein Terrorist einzuhalten vermag. Früher oder später passiert ihm ein Fehler, dann schnappt die Falle zu. In Paris war jeder verdächtig und die Exekutive befugt, jeden festzunehmen. Unter Mithilfe von Millionen ziviler Augen und Ohren. Denn es lauert ein Tod, der die gesamte Bandbreite innehat: Verstümmelung, Verbluten, bis hin zum sofortigen Tod, der angesichts der Alternativen die beste Option darstellt.

Larut sieht den Körper entlang, bewegt die Finger, die Zehen, richtet langsam den Oberkörper auf, tastet sein Gesicht ab. Nichts.

Bis auf einen Kopfverband, der an der Schläfe die Feuchtigkeit konzentriert. Ein Atemzug, Erleichterung macht sich breit. Er lässt sich zurückfallen und schließt die Augen. Noch nie war er dem Tod so nah.

Ein Mann betritt den Raum, steuert zielsicher auf ihn zu. Er riecht nach Dienstmarke und Erfahrung. Unter dem Trenchcoat trägt er einen beigen Anzug. Schwarze Krawatte, hellblaues Hemd. Die grauen Haare hat er über die Seite gekämmt.

»Monsieur Larut?«

Larut stemmt sich auf die Ellbogen.

»Kommissar Revian, Polizei Marseille. Ich untersuche den Vorfall, der Sie hierher gebracht hat.«

»Wenn Sie mir sagen, was genau mich hierher gebracht hat?«

»Eine Autobombe. Dass Sie Glück hatten, muss ich nicht extra erwähnen?«

Larut schüttelt den Kopf. Die Schultern schmerzen, er streckt Revian den Arm entgegen.

»Bleiben Sie liegen, schonen Sie sich«, sagt Revian.

»Ich sollte nicht hier sein, sondern Zuhause.«

»Wie Sie meinen.«

Revian greift nach dem Ellbogen und zieht Larut nach vorne in eine sitzende Position.

»Ich bin nur etwas verspannt.« Larut zieht sich vorsichtig Luft in die Lunge, fragt: »Was wollen Sie von mir wissen?«

»Ich denke, Sie wissen das, Monsieur. Beschreiben Sie mir den Vorfall. Was haben Sie in der Post gemacht? Woher sind Sie gekommen? Beschreiben Sie mir die Zeit davor. Warum sind Sie in Marseille?«

Revian holt einen Notizblock hervor, schlägt ein paar Seiten nach hinten.

»Das Übliche eben«, sagt Larut, zieht einen Mundwinkel hoch, setzt fort: »Ich wollte eine Ansichtskarte nach Hause schicken. Ich war schon lange nicht mehr in Marseille. Ich war im Hafen und habe mir das *Deuxième Arrondissement* angesehen. Meine Familie stammt von hier.«

»Es gibt ein Postamt am Hafen.«

»Das wusste ich nicht.«

»Sie stammen von hier?«

»Ich war noch klein, als wir weggingen. Zu klein, um Karten zu versenden. 1943 war keine Zeit der Postkarten.«

»Sie wurden deportiert?«

»Umgesiedelt. In eine Unterkunft, aus der wir freiwillig weggingen.«

»Wohin sind Sie gegangen?«

»Nach Aubagne. Zu meinen Großeltern.«

»Es ist schön dort.«

»Um diese Zeit war es nirgends schön. Danach ein bisschen.«

»Beschreiben Sie mir die Zeit, bevor Sie in das Postamt gegangen sind.«

»Ich bin am Markt vorbei, habe die Tür zum Postamt geöffnet, die Karte aufgegeben und als ich zurückgehen wollte, hat mich die Detonation gegen die Wand geschleudert.«

»Welches Motiv?«

»Was meinen Sie?«

»Welches Motiv war auf der Karte?«

»Notre Dame de la Garde.«

»Sie stammen von hier und kaufen eine Postkarte, die jeder Tourist kauft?«

»Ist das strafbar?«

»Noch nicht.«

Revian taxiert Larut, verzieht keine Miene, notiert.

»Monsieur, ich möchte Sie auf dem Revier sehen.« Er gibt Larut eine Visitenkarte, setzt fort: »Sie werden morgen entlassen. Ich habe mit dem Arzt gesprochen.«

Wenn er Revian richtig einschätzt, weiß er, woher er kommt. Dann ist der Schluss zu Ranfort nicht weit. Larut und Revian hatten 1984 Kontakt, wenngleich nur kurz. Auch daran wird er sich erinnern. Oder bereits erinnert haben. Möglicherweise ein Spiel, vielleicht auch Revians Vorgehensweise.

In jedem Fall besitzt Revian ein Gespür für Menschen, Abläufe, Situationen.

Larut wählt den Weg zu Fuß. Bei moderaten Temperaturen, im Schatten der Kastanien, zwischen Industrie- und Kapitaltempeln, sandfarbenen Wohnblöcken mit verschlossenen Jalousien, die die mittäglichen Temperaturen aussperren sollen. Das Hupen der Autos vermengt sich mit Stimmengewirr aus den Cafés, das der Wind durch die Straßen trägt. Larut spürt das Leben, die Stadt wie schon lange nicht mehr. Saint-Lemis ist eine Gewohnheit, ein Klotz aus Bequemlichkeit, den er nur schwer loslassen kann. Sarah. *Sie* hält ihn dort. Es ist der Charme des Hauses, als ob sie noch immer dort wäre.

Nur sein Sohn nicht, der vor langer Zeit das Weite gesucht hat. Ab und an ein Telefonat, mehr aus Höflichkeit als aus Interesse, dann monatelang Funkstille. Ein Zustand, der Akzeptanz erfordert. Die Gespräche sind kurz, abgehackt, dauern maximal ein paar Minuten. Zumindest fragt er nie nach Geld, regelt seine Angelegenheiten selbst.

Die Rue Félix-Pyat taucht vor ihm auf. Zur Rechten die Adresse auf der Karte, links davon ein paar Araber, die auf einer kniehohen Mauer sitzen und in Winterjacken wild gestikulieren.

Er schenkt ihnen keine Beachtung, passiert die Gitterstäbe, wirft noch einen Blick zurück. In seiner Jugend war Marseille anders. Die Araber waren in Afrika, die Franzosen in Frankreich. Fünfzig Jahre Veränderung, die es zu akzeptieren gilt.

Eine höfliche Beamtin gibt ihm Auskunft, wo er Revian finden kann. Sein Blick bleibt auf ihrer Schönheit haften, sie lächelt, als ob sie sich der Eigenschaft sehr wohl bewusst wäre, widmet sich der Arbeit. Larut geht die Stufen hinauf, den Gang entlang, zweite Tür links. Dezentes Klopfen, etwas Zeit verstreicht, ein gedämpftes *Herein*.

Larut drückt die Klinke nach unten, Revian erwartet ihn bereits und weist ihm einen Platz zu. Ein *Schön, dass Sie kommen konnten*, er schlägt eine Akte auf und überfliegt die Seiten. Die Lippen bewegen sich mit den Zeilen, ein Nicken, Revian hebt den Kopf und sieht ihm in die Augen.

»Ich wusste, dass wir uns kennen, Monsieur Larut. Damals noch *Principal*.«

»Sind Sie deshalb so freundlich?«

»Unter anderem. Erzählen Sie mir von Saint-Lemis.«

»Eine kleine Stadt, eigentlich ein Dorf, nicht ganz hundert Kilometer von hier.«

»Lassen Sie das«, fällt ihm Revian ins Wort.

»Werden Sie konkreter.«

»Der Tote.«

»Wenn Sie wissen, dass es einen Toten gibt, kennen Sie auch den Rest.«

»Glauben Sie?«

»Ja, das glaube ich.«

»Und was glauben Sie tatsächlich?«

Wenn er Informationen von Revian will, muss er ihm etwas geben. Revian weiß das.

»Ich glaube, dass ein Unschuldiger im Gefängnis sitzt.«

»Sind Sie sich da sicher?«

»Woher käme sonst die Waffe?«

»Vielleicht hat er jemanden beauftragt.«

»Der Mann, den ich gesehen habe, hat niemanden beauftragt.«

»Hören Sie, Monsieur Larut, wir können das stundenlang spielen und ich denke, wir sind beide sehr gut darin. Aber ich glaube, dass ein Zusammenhang zwischen den Attentaten und dem Mord besteht.«

Larut senkt gemächlich das Kinn, schließt die Augen.

»Haben Sie Identitäten?«

»Die haben wir. Unbescholtene Bürger. Ein Anwalt und ein Banker. Einwandfreier Leumund. Wenn man die Profession außer Acht lässt.«

Revian weiß mehr. Warum sagt er es nicht?

»Wir sind beide gut darin«, sagt Larut, macht eine kreisende Bewegung mit dem Zeigefinger.

»Die einzige Gemeinsamkeit ist, dass sie Paras waren.«

»Fallschirmjäger?«

Para, vielleicht OAS, Verhaftung, eventuell eine Verurteilung, DeGaulles Generalamnestie, Karriere. In der Regel chronologisch. Unbescholtene Bürger.

»Fremdenlegion. Algerienkämpfer. Mit einer gewissen Überzeugung.«

»Wir konnten den Mann in Saint-Lemis nicht identifizieren, aber es wäre ein Wunder, wenn es sich nicht um denselben Schlag Mensch handeln würde«, sagt Larut.

»Das sehe ich genauso. Nur eines fehlt: der Hintergrund.«

»Möglicherweise ähnlich wie damals. Chirac kommt an die Macht, die Anti-Gaullisten fühlen sich hintergangen, streiten sich um die wenigen verbliebenen Posten. Niemand will nachgeben, Existenzängste kommen auf und sie besinnen sich auf das, was sie ehemals gelernt haben: Mord, Bombenanschläge, Verschwörungen.«

»Möglich, aber unwahrscheinlich. Was hat ihr Freund damit zu tun?«

»Ich habe keine Ahnung.«

»Ich denke, Sie haben eine Ahnung.« Revian klopft mit der Spitze des Kugelschreibers auf den Tisch.

»Er kannte die Namen einiger OAS-Leute, ihre späteren Identitäten. Zumindest hat er das behauptet.«

»Deswegen waren Sie bei ihm.« Pause. »Aber er hat ihnen nichts gesagt.«

»Wenn es stimmt, was man sich über Les Beaumettes erzählt, sollten wir Ranfort schmoren lassen. Vielleicht wird er dann reden. Um seiner selbst Willen.«

»Vielleicht nimmt er sich vorher das Leben oder erkrankt an Cholera, Typhus, Tuberkulose oder einem einfachen Schnupfen. Vielleicht fressen ihn auch die Flöhe. Die medizinische Versorgung dort ist, gelinde gesagt, unzureichend. Haben Sie sonst noch eine Idee?«, fragt Revian.

»Mir fällt niemand ein. Alle aus Saint-Lemis, die 1984 involviert waren, sind tot. Was ist mit Ihnen? Vorschläge?«

Revian fixiert Larut, steht auf, dreht eine Runde im Büro, sieht aus dem Fenster. Dann stützt er sich auf den Schreibtisch und sagt: »Eric Nadale. Ein Algerienkämpfer, ein Pied-noir, der nach Korsika vertrieben wurde und sich dort niedergelassen hat. Er war mit Ranfort unterwegs. Soweit ich weiß, haben sie nach Auguste Petrus' Vergangenheit erkundigt. Zwei Männer haben ihn in einem Hotelzimmer am Vieux Port übel zugerichtet. Ihr Freund hat ihm das Leben gerettet und die Suche alleine fortgesetzt. Nadale war lange im Krankenhaus, hat sich nur schwer von den Verwundungen erholt. Er könnte etwas wissen.«

»Haben Sie eine Adresse? Wo ist seine Akte?«

»Monsieur Larut, ich halte es für besser, wenn Sie die Finger davon lassen. Der Fall ist bei mir in guten Händen. Fahren Sie nach Hause.«

»Sie sind gut darin, Monsieur Commissaire. Besser als ich. Eine Frage hätte ich dennoch.«

Ein Wunder, wenn er sie ihm gewähren würde. Er hat das Spiel geschlossen, Schachmatt erklärt.

»Bitte«, sagt Revian.

»Warum wurde er erst jetzt nach Les Beaumettes verlegt?«

Revian starrt ihn an, dreht die Augen nach oben, presst Luft durch die Nase.

»Eine gute Frage. Schlechte Führung, vielleicht hat er sich von den falschen Typen ficken lassen, was weiß ich. Auf jeden Fall kommt keiner ohne Grund in dieses Drecksloch.«

»Ich würde das an Ihrer Stelle klären, Superbulle«, sagt Larut und verlässt das Büro.

Geduld, Pierre. Revian trinkt dasselbe Gift wie du.

6

Karim liegt auf der Matratze, seiner Matratze, halb benommen, im Delir. Er bewegt die Finger, die Zehen, tastet den Körper ab, öffnet die Augen. Nur einen Spalt, die Lider liegen schwer auf den Augäpfeln. Kein Schmerz, fast so etwas wie Erholung, kein Traum, der ihn aus dem Schlaf gerissen hat.

Er dreht sich auf die Seite, da steht eine Flasche Wasser, daneben ein Plastikteller mit einem Stück Brot und etwas Fleisch. Sieht frisch aus. Was für Fleisch kann er nur erahnen, die Gier überlagert alles andere, das Verlangen ist unstillbar.

Er reißt die Brocken von dem Stück, es schmeckt unbekannt, vielleicht ist es Schwein, im Moment egal. Er beschwichtigt sich mit dem Gedanken, dass er sich auch von Zeit zu Zeit einen hinter die Binde kippt. Das Paradies scheint weit entfernt. Da ist Schweinefleisch in der Not das geringste Problem. Zwei Tage hat er nichts gegessen, getrunken, alles fühlt sich an wie in der Wüste. Trocken, schwach, kraftlos.

Er weiß nicht, was er zuerst machen soll, trinken, essen. Alles gemeinsam, Hauptsache, es gibt Energie. Vielleicht ein letztes Mahl, das sie ihm gönnen.

Der Dürre hat ihm gesagt, dass er kein Unmensch sei. Vielleicht hat er recht, bereut den Fehler. Karim ist nicht ihr Mann, nur ein kleiner Araber, dessen Vater den falschen Herren gedient hat. Ein klarer Fall von Sippenhaftung, er kennt das aus der Heimat, die soziale Kälte, die er erfahren musste. Ausgeschlossen. Keine Möglichkeit, zur Schule zu gehen. Kein Mann mehr in der Familie, das Oberhaupt ein Verräter. Er als einziger, der übrig war, ein Junge von acht Jahren. Verwirrt, überfordert, an das Leid der Mutter geknüpft.

Ihre einzige Chance bestand in der Flucht, die ihnen so schwer wie möglich gemacht wurde. Sie mussten betteln im Hafen von Algier, vor der *Ville de Tunis*, die sich zuerst um die *Rapratiés,* die Heimkehrer, kümmerte. Ein Koloss, wie ihn Karim noch nie zuvor gesehen hatte, ein Dampfer, der mehrere tausend Menschen aufnehmen konnte. Mit einem riesigen Schornstein, aus dem der schwarze Rauch emporstieg. Die Menschen drängten sich aneinander, den Steg hinauf, die Soldaten waren überfordert, Ordnung zu schaffen. Ein Papagei einer weißen, alten Frau kreischte in die Menge: »*Vive l'OAS, vive l'OAS, vive l'OAS.*«*Es lebe die OAS,* es *lebe die OAS, es lebe die OAS.* Immer wieder, während der ganzen Einschiffung. Wer diese OAS war, hatte er damals nicht verstanden. Aber die Schreie des Vogels brannten sich in seine Gedanken. Von der Mutter hatte er keine Auskunft über die OAS bekommen. Sie hatte ihm die Ohren zugehalten, bis sie merkte, dass es keinen Sinn hat. Doch auch danach schwieg sie.

Karims Blick pendelte hin und her, klopfte die anderen Flüchtlinge ab, die Franzosen, suchten Antworten, die es nicht gab. Niemand schien zu wissen was passieren würde, sie standen nur da. Zusammengepfercht wie Vieh, das auf die Schlachtung wartet. Übertönt von den Schreien des Vogels und denen der *Rapratiés,* die ihre Forderungen stellten. Die Fellaghas sollten weg, das Schiff sei ihnen vorbehalten. Am besten sollte man sie gleich hierlassen, dass sich die Tiere im Hafen darum kümmerten. Zur Sache waren sie geworden, zu Ballast, denen es loszuwerden galt.

Irgendwann, als sich Karim und seine Mutter an Bord der *Ville de Tunis* gedrängt hatten, wurde sie still, apathisch. Kein Wort verließ mehr ihre Lippen. Vielleicht wusste sie, dass die Algerier anders behandelt werden würden als die *Rapratiés*. Vielleicht wusste sie, dass man den Forderungen der Heimkehrer nachkommen würde. Möglicherweise hatte sie gehört, wo sie hinkämen, was dort auf sie wartete.

Ein erneutes Verhör, die Stimmung ist gut. Nichts deutet mehr darauf hin, dass sie ihn foltern oder exekutieren wollen. Der Dürre sieht manisch aus, ein Grinsen wie bei einem Lama, voller Hoffnung, dass die Sache ein Ende hat. Karim nimmt Platz, braucht keine Anweisung, ist fast entspannt, vielleicht aufgrund des vielen Schlafes. Die Hünen sitzen locker auf den Sesseln, sie wissen, dass er nicht entkommen kann.

Der Dürre lehnt sich auf die Ellbogen, sagt: »M'sieu Zidane, ich hoffe Sie verzeihen mir die Anwendung derart drastischer Mittel, aber ich war nicht mehr Herr der Lage.«

Jede Wahrheit, die aus seinem Mund kommt, mutet an wie eine Lüge. Der Dürre ist niemand, dem eine Situation entgleitet, er hat Erfahrung, das spürt man. Wenn, dann ist es Teil des perfiden Spiels, dessen Hintergrund Karim nicht durchschauen kann.

»Wie Sie meinen, Monsieur.« Stoisch, ohne Regung, fügt Karim hinzu: »Kann ich jetzt gehen? Oder haben Sie mir einen Anwalt besorgt?«

»Die Sache mit dem Anwalt, M'sieu Zidane, ist eine diffizile. Dann hätten wir einen Advokaten, einen Rechtsverdreher, der in einen Raum eindringt, in dem uns frei zu bewegen nur wir imstande sind. Lassen Sie ab von dem Gedanken, schenken Sie uns ein wenig Vertrauen, dann sind Sie schneller von hier weg, als Ihnen lieb ist. Es sei denn …« Er dreht sich zu den anderen, wieder zu Karim, setzt fort: »… Sie haben sich schon zu sehr an uns gewöhnt.« Kurzes Lachen, das alle genießen – außer Karim.

»In einem Punkt haben Sie ja recht, M'sieu Zidane. Sie sind ein kleiner Araber. Jemand, dem das Schicksal übel mitgespielt hat. Unverdient, wie man hört. Sie haben sich durchgeschlagen, das Notwendige getan. So jemand gerät früher oder später an die falschen Leute, hält sie für Freunde. Aber diese Freunde sind meist nicht echt. Für die sind Sie nur eine Marionette, ein Werkzeug. M'sieu Zidane, ich kann nur an Ihre Vernunft appellieren. Tun Sie jetzt ebenfalls das Notwendige und sagen Sie uns, wer verantwortlich für die Sache ist, dann können Sie gehen.«

»Für welche Sache?«

»Sehen Sie, M'sieu Zidane, Sie machen es mir nicht leicht. Ich will Ihnen helfen, Ihnen zur Seite stehen und was tun Sie? Sie halten uns zum Narren, spielen weiter Ihr Spiel.«

Der Dürre wartet einen Moment, wendet den Kopf ab, die Narben spannen sich am Hals, über das Gesicht. Ein Löwe, der zupacken will, sich im selben Moment beschwichtigt.

»Ich weiß ja, dass Sie die Attentate nicht allein verübt haben. Dafür ist die ganze Angelegenheit zu komplex. Sie hatten Komplizen, keine Frage. Wir wissen auch, dass Sie mit drin stecken. Das ist uns ebenso bewusst. Aber ist es das wirklich Wert, M'sieu Zidane? Wollen Sie wirklich Ihre Freiheit für

Leute opfern, die keinen Deut auf Sie geben, auf Sie spucken? Ist Ihnen Ihr Leben wirklich so wenig wert?«

Ihr Leben, M'sieu Zidane. Wirklich so wenig wert?

Was weißt du schon von meinem Leben, Monsieur wer-auch-immer?

Die Stimme hallt nach, frisst sich in Karims Bewusstsein. Sollen sie ihn doch töten. Die Freiheit ist nur eine Karotte aus Pappe, an einem Stock, der immer länger wird.

Die Angst hat Karim verlassen, ist einer Sicherheit gewichen. Einer Situation, die er kennt. Etwas Unbekanntem das bekannte Übel vorziehen. Diese Behandlung ist ihm vertraut, er war acht Jahre lang im Lager in Bias, hat von Bazou, dem Alten, den Taschendiebstahl gelernt. Anfänglich mit Unverständnis, aus Freude an der Tätigkeit, dann mit einem schlechten Gewissen. Die eigenen Leute zu bestehlen: undenkbar. Aber Bazou hat ihm erklärt, dass Gewissen eine menschliche Erfindung und man sich in der Not selbst der Nächste sei. Der Alte hatte das von einem Kanadier gelernt, der ihm auch den Namen gegeben hatte. Bazou, ein Ausdruck aus Quebec für einen alten Wagen. Bazou hatte für Frankreich gekämpft, später an der Seite der Kanadier. Er war Mechaniker, zuständig für Fahrzeuginstandsetzungen, Mädchen für alles. Geschickt mit den Fingern und von schneller Auffassung. Ein Mann, den das Lager in Bias nicht brechen konnte. Er hatte schon zu viel im Zweiten Weltkrieg und in Algerien gesehen. Er war gewöhnt an die soziale Ausgrenzung, die Undankbarkeit, die Frankreich gegenüber seinen Helfern gezeigt hatte. Wenn es zum Konflikt kam, besann man sich ihrer und ließ sie danach fallen, verrotten wie einen lahmen Esel, der nicht einmal einen Schuss Wert ist. Deshalb floh er gegen Ende des Krieges. Er wusste, was ihm in der Heimat blüht. Viele seiner Kameraden hatten sich das Leben genommen, um nicht dem Feind, den ehemaligen Nachbarn, Freunden, Brüdern in die Hände zu fallen.

Und nun kümmerte er sich um Karim, versuchte, ihm so etwas wie ein Vater zu sein. Weil er gemerkt hatte, dass die immer stärker werdende Depression von Karims Mutter schwer auf ihm lastete. Sie konnte die Entehrungen nicht ertragen und es war nur mehr eine Frage der Zeit, bis sie sich das Leben nahm, wie viele andere. Jeden Tag, in den zu wenig vorhandenen Duschen, es waren zehn an der Zahl für 1600 Insassen, rissen die Soldaten die Türen auf.

Das Lachen der Soldaten, übertönt vom Geschrei der Frauen, hallt immer noch im Ohr.

Sie warfen sich Blicke zu, voller Stolz, als ob sie eine Trophäe mehr über dem Kamin hätten. Dieses Funkeln in ihren Augen, so diabolisch, wie es die Hilflosigkeit der Menschen in Bias spiegelte.

Tag für Tag. Freiheit oder Hilfe: weit entfernt.
Irgendwann im Frühling 1964 nahm sich Karims Mutter das Leben. Sie hatte sich entschuldigt, ihn um Verzeihung gebeten an diesem Morgen, und Karim hatte nicht verstanden.

Erst danach. Er wollte weinen, schreien, das ganze Unheil in die Welt tragen, das ihm zuteilwurde, aber kein Laut drang aus seinem Mund. Er saß nur da und starrte auf den Baum, der ihrem Schicksal ein Ende bereitete. Allein in einem Lager mit einem alten Mechaniker, der wahrscheinlich nie wieder von hier fortgehen würde.

Da schmiedete Karim einen Plan. Den eines Kindes, der ihn weit forttragen sollte. Nach Osten, wo man sagte, dass die Welt für die Araber eine bessere sei. In eine Stadt am Meer.

Die Tür von Karims Zelle öffnet sich, der Dürre erscheint. Karim setzt sich auf der Matratze auf, die Decke über die Schultern gezogen. Der Dürre hat eine Plastiktüte in der Hand, ungefähr sechzig Liter Fassungsvermögen. Er wirft sie Karim vor die Füße, er soll sie öffnen.

Karim zögert, kriecht nach vorne, zieht das Gummiband auf, wirft einen Blick hinein. Seine Hosen, Hemd, Jacke, Schuhe. Er weiß nicht, was er machen soll, eine gute Tat des Dürren scheint ihm mehr als verdächtig.

»Anziehen«, sagt er in befehlsartigem Ton. Karim folgt der Anweisung, fühlt sich nicht besser, hat schon drei Tage nicht geduscht, die Zähne geputzt oder sich frisiert. Die Kleidung klebt auf der Haut, ist alles andere als wohlig. Der Dürre erwidert Karims fragenden Blick.

»Wir haben Ihre Geschichte geprüft, M'sieu Zidane. Für uns sieht die Sache nach einem Irrtum aus. Ihre Art der Verfehlung geht uns nichts an, das ist eine Sache der Polizei. Wir werden Sie von hier wegbringen, zurück in Ihre Wohnung, die Matratze wird nachgeliefert. Auch wenn ich nicht sicher bin, ob Sie dieses Stück wirklich wiederhaben wollen.«

Die schwere Tür fällt ins Schloss, es folgt Stille und ein großes Fragezeichen. Solche Leute lassen dich nicht einfach gehen. Das wäre alles andere als logisch. Du hast sie gesehen, ihre Gesichter, könntest Anzeige erstatten wegen Freiheitsberaubung. Das wissen die, dass einem Kleinkriminellen niemand etwas glaubt, er sicher nicht zur Polizei geht, weil dort wieder Schläge und Gelächter auf ihn warten.

Mach dich bereit auf deinen letzten Atemzug, schließ Frieden mit dieser Welt. Mehr kannst du nicht erreichen.

Karim lauscht in die Stille. Seit Tagen hat sich nichts gerührt, er hätte gewartet auf einen Passanten, ein Auto, das am Kellerfenster vorbeifährt, einen streunenden Hund, eine Katze. Irgendetwas, das ihn glauben lässt, dass er sich nicht in einem Traum befindet, sondern in der realen Welt. Wo es Menschen gibt, andere, die ihm helfen können, ihn aus dieser Misere holen.

Es ist fast, als ob sich kein Geräusch in diesen Keller wagt, als sei dies ein Ort ohne Leben, ohne Freiheit, ohne Glauben. Selbst Allah sieht nicht herab, sonst würde er dieser Ungerechtigkeit ein Ende setzen. Vielleicht hat er aber schon zu oft an ihm gezweifelt, die Präsenz zu oft in Frage gestellt. Vielleicht ist sein Gott Karim müde, der Einzige, an der sich wenden kann, der Dämon, der ihm Kraft gibt, es mit den Übeln dieser Welt aufzunehmen. Er hat sich selbst verraten, ein ungläubiges Leben geführt. Für diese Art des Lebens gibt es nur eine Konsequenz: das Leiden und den Tod. Es ist zu spät für ihn, die Läuterung weit entfernt, niemand, der ihn retten kann, sich seiner annimmt. Er hat es nicht einmal versucht, sich gehen, treiben lassen von dieser westlichen Gottlosigkeit.

Was auch kommen mag, ich erwarte dich.

Karim steht aufrecht im Raum, die Schultern nach hinten gezogen, Schritte nähern sich. Zwei Paar, schwere Absätze, die zwei Hünen. Sie bringen ihn fort, in das Leben oder den Tod, das wird sich zeigen. Die Tür geht auf, sie kommen herein, kalte Mienen über den Lederjacken, er soll sich bereitmachen, die Freiheit warte auf ihn. Fast entgleitet ihm ein Lächeln, die Worte seines Vaters kommen ihm in den Sinn: »Studiert ... Denn Wissen bedeutet das edelste Leben und die Unwissenheit den größten Tod!«

Die letzten Worte vor der Schneide der Guillotine. Eine Reue, die Karim ereilt, nicht den Worten des Vaters gefolgt zu sein. Es war nicht einfach. Er hatte Hoffnung, dass das Schicksal es gut mit ihm meinen würde. *Verzeih mir, Vater.*

Sie gehen den Gang entlang, in gewohnter Manier, einer vor ihm, der andere hinter ihm. Kein Wort, kein Blick, die starren Augen schneiden sich durch den schlecht beleuchteten Flur.

Karim sieht sich um, nach rechts, nach links. Es muss einen Ausweg geben. Einen Fluchtweg, eine Tür, hinter der er sich verstecken kann, bis ihm etwas einfällt.

Sein Geist wehrt sich, bäumt sich auf, alles ist in Aufruhr. Er hätte sich gedacht, er wäre bereit für das, was kommt. Er hat nicht den Stolz des Vaters, wer hätte das gedacht, er geht nicht aufrecht dem sicheren Tod entgegen. Das Herz drängt sich gegen die Brust, Anspannung in jedem Muskel.

Wenn du einen nach vorne stößt, kannst du laufen.

Dann hat der andere keine Chance. Da vorne, vor der Treppe.

Ein Schlag in die Kniekehle, der Hüne wird einsinken, dann springst du über ihn hinweg und rennst, wie du es bis jetzt immer gemacht hast.

Denk an Bazou, lass dich nicht lenken von der Euphorie, wiege dich nie in Sicherheit. Denn das ist das Ende, das ist der Tod.

Karim zieht die Lider zusammen, visiert das Knie des Hünen an. Die Tür kommt näher, noch zwei Schritte bis zur Treppe. *Jetzt!*

Karim springt, der Tritt bleibt ohne Wirkung. Der Hüne hat sich umgedreht, sieht ihn an. Das Schienbein scheint ihn nicht zu stören, er hat es vielleicht nicht einmal bemerkt.

Statt der Flucht eine zwei Meter hohe Mauer aus Fleisch, die Karims dürrer Körper nicht umzuwerfen vermag. Eine Hand packt ihn von hinten, legt sich den Hals, die zweite hält die Stirn. Ein Grinsen, der Hüne vor ihm greift in die Cargohose, holt ein Fläschchen heraus, ein Taschentuch, träufelt etwas darauf. Der riesige Kopf kommt näher, Karim hängt im Netz des Mannes hinter ihm, wie eine Katze, die nicht zum Tierarzt will.

Eine Pranke legt das Tuch auf den Mund, die Sicht verschwimmt, aus Muskeln wird Butter, die Anspannung löst sich.

Da vorne ist sie, die Tür zur Freiheit. Wenigstens hast du sie einen Moment gesehen.

7

Die Fähre kämpft gegen die Tramontane, bevor sie den Hafen erreicht. Es sind nicht nur die Toten, denen der Regen die Würde raubt. Selbst der Leuchtturm La Pietra verliert den Glanz im Peitschen des Wetters. Das Rot der Felsen erlischt unter den dicken Tropfen. Kein Tag für einen ausgedehnten Spaziergang.

Larut nimmt sich ein Taxi und fährt zur Polizeistation in der Rue du Sergent André Amadei. Durch die engen Straßen, deren gemauerte Begrenzung das Wasser verdunkelt. In Bächen strömt es vom Efeu, drückt die Palmen nach unten, taucht die Wiesen in kräftiges Grün. Es sollte Mittag sein, doch die Wolken halten die Insel im Dunkel. Das lässt den streng geometrischen Polizeiposten noch trostloser erscheinen.

Larut drückt die Tür auf und geht zu dem Beamten am Empfang. Ein Räuspern, ihre Blicke treffen sich, das Knistern der Gegensprechanlage.

»Kann ich Ihnen helfen?«

»Ich suche jemanden.«

»Sind Sie ein Verwandter oder Freund?«

»Kommissar Revian, Polizei Marseille. Es handelt sich um …«

»Ausweis«, fällt ihm der junge Beamte ins Wort.

Larut kramt in den Taschen, als ob es einen gäbe, schiebt Revians Karte durch den Schlitz.

Der Mann verdreht die Augen, ein Seufzer, mehr aus Langeweile als aus Trostlosigkeit, zuckt mit den Schultern.

»Ist Ihr Telefon kaputt?«

»Was meinen Sie?«

»Da steht eine Nummer. Hätte ein Anruf nicht genügt?«

Lass dich nicht ins Abseits drängen, sonst schöpft er noch Verdacht.

»Verschonen Sie mich mit Ihren Scherzen. Ich suche einen Mann, Eric Nadale, ein Pied-noir. Etwas jünger als ich.«

»Wie alt sind Sie?«

»Sechzig.« Nicht ganz. Der Mann mustert Larut, die Arme verschränkt.

Larut hält dem Blick stand, sagt: »Ich habe nicht den ganzen Tag Zeit.«

Der Mann dreht sich um, hackt die Finger in die Tastatur. Das Gerät gibt Antwort, hektisches Tippen. Schulterzucken, gefolgt von einem Nicken, er dreht sich zu Larut und sagt stoisch: »Tot.«

»Tot?«

»Tot. Nicht mehr Leben. Bei den Engeln. Tot eben.«

Revian muss es gewusst haben. Er kann Larut lesen. Er muss auch gewusst haben, dass er nach Korsika fahren würde. Nur warum? Wollte er sich Zeit verschaffen? Ihn testen? Sich selbst Ranforts Informationen holen?

»Haben Sie eine Adresse?«

»Vom Friedhof?«

Larut saugt Luft in die Lungen, um das Ziehen zu verdrängen, das sich unaufhörlich in ihm breitmacht.

»Seine ehemalige Wohnadresse.«

»Maca Salita 9.«

»Ich nehme an, den Rest erfahre ich bei der Touristeninformation.«

Der Triebwagen schiebt sich gemächlich die Schmalspur entlang, neben dem Grün der Berge, den Ebenen, in denen vereinzelt Häuser in der Ferne auftauchen. Die Hupe vertreibt Kühe von den Schienen, hallt zwischen den Felsen wider, der Dieselmotor zieht den Zug die Steigung hinauf. Die dichte Vegetation lichtet sich, bis ein Häuschen neben der Strecke auftaucht.

Le Regino. Hier soll er aussteigen, wenn er zur Maca Salita will. Der Weg sei nicht weit, hat ihm der Mann am Informationsschalter gesagt. Der Triebwagen wird langsamer, ein alter Mann schleicht mit einem Koffer zum Einstieg, gibt ein mürrisches Nicken von sich, als Larut den Zug verlässt. Der Mann müht sich die Stufen hinauf in den Zug, der Triebwagen beschleunigt und verschwindet hinter einem rostigen Bagger.

Die Geräusche nimmt er mit, nur der Wind streicht durch die Bäume. Ein Motor in der Ferne, ein paar Grillen vertreiben sich die Zeit im hohen Gras.

Larut verlässt den Bahnhof, kreuzt die Straße und passiert ein Café. Geschützt von Sonnenschirmen, deren nasse Flecken sich zu lichten beginnen. Er folgt der Stille bis zu einer Straßenlaterne, liest die Aufschrift zweier grüner Briefkästen, von denen keiner Nadales Namen trägt, streift den Schotterweg entlang, der in das umliegende Dickicht führt. Die Unregelmäßigkeit einer Steinmauer zu seiner Rechten, die linke von dichtem Geäst begrenzt. Ein paar Minuten spürt er die Grashalme an den Knöcheln, dann taucht ein Haus vor ihm auf. Hinter einer rostigen Umzäunung grasen ein paar Schafe, ein Hund liegt im Schatten der Terrasse und lässt ihn unbeachtet, als er das Gatter öffnet. Aus dem Rot der Fensterbalken sticht das Braun des Holzes hervor, untermalt vom Putz, der in Blättern an der Hauswand hängt. Larut schlägt den Handknöchel gegen die halb offene Tür, wartet einen Moment, keine Reaktion.

»Madame Nadale«, ruft er in die Leere und tritt einen Schritt weiter ins Innere. Der Duft von Rosmarin und Knoblauch steigt ihm die Nase, Larut folgt seiner Nase.

Eine Frau steht am Herd, mit brünetten Locken, die sich aus dem schwarzen Kopftuch über die Schultern wellen. In einem dunklen Baumwollkleid, das ihre knochige Erscheinung zu verdecken versucht. Ein Räuspern, ein Klopfen gegen den Türrahmen, die Frau dreht sich um.

Falten, die ihre kaum verblichene Schönheit nur wenig trüben und noch weniger von den rehbraunen Augen abzulenken vermögen.

»Madame Nadale?«, sagt Larut, schluckt den Kloß hinunter. »Ich bin …«

»Sie haben sich geirrt, Monsieur. Élaine Santini.«

»Die Adresse stimmt. Maca Salita 9. Ich möchte mich vor …«

»Hier lebt keine Madame Nadale.«

Sie hält Laruts Blick keine Sekunde stand.

»Ihre Schönheit kann mich nicht täuschen, Madame Nadale.« Betonung auf Nadale, ein Schuss ins Blaue, eine Möglichkeit.

»Meine Schönheit hat schon viele getäuscht. In früheren Tagen.«

Sie senkt den Blick, zischt: »Gehen Sie.«

Élaine dreht sich um, widmet sich der Pfanne, die weniger Aufmerksamkeit bedürfte, als ihr zuteilwird.

»Wie lange sind Sie schon allein?«

»Ich hatte doch gesagt, dass Sie gehen sollen.« Ein Murmeln, das an Standhaftigkeit verloren hat.

»Ich habe gehört, dass Eric ...«

Sie schiebt die Pfanne auf eine andere Herdplatte, sagt: »Gerade eben haben Sie mich gefragt, wie lange ich schon allein bin.«

»Ich brauche Ihre Hilfe.«

Sie mustert ihn, dreht sich um und greift in den Küchenkasten. Dann nimmt sie zwei Teller heraus, fragt: »Haben Sie Hunger?«

»Nicht viel, aber ...«

»Setzen Sie sich. Essen Sie. Dann verschwinden Sie wieder.«

Larut gehorcht, sie merkt, dass er sie fixiert, weicht ihm aus und stellt die Teller auf den Tisch. Thunfisch, etwas Brot, sie schenkt zwei Gläser aus einer Flasche Marie Brizard ein, deren Etikett schwer lesbar ist. Anisette ist es dennoch, wenngleich es spürbar mehr Alkohol enthält.

Élaine setzt sich, nimmt das Glas, stößt an und beginnt mit gesenktem Haupt zu essen. Laruts Blick bleibt noch eine Weile auf ihren Locken hängen.

»Essen Sie.«

Larut kippt den Anisette in einem Zug und folgt dem Befehl, der den Gedanken an Widerspruch im Keim erstickt.

Zur Note der Anisette gesellt der Geschmack von Haselnüssen, Rosinen und Milch. Ein Kontrast zum herben Thunfisch.

»Panu dei morti«, kommentiert Élaine. Das Brot der Toten. «Aus Bonifacio, im Süden.« Sie nimmt einen Bissen, kaut verhalten, fragt: »Was treibt Sie hierher?«

»Derselbe Grund, der Sie hierher getrieben hat.« Sein Riecher täuscht ihn eben nicht. »Ein Pied-noir war nicht willkommen in Ihrer Familie?« Eigentlich keine Frage.

»Franzosen generell. Die einzige Tochter mit einem Pied-noir verheiratet. Ein Desaster. Irgendwann haben sie es dann doch akzeptiert.«

Santini. Natürlich. Korsen mit italienischen Wurzeln.

»Es war schwierig für sie. Hat er den Hof von der Regierung bekommen?«

Élaine nickt, streicht sich die Haare hinters Ohr, sagt: »Sie wollten uns fortjagen. Meine Leute. Meine Familie ist schon seit Ewigkeiten hier. Deshalb ließen wir uns auch nicht vertreiben. Sie haben gemerkt, dass sie das nicht schaffen, also haben sie Erics Boot versenkt, die Schafe verjagt. Eric hatte Schwierigkeiten, Arbeit zu finden. Von Zeit zu Zeit haben sie ihn als Tagelöhner angestellt und ihm danach die Bezahlung verweigert. Jahrelang. Wir hatten nur wenig Freunde. Ein paar Fischer aus L'Ìsula, einige wenige von hier. Eher verhaltene Bekanntschaften. Eric wollte lange aufs Festland, aber ich wollte nicht weg von hier.«

»Also haben Sie es ausgesessen?«

»Das haben wir. Richtig Ruhe hatte ich erst 1984.«

»Nach seinem Tod.«

Sie schließt die Augen, lehnt sich auf die Ellbogen, gönnt sich einen tiefen Atemzug.

»Offenbar sind Sie keiner von denen. Sie machen einen netten Eindruck. Was auch immer Sie suchen, lassen Sie die Finger davon. Hier ist es nicht.«

»Das weiß ich.«

»Warum sind Sie dann hergekommen?«

»Weil ich in der Schuld stehe.«

»Sie fahren hierher, um eine Schuld zu tilgen?«

Larut nickt verhalten.

»Wie kann man sich derart schuldig machen?«, fragt sie.

»Indem man glaubt, das Richtige zu tun.«

»Sie haben Ähnlichkeit mit Eric. Er hat das auch geglaubt.«

»Die Algeriensache?«

»Er hat versucht, Gutes zu tun, aber genutzt hat es ihm nichts. Er hat ebenso getötet wie die anderen Soldaten. Er war ein Zahnrad, das dieses Unrecht erst ermöglicht hat.«

»Das hat ihm letztendlich das Leben gekostet.«

»Er ist einem Phantom nachgejagt, einem Mann, der schon in Algerien zum Scheitern verurteilt war.«

»Auguste Petrus.«

»Jeder, der ihn kannte, war des Todes. Wie verflucht.«

»Einer ist noch am Leben.«

»Sie wollen ihn retten. Wovor?«

»Dem sicheren Tod in Les Beaumettes.«

»Wie ich bereits sagte: Alle, die mit Auguste Petrus in Verbindung standen, waren verflucht oder des Todes. Er war kein

Verlust für diese Welt. Möge er in der Hölle schmoren.« Sie tippt ein Kreuz auf ihrem Körper, Blick gen Himmel, um Verzeihung bittend.

»Ich hätte ihn bereits retten können. Wenn ich ihm damals geglaubt hätte. Ranfort war integer und korrekt. Ein Mann von Pflicht und Ehre, dem das Schicksal, wenn es denn so etwas gibt, übel mitgespielt hat. Er war gefangen in der Mühle, hat mit allen Mitteln versucht, seine Unschuld zu beweisen, aber niemand hat ihm geglaubt. Er wurde verurteilt und inhaftiert. Wir brauchten eben einen Verbrecher.«

»Glauben Sie ernsthaft, Ihre Schuld tilgen zu können?«

Larut trifft es wie ein Blitz. Unmöglich, ihm zwölf Jahre wiederzugeben.

Élaine bemerkt sein Schulterzucken, sagt: »Lassen Sie es.«

»Das kann ich nicht.«

»Sie haben Ähnlichkeit mit Eric. Er glaubte, indem er Ranfort half und die Wahrheit ans Tageslicht brachte, Auguste retten zu können. Hätte dieser Idiot diese verdammte Liste nie geschrieben.«

»Was für eine Liste?« Larut erhebt unwillkürlich den Ton.

»Scheinbar hat Auguste eine Liste erstellt. Deshalb war er ein paar Mal hier. Er wollte sie bei uns verstecken. Ich habe ihm gesagt, dass er verschwinden und dieses verdammte Ding in Saint-Lemis bleiben soll. Aber Eric wollte nicht. Er hat ihm ein Gewehr gebaut, das der Liste als Versteck dienen sollte.«

»Was stand auf der Liste?«

»Der Grund, warum ich sie verbrannt hätte, wenn ich sie in die Finger bekommen hätte. Ein Todesurteil für jeden, der sie berührt. Verflucht von Auguste Petrus.«

Dieser italienische Hang zur Dramaturgie.

Sag' es, Élaine.

Larut macht eine kreisende Handbewegung, zieht sich Luft in die Lungen, um den steigenden Puls zu dämpfen.

»OAS-Leute. Anwälte, Politiker, Industrielle. Die Liste zeigte ihre Verbindung zu den Terroristen.«

Larut hat Ranfort nicht geglaubt, die Liste für ein Hirngespinst gehalten. Sie hätte ihm die Freiheit gebracht, seinen Ruf wiederhergestellt.

Er steht auf, beugt sich zu ihr und flüstert: »Sehen Sie, Élaine. Ich habe mich schuldig gemacht.«

Ein schneller Abschied, wortlos, gedämpft. Als ob Élaine hätte sagen wollen, dass er vorsichtig sein soll, der Fluch ebenso auf seinen Schultern lastet. Laruts Blick starr, in dem Wissen, dass es wohl so sei. Eine Erkenntnis, die Bitterkeit in sich trägt. Entgegen dem klaren Himmel sind es die Gedanken, die den Geist trüben. Die Schritte lasten schwer auf dem Schotter, die Grashalme stechen an den Knöcheln.

Larut steht am Postamt, Revians Karte in der Hand, und wählt die Nummer. Warum hat er ihn auflaufen lassen? Wollte er ihn schützen? Will er das ganze Gift, den Fluch, für sich alleine?

Die Zeit zwischen den Freizeichen mutet an wie eine Ewigkeit, jeder Piepton ein Hammerschlag. Larut knallt beinahe den Hörer auf den Haken, als sich Revian meldet.

»Sie haben es gewusst«, brüllt Larut in den Hörer.

»Wer sind Sie und was soll ich gewusst haben?«, fragt Revian. Beruhigender Tonfall, monoton, geduldig.

»Dass er tot ist.«

»Ich habe ihnen gesagt, dass Sie nach Hause fahren sollen. Halten Sie sich aus der Sache raus.«

Freizeichen. Larut starrt den Hörer an, hängt ihn in die Halterung, nimmt ihn in die Hand und wählt erneut. Revian lässt ihn warten. Er will ihn offenbar schmoren lassen. Etwas Zeit vergeht, dann nimmt er ab. Der Tonfall: unschuldig und ahnungslos.

»Das haben Sie auch gewusst«, sagt Larut.

»Ich scheine viele Dinge zu wissen.«

Larut möchte die Faust in den Hörer rammen.

»Ich dachte, wir hatten vereinbart, keine Spiele zu spielen.«

»Ich habe nur gesagt, dass wir das beide gut darin sind. Abgesehen davon, was machen Sie gerade?«

Verdammt Larut, bist du schon zu lange im Ruhestand? Lässt du dich von einem einfachen Kommissar auf den Arm nehmen?

»Ich bin lediglich einer Spur gefolgt.«

»Die ich gelegt habe. Zufrieden?«

»Alles andere.«

»Einmal noch: Fahren Sie nach Hause. Die Sache ist zu groß für Sie.«

Wieder das Freizeichen. Larut schnaubt. Die Beamtin am Schalter zuckt, als er den Hörer in den Haken hämmert und aus dem Postamt eilt. Marseille liegt am Weg nach Saint-Lemis. Nach Hause fährt er erst, wenn diese Sache erledigt ist.

Der Hafen von Marseille versinkt in der Abendsonne und färbt die Häuserfronten rot, als die Fähre anlegt. Das Meer verschenkt ein Glitzern, zeigt sich ruhig. Ein Moment, um in die Ferne zu schweifen, zu sinnieren, sich bewusst zu werden.

Doch Larut hat keine Zeit, er braucht eine Unterkunft. Möglicherweise am Quai de la Tourette, im Süden. Ein Kiosk taucht vor ihm auf, vor dem ein paar Araber stehen und etwas essen. Larut lässt sich vom Duft anlocken und bestellt sich ein Kebab. Die Araber mustern ihn, flüstern sich etwas zu, lassen ihn dann unbeachtet. Larut beruhigt den rebellierenden Magen mit dem trockenen Fladenbrot, wischt sich die Soße aus dem Gesicht und fragt den Mann hinter dem Tresen, wo er ein Hotel finden kann. Den Quai hinab, zum Vieux Port. Er soll der Straße folgen, vor der Cathédrale de la Major links halten Richtung *Le Panier*. Larut bedankt sich, streift den Zaun entlang, der sich auf die Straße projiziert. Die Fahrzeuge, die auf der Fähre waren, lichten sich und die Stille erreicht ihn. Allein der Widerhall der Absätze auf dem Trottoir, ferne Konflikte der Autohupen, der Klang der Kirchenglocken.

Larut biegt in die Rue Marchetti ein, lässt die oftmals fälschlicherweise als byzantinisch bezeichneten Kuppeln der Kathedrale im Süden hinter sich. Die wechselnden Farben der Werksteine spielen ein Duett mit der am Horizont verschwindenden Sonne. Larut hält einen Moment inne, setzt seinen Weg fort, als ihm jemand die Schulter in die Seite rammt. Er dreht sich zu der Störung, will sie zur Rede stellen, als ihn eine Faust von hinten in die Niere trifft. Er unterdrückt ein Wimmern, bringt sich in Position.

Drei dunkle Männer, die im Schatten beinahe mit der Mauer verschwimmen, haben sich um ihn aufgestellt. Die Hände nah an den angespannten Körpern, die Füße wechseln sich in der Belastung ab. Sie umkreisen ihn, hin und wieder täuscht eine Hand eine Bewegung vor. Larut muss einen von ihnen zu Boden bringen, sich aus dem Zirkel befreien. Sonst wird es schwierig für ihn.

Der Mann gegenüber zieht ein Springmesser und dreht es in der Handfläche. Die Mundwinkel angespannt, die Brauen zusammengezogen. Larut macht einen Schritt zur Seite, hackt ihm den Fuß in die Kniekehle und zieht ihm den Ellbogen durch das Gesicht. Das Grinsen des Mannes verschwindet, er sinkt keuchend zu Boden. Ein Griff, das Messer wandert zu Larut, ein Schritt nach vorne, er dreht sich zu den anderen. Sie nähern sich, drängen ihn an die Wand, die Klinge blitzt auf und verschwindet im Bauch des Mannes, der zuerst auf ihn zuspringt. Eine Faust trifft ihn im Gesicht, Knochen knacken unter der Belastung, Laruts Knie werden weich und sinken ein. Kopfschütteln, Unglauben, Dunkelheit, dann nichts mehr.

Dein Eindruck hat dich nicht getäuscht. Marseille hat sich verändert.

8

Wärme legt sich auf Karims Gesicht, eine Wärme, die er nicht mehr zu spüren glaubte. Es ist kein Urin, keine Demütigung, fast als ob …

Er blinzelt, öffnet die Augen, kneift sie wieder zusammen. Die Sonne steht über ihm, das wohlige Gefühl steigert sich ins Unangenehme. Ein Brennen löst die Wärme ab, er richtet sich auf, sieht sich um. Neben ihm die Matratze, einige weiße Einschläge, die ihn nach oben sehen lassen. Hunderte Möwen, die über ihm kreisen, kreischen, gierig auf die Beute hinabstarren. Ihre Aufmerksamkeit gilt nicht ihm, sondern dem Hügel, auf dem er sitzt.

Tonnen von Müll, in dessen Geruch er sich gut einfügt. Die Matratze haben sie entsorgt, ein kleiner Spaß unter Freunden, ein Wink, dass es Zeit für eine neue wird. Sicher sind sie mit Gelächter fortgezogen, haben sich die ganze Zeit ausgemalt, wie es denn sei, auf einer Müllhalde aufzuwachen. Neben der eigenen Matratze.

Karim steht auf, sucht die Gegend nach Hinweisen ab. Rundherum nur grün, Bäume, die dem Schandfleck eine Fassade bieten sollen. Keine Deponie in der Stadt. Sie bringen den Müll nach Salon-de-Provence, eine ewige Diskussion, Unverständnis der Anwohner, warum der Abfall von Marseille hierher gebracht wird. Es wird diskutiert über einen neuen Standort, irgendwo bei Fos-sur-Mer, dann wird alles gut. In den Zeitungen haben sie von 300.000 Tonnen pro Jahr berichtet, hinter vorgehaltener Hand spricht man über das Doppelte.

Gott sei Dank befindet sich das Projekt in Planung, das wären einige Kilometer mehr bis in die Stadt.

Karim wischt sich den Abfall von der Kleidung, stapft den Hügel hinab, ein Bagger stoppt die Tätigkeit, der Fahrer schreit etwas, Karim kann es nicht verstehen. Es hört sich alles andere als freundlich an, bleibt aber ohne Konsequenz.

Der Fahrer schreit noch einmal, findet sichtlich nicht die Energie, den Bagger zu verlassen, nimmt die Arbeit wieder auf. Karim lässt den Hügel hinter sich, der Gestank begleitet ihn.

Mit dem Zug kann er nicht fahren, die werfen ihn schon aus dem Bahnhof. Für ein Taxi ist kein Geld da, abgesehen davon nimmt ihn auch keiner mit. Dreißig Kilometer Fußmarsch: Eine trübe Aussicht, die genauso stinkt wie er selbst. Er geht in Richtung der Einfahrt, folgt den tiefen Rillen im Schotter. Ein paar Autos stehen an der Seite, den Kofferraum offen, zwei LKW laden gerade Müll ab. Er erntet ein paar Blicke, ein Lächeln, das alles sagt. Ein stinkender Araber, siebzig Kilo Müll, die genau dort gelandet sind, wo sie hingehören.

Karim senkt den Kopf, lässt es über sich ergehen, steckt die Hände in die Hosentaschen. So begegnet man ihm immer. Er hat eine dicke Haut entwickelt, sich beruhigt, dass das nichts mit ihm zu tun habe, sondern mit dem Mangel an Toleranz gegenüber dunkelhäutigen Menschen.

Er zieht die Schuhspitzen durch den Staub, verdrängt den Groll. Irgendwie wird es schon weitergehen. Das ist es bis jetzt immer. Und wenn nicht, auch egal. Ein LKW nähert sich von hinten, wird langsamer, bleibt auf gleicher Höhe stehen.

Der Fahrer, ein weißer, alter Mann, zieht die Zigarette aus dem Mundwinkel und beugt sich zu ihm hinab.

»Na, wo soll's denn hingehen?«

Karim geht weiter, vergräbt den Kopf tiefer zwischen den Schultern, der Fahrer sagt: »Ich muss noch ein paar Fuhren aus der Stadt holen. Ich kann dich mitnehmen, wenn du willst.«

Karim taxiert ihn, den LKW. Noch immer ein Lächeln. Er geht um den Laster, steigt ein, ein gedämpftes »Danke«.

Der Fahrer schnippt die Zigarette aus dem Fenster, der LKW schnaubt, brummt, setzt sich in Bewegung.

»Du bist nicht der Erste, den sie hier abgeladen haben. Und mit Sicherheit nicht der Letzte. Kannst froh sein, dass du noch lebst.«

Rue Puits du Denier. Dreißig Kilometer Fahrt mit einem äußerst gesprächigen Müllwagenfahrer. Karim antwortet kaum, während der Fahrer ihn mit Anekdoten aus seinem Alltag unterhält. Die geplante Müllverbrennungsanlage in Fos-sur-Mer ist natürlich Thema. Karim will nicht undankbar sein, täuscht Interesse vor. Dafür fährt ihn der Mann bis fast vor die Haustür. Ein verhaltenes *Danke*, ein Scherz, dass Müllmänner und Müll sich einfach gut verstehen. Noch eine Ladung von der Déchetterie Saint-Charles, dann mache er endlich Feierabend. Karim solle sich nicht schnappen lassen, der Fahrer kenne die Bullen, die machen nur Probleme, er wisse, wovon er spreche. Dann tuckert der Lastwagen weiter nach Süden.

Eine zum Abschied erhobene Hand, dann hat sich Karim die Stufen hinauf in den ersten Stock geschleppt. Die Wohnungstür ist nicht verschlossen, obwohl er sie abgesperrt hinterlassen hat. Das Schloss sieht gut aus, die Tür trägt keinerlei Spuren von Gewalteinwirkung. Er ist neugierig, drückt die Tür einen Spalt auf. Ein Desaster eröffnet sich. Der Raum, in dem er üblicherweise isst, trinkt, schläft, sieht aus wie nach einem Bombenanschlag. Der Tisch liegt quer auf dem Boden, die beiden Stühle daneben, aufgeschlitzte Polster, das Glas des kleinen Röhrenfernsehers liegt unter und neben dem Gerät. Eine offene Kühlschranktür, eine farbige Lache, es riecht nach vergammeltem Gemüse und Fleisch. Der Inhalt des Küchenkastens liegt auf der Arbeitsplatte verteilt, die Dosen entleert.

So haben sie also seine Angaben überprüft. Ein Geschenk des Dürren: unannehmbar.

Karim sucht in dem Kleiderhaufen ein paar Sachen zusammen, schüttelt die Scherben heraus und geht ins Bad. Sein übler Geruch hat sich mit dem der Müllhalde exponiert. Den Spiegel meidet er, ein Blick nach dem Duschen reicht vollkommen. Das Wasser fühlt sich gut an, die Seife, die den Gestank in den Abfluss befördert. Schwarze Bäche fließen über die dunkle Haut, transportieren die letzten Tage ab. Eine Dusche: Ein Luxus, den er heute noch schätzt.

Die Zahnbürste in den Mund, die Beläge wegkratzen, ein T-Shirt, Jeans, ein Parka, sein bestes Paar Schuhe.

Was soll er tun? Wohin soll er gehen? Hier ist er nicht mehr sicher. Ein Hotel?

Zu teuer, das bisschen Geld auf der Bank braucht er noch. Hier kann er auf jeden Fall nicht bleiben.

Soll er die Stadt verlassen, nach Norden vielleicht? In ein anderes Land?

Nein, du musst das hier zu Ende bringen. Sonst läufst du nur wieder davon, die alten Probleme im Gepäck.

Karim schleicht durch die enge Rue Puits du Denier nach Norden. Dort, hinten an der Ecke, haben sie ihn niedergeschlagen. Er verdrängt das Gefühl, das ihm den Bauch hochkriecht, schnell vorbei an der Erinnerung.

Diese Straße ist nichts mehr für dich.

Seine einzige Möglichkeit: Serge, sein einziger Freund. Arbeitslos, Frauenheld, an die vierzig, wie Karim selbst. Die meiste Zeit verbringt er mit Kiffen und Playstationspielen, übt sich im Nichtstun. Sie lernten sich auf dem Polizeirevier kennen und fanden sich sofort sympathisch. Serges Schweigsamkeit zog Karim an. Wenn er etwas sagte, bemühte er sich, etwas mit Gehalt und Schwere von sich zu geben. Vielleicht der Verdienst des Afghanen, vielleicht hat der Stoff diese Ader lediglich zu Tage gefördert. Von Zeit zu Zeit haben sie sich beide bedient, die Welt ausgesperrt, sich die Zufriedenheit in die Lungen gesaugt. Auf Serges Couch, lachend, ausnahmsweise ohne die Vision dieser Welt, in der die Araber die Bösen sind. Sie haben über die Mädchen sinniert, die Frauen, die ihnen zu Füßen lagen und trotz ihres Alters noch immer liegen, sich verloren in der Vorstellung, dass sie keine Verlierer seien.

Serge wird dir helfen, das muss er.

Sie haben es geschworen, im Rausch, nicht nur einmal, das ist der Kern ihrer Beziehung.

Karim hat fast das Hochhaus erreicht, den Plattenbau, an dem Kleidung und Handtücher über den Balkonen hängen. Knapp, damit sie nicht die Satellitenschüsseln verdecken. Hundegebell bricht sich zwischen den Häusern, Kinder fahren mit ihren viel zu großen Fahrrädern im Kreis. Sie widmen ihm einen Moment ihre Aufmerksamkeit, bleiben stehen, lehnen sich über die Lenker, wie die großen Vorbilder. Fehlt bloß noch eine Zigarette im Mundwinkel.

Er geht weiter, nimmt den Fahrstuhl in den siebten Stock, es riecht nach Urin und mangelnder Hygiene. Er geht den Gang entlang. Karim klopft zwei Mal, wartet einen Moment, dann noch vier Mal. Sie haben sich das ausgedacht, als Zeichen unter Freunden, Brüdern.

Ein Moment vergeht, Schritte nähern sich, eher ein Schlurfen, das Plättchen des Spions geht auf die Seite, man kann nie vorsichtig genug sein.

Serge. Blauer Jogginganzug, goldene Streifen an den Beinen, den Ärmeln, eine goldene Kette um den Hals, die er mit Stolz über dem weißen Unterhemd präsentiert. Eine Umarmung, Karim soll reinkommen. *Was geht? Lange nicht gesehen.* Serge geht zur Wasserpfeife, inhaliert, der Rauch brennt in den Augen, er kneift die Lider zusammen und hält sie Karim vor die Nase.

Warum nicht, vergiss die Welt für einen Moment. Wenn er dicht ist und du nicht, werdet ihr euch nur auf die Nerven fallen.

Er steckt die Lippen in das Rohr, der Gummi umschließt den Mund. *Gib mir das Feuer.* Er fixiert den Tabak, ein Klicken, es brodelt, die Glut sieht aus wie ein Vulkan, der dir gleich in die Lunge fährt. Ein tiefer Zug, der im Gehirn ankommt. Serge nimmt ihm die Pfeife ab, stellt sie beiseite, er sei schon dicht genug. Karim hält den Kopf nach hinten, spitzt die Lippen, bläst den Rauch nach oben. Ein fragender Blick, das Ganze von vorne. Ein Moment Schwindel, dann kommt die Entspannung. Ein kräftiger Schluck Eistee, sie nehmen auf der Couch Platz.

Erzähl ihm noch nichts von deiner Misere, das wird sich schon ergeben.

Kälte und Dunkelheit. Orientierungslos. Der Mund wie nach einem Sandsturm. Er sieht sich um, es dauert einen Moment, er atmet auf. Er ist noch in Serges Wohnung, auf der Couch, in Embryonalstellung. Er zieht die Decke über die Schultern, genießt die Wärme, die sich gleich einstellt.

Sie haben Playstation gespielt, ein Schwarzimport aus den USA, ein Spiel, das erst im August in Europa auf den Markt kommt. Irgendwas mit Zombies, Serge war total angefixt, konnte nicht mehr aufhören. Das Zimmer abgedunkelt, sonst kommt die Stimmung nicht rüber, wenn er denen die Rübe vom Kopf ballert. Serge hat angefangen zu spielen, sie könnten sich ja abwechseln. Okay, *kein Problem*. Nur das eine: Karim hat schon lange nicht mehr gekifft, hatte sofort die volle Dröhnung intus und schlief auf der Couch ein. Karim sucht eine Uhr, der Videorekorder, kann das stimmen? Halb zwölf.

Normalerweise weckt Serge ihn auf und wirft ihn aus der Wohnung. Er ist gerne allein, mehr muss er auch nicht sagen, wenn man die Filme ansieht, die nebenan im Regal verteilt liegen.

Karims Blick geht zur offenen Schlafzimmertür, durch die er das Zimmer gut einsehen kann. Er blinzelt, es ist dunkel, aber eine Silhouette könnte er erkennen. Er steht auf, dreht das Licht an, irgendetwas stimmt da nicht. Er schält die Decke von den Schultern, da ist wieder die Kälte, doch vielleicht kommt die Gänsehaut ja von woanders.

Vorsichtig nähert er sich der Tür, dreht das Licht an. Er hält sich die Hand vor die Augen, geht einen Schritt vorwärts, senkt den Kopf. Das Bett sieht nicht gerade einladend, aber unbenutzt aus.

Ein Schluck Eistee, er geht Richtung Bad, vielleicht ist er ja dort. Wäre nicht das erste Mal, dass er auf dem Klo eingeschlafen ist. Karim öffnet die Tür, macht sich bereit, ihn auf den Arm zu nehmen, zu sagen, wie stark das Kraut sei, dass er wohl nicht der Einzige sei, der nichts vertrage.

Doch kein Serge, nirgendwo. Vielleicht ist er etwas zu essen holen gegangen? Das wäre jetzt auch nicht verkehrt. Er geht zum Kühlschrank, ein Stück Toast, Senf, ranzige Butter. Zumindest kann er zwei Sachen kombinieren. Der Afghane wirkt noch, es schmeckt wie bei Mama, ein Mahl, das er sich merken muss. Noch eine Scheibe, die er in den Mund stopft, dann kommt ihm wieder sein Kumpel in den Sinn.

Verdammt, wo ist er hin? Haben Sie ihn geholt? Ist jeder, der mit ihm in Verbindung steht, in Gefahr? Scheiße, verdammt der Senf, göttlich, wie die das in Dijon hinbekommen.

Bleib ernst, du brauchst einen Plan, sie werden ihm irgendetwas sagen, dass du seinen Namen verraten hast. Er wird glauben, dass du ihn verpfiffen hast, dann wird er alles sagen, was er weiß. Gott sei Dank nicht viel. Sonst wird es ihm schlecht ergehen.

Karim entdeckt noch etwas von dem Afghanen auf dem Tisch entdeckt, zündet sich eine Pfeife an. Warum nicht, Serge wird schon wiederkommen.

Die Typen im Keller, was wollten sie eigentlich? Ihn mit den Attentaten in Verbindung bringen. Pech gehabt, so schnell lässt er nichts aus sich rausbringen. Das hat er im Lager gelernt, nichts zu sagen, Schmerz und Demütigungen gewohnt. *Die Eltern, die Brüder, ihr sinnloser Tod, du bist allein, was hast du eigentlich in dieser gottlosen Welt verloren? Die Typen, sie werden dich nicht in Ruhe lassen, vielleicht wirst du beschattet, jetzt ist Vorsicht angesagt.* Dann wieder Serge, ist er in Gefahr? *Du musst ihm helfen, nur wie?*

Ein schweißgetränktes Laken, der Geschmack des Rauchs hält sich hartnäckig am Gaumen, ein Schluck Eistee, er steht auf. Die Wohnung ist leer, Serge ist die Nacht über weggewesen und nicht wieder aufgetaucht. Was, wenn sie ihn geschnappt haben?

Karim beschließt, eine Zeit abzuwarten. Vielleicht ergibt sich ja etwas. Ein Blick aus dem Fenster, alles ist ruhig, dieselben Kinder, die ihn gestern musterten, haben ihre Position eingenommen. Sie ziehen ein paar Runden im Kreis, jemand schreit etwas, das er nicht verstehen kann, wahrscheinlich die Mutter, dann löst sich die Gruppe auf. Ein paar Araber, die auf einer Bank sitzen, Domino spielen, den Tag an sich vorbeiziehen lassen. Keine Polizei, keine Typen mit Sicherheitsschuhen und auch kein Serge. Er geht vor die Tür, inspiziert den Gang, dreht das Licht auf. Zögerlich blinken sich die Lampen zur Helligkeit, um den Gang noch trostloser erscheinen zu lassen.

Niemand ist draußen, nur das Surren der Neonröhren ist zu hören. Er geht wieder hinein, schließt ab, nimmt einen Stuhl und steckt die Lehne unter die Türklinke. Serges Mobiltelefon liegt auf dem Couchtisch, normalerweise hat er es immer dabei. Richtigen Bedarf dafür hat er nicht, lediglich, um damit anzugeben. Ein Motorola Startac, ein Klapptelefon, mit einer Antenne, gerade frisch auf den Markt gekommen. Wie er sich die Gebühren leisten kann, weiß Karim nicht. Wahrscheinlich dealt er hier und da, klaut ab und an. Ein paar Geschäfte hier, ein paar dort. Irgendwie muss man durch den Tag kommen. Die sozialen Zuwendungen sind eher bescheiden und reichen nur für kleine Schritte.

Der Kühlschrank lacht ihn an, er kokettiert mit dem Toast und dem Senf, die Erinnerung daran ist gleichermaßen gut wie trügerisch.

Dennoch hat er keine Wahl. Er will hierbleiben, falls Serge zurückkommt. Er muss wissen, was mit ihm geschehen ist.

Der Toast schmeckt abartig, trocken, daran kann auch der Senf nichts ändern. Ein kleiner Rest vom Afghanen ist noch da, er überlegt, widersteht der Versuchung. Er muss einen klaren Kopf bewahren.

Der Fernseher: eine willkommene Abwechslung. Das Spiel, das Serge gespielt hat, hat nicht schlecht ausgesehen, allerdings in Englisch, eine Sprache, die ihm fremd ist. Er dreht das Gerät an, die Nachrichten, es geht um die Anschläge, die Morde, bei denen die Polizei noch immer im Dunkeln tappt. Offensichtlich gibt es keine Verbindung zwischen den Opfern, alle hätten eine weiße Weste, wären ehrwürdige Bürger mit einwandfreiem Leumund. Niemand verstehe die Angelegenheit, schon gar nicht die Polizei, die immer noch nach Hinweisen bettelt. Die Täter hinterließen keinerlei Spuren, es müssen mehrere sein, die Ausführung der hinterlistigen Taten sei viel zu professionell. Ein Aufruf an die Öffentlichkeit, den Behörden bei den Ermittlungen beizustehen, ein sehr ernster Sprecher mit trauriger Miene.

Natürlich gibt es eine Verbindung, die geben die Herren nur nicht zu, das sieht ein Blinder. Trotzdem eine gute Sache, du bist aus dem Schneider. Lass einen Tag vergehen, dann hat sich die Lage ein wenig beruhigt und du kannst weitermachen.

9

Die Polizeiwagen tauchen die Straße in grelles Blau, in ein optisches Dröhnen, das alles unwirklich erscheinen lässt. Zwei Männer in Weiß heben eine Bahre hoch, auf der ein Araber liegt und sich das Messer am Bauch hält. Die Sanitäter wirken beruhigend auf ihn ein, sagen ihm, dass alles gut werde, während sie ihn hastig in den Krankenwagen hieven. Ein Dritter hält den Tropf und drückt Flüssigkeit durch einen Schlauch. Der Mann wird ruhiger, schläft ein, der Wagen fährt mit quietschenden Reifen davon.

Ein Polizist tritt an Larut heran, kniet sich zu ihm und betrachtet sein Gesicht.

»Alles in Ordnung?«, fragt er in gedämpftem Ton.

Larut nickt, tastet die Wange ab. Ein Brennen durchzieht das Gesicht, die Finger zucken weg. Der Polizist wiederholt die Frage in bestimmtem Ton, Larut senkt vorsichtig das Kinn. Soweit es in Ordnung sein kann, wenn man k. o. geschlagen wurde und einem Mann sein eigenes Messer in den Bauch gerammt hat.

Er rafft sich auf, drückt den Rücken gegen die Mauer, bis er sicheren Halt findet. Die Knie brauchen ein wenig, bis sie sich stabilisieren und Larut den Kopf heben kann. Das Licht brennt in den Augen, der Nacken hängt zwischen den Schultern herab, er stützt sich mit den Händen auf die Oberschenkel. Ein paar Absätze nähern sich flott, um einen halben Meter vor ihm reglos zu verharren. Die Schuhspitzen kommen ihm bekannt vor. Sie stinken nach Überheblichkeit und Rechthaberei.

»Glauben Sie mir nun?«, fragt Revian.

»Marseille hat sich verändert.«

»*Sie* haben sich verändert. Marseille war in ihrer ganzen Offenheit schon immer rau. Ihre Erinnerung ist die eines Kindes.«

»Was wissen Sie schon über meine Erinnerung?«, fragt Larut.

»Was wollte der Araber von ihnen?«

»Es waren drei«, sagt Larut, herausfordernd wie ein trotziges Kind.

»Was wollten die Araber von Ihnen?«

»Ein Schwätzchen halten, soweit ich mich erinnern kann.«

»Mit einem Messer.« Revian lässt das Wort auf der Zunge liegen, presst die Lippen aufeinander und ergänzt: »Das hoffentlich nicht Ihres ist.«

»Es hat zweimal den Besitzer gewechselt. Nun ist es wieder da, wo es hingehört.«

»Ich nehme an, er hat es vorher nicht im Bauch getragen.«

»Keine Ahnung, wo er es zuvor getragen hat.«

»Warum ist jede Situation mit Ihnen derart schwierig?«

»Mein Sohn hat mir diese Frage schon einige Male gestellt.«

»Ich habe keine Zeit, mich um Ihre Familiengeschichten zu kümmern.«

»Dafür fehlt Ihnen wirklich die Zeit«, skandiert Larut.

»Die Sie offenbar haben.«

»Sie hören mir nicht zu. Zeit ist genau das, was mir fehlt. Und Ihnen ebenso.«

»Es geht um Ihren Freund.«

Natürlich, Monsieur Commissaire. Es ging nie um etwas anderes.

»Er ist der Schlüssel zu alldem.«

»Zu drei Arabern, die Ihnen ein Andenken verpassen wollten?«

»Möglicherweise.«

»Ich halte das für Zufall.«

»Ähnlich dem Zufall, der Sie hierher gebracht hat, Revian. Sie wollen das alles nicht verstehen.«

»Dann erklären Sie es.«

»Später, wenn ich es weiß.«

»Später also.«

Larut kämpft gegen den Schmerz, richtet sich auf, sieht Revian in die Augen.

»Das hier hat irgendeinen Zusammenhang, den ich jetzt noch nicht kenne. Weder habe ich Geld, noch bin ich besonders attraktiv. Und die drei verhielten sich nicht wie ein paar Straßenräuber. Sie wollten mich aus dem Weg räumen.«

»Weil *Sie* auf der richtigen Spur sind.« Kurze Pause, Revian fügt hinzu: »Natürlich.« Er zieht die Augenbrauen hoch, sagt: »Dann suchen wir also nach zwei Arabern, die etwas mit der Sache zu tun haben. Zwischen eins-fünfzig und zwei Metern groß, dunkle Haare, braune Augen?« Er gibt vor, dass er etwas notiert, schwingt den Kugelschreiber und deutet einen Punkt an.

»Lassen Sie das«, zischt Larut.

»Ach, die Sache. Wissen Sie, was ich nicht lassen werde? Sie endlich aus meiner Stadt zu befördern. Ich will Sie hier nicht haben, verstehen Sie das? Alles wozu Sie imstande sind, ist die richtige Polizei bei der Arbeit zu behindern. Verschwinden Sie in Ihr Kaff. Dort mag ja Ihre Ermittlungskapazität reichen, aber hier … Sie wissen schon.«

»Waren Sie in Paris?«

Revian runzelt die Stirn und lässt den Notizblock einen Augenblick beiseite.

Larut schnaubt amüsiert, sagt: »Ich war in Paris. Als Kommissar. Und als verdammt guter, wie ich behaupten möchte. Das Einzige, was Sie hier tun, ist, die Ermittlungen zu behindern. Und jetzt fahren Sie mich in ein Krankenhaus. Ihnen liegt nichts an der Lösung des Falls.«

Ein Schlag, nur verbal, jedoch gleich wirksam wie der des Arabers. Larut glaubt fast, Revians Jochbogen knacken zu hören.

Das Schlagen der Autotür beendet jegliches Gespräch, bevor es begonnen hat. Revian treibt den Peugeot 206 durch die Rue Mazenod, knapp an den parkenden Autos vorbei, reißt das Lenkrad nach rechts in den Boulevard de Dames. Er überholt links, rechts, die Hand auf der Hupe. Von Zeit zu Zeit streift sein Blick Larut, um sich dann schnell abzuwenden. Er will ihm zeigen, wie sehr ihm die Situation missfällt, aber Larut stört sich nicht daran. Genau das will er, Revian aus der Reserve locken. Hat er seine Emotionen, hat er seine Aufmerksamkeit. Dann wird sich Revian seiner Funktion bewusst, weiß, was zu tun ist. Auch, wenn es anfänglich in Ablehnung und Ärger mündet.

In der nächsten Querstraße wird er aussteigen, aber der Groll wird Revian nicht verlassen. Er wird ihn hoffentlich an einen Punkt bringen, der ihn mit Larut zusammenarbeiten lässt, so sehr es ihm auch widerstrebt.

Larut öffnet den Gurt, greift zur Beifahrertür, doch Revian macht keine Anstalten, den Wagen anzuhalten. Revians Fokus gilt der Straße, dem Kreisverkehr, der in die Avenue du Général Leclerc mündet. Larut möchte etwas, verharrt in der Absicht.

Revian beschleunigt den Peugeot, reißt den Wagen nach links. Vorbei an den Palmen, unter den grünen Eckbalkonen und dem roten Licht der Ampeln. Eine Mauer, an die unzählige Namen gesprayt wurden, baut sich neben ihnen auf. Knapp eine Minute später krallen sich die Reifen in den Asphalt, quälen sich über die Bordsteinkante. Revian reißt die Tür auf, heftet das Blaulicht auf das Wagendach und umkreist das Auto. Er steht neben dem Fenster, macht Larut klar, dass er aussteigen soll. Wenn er es nicht besser wüsste, er würde glauben, es sei an der Zeit, sein letztes Gebet zu sprechen. Nachdem er selbst sein Grab ausgehoben hätte. Er packt Laruts Arm und zerrt ihn die Treppen hinauf.

Steinerne Obelisken, Löwen, dann erscheint der Bahnhof vor ihnen. Revian bleibt stehen, dreht sich zu Larut, sieht ihn, atmet tief durch und zischt: »Sie gehen da hinein, kaufen sich eine Karte und steigen in den nächsten Zug. Egal wohin, Hauptsache, weg von hier. Ich schütze Sie jetzt.«

»Wenn Sie glauben, dass das Ihre Situation verbessert«, sagt Larut.

Revian schließt die Augen, packt wieder den Arm und zieht Larut in die Halle, bis vor den Kartenschalter.

»Los«, skandiert er. »Ich warte.«

Larut lässt sich Zeit, geht gemächlich zum Schalter. Die Dame verdreht die Augen, tippt mit dem Stift auf den Tresen. Er sieht sich die Abfahrtspläne an, überlegt, bestellt sich ein Ticket. Dann gibt er ihr ein Zeichen, dass sie kurz warten soll. Er geht zu Revian, hält ihm die Handfläche vor die Nase. Revian presst die Augenlider gegeneinander, zögert einen Augenblick und gibt ihm schließlich zehn Francs.

Eine Schwierigkeit, das Grinsen im Zaum zu halten. Revian will die Karte sehen, Larut hält sie ihm vor die bittere Miene. Ziel: Aubagne, Abfahrt 21:53, in drei Minuten, Umtausch ausgeschlossen.

»Fahren Sie jetzt zu Ihren Großeltern?«, fragt Revian.

Larut presst die Lippen aufeinander, schließt die Augen und sagt: »Die leben schon lange nicht mehr. Ich bin sechzig Jahre alt. Schon vergessen?«

Er verlässt den Zug in La Blancarde. Die Häuser muten an wie ein zerschlagener Wald. Mauern liegen quer vor den verschieden hohen Silhouetten, vereinzelt dringt Hundegebell aus den Gassen, der letzte Dunst aus Diesel und Benzin verdampft im Nachthimmel. Absätze auf den Gehsteigen, die unter den Lichtern der Laternen hindurch huschen. Schatten, die sich drehen, sich mit der Dunkelheit vereinen.

Larut trägt etwas am Herzen, das er ans Licht bringen will. Eine Sache, die Revian nicht gefallen und deren Abwesenheit er schnell bemerken wird. Larut tätschelt sich die Brust, an der sich der lederne Einband des Notizbuchs befindet, das er sich von Revian geborgt hat.

Wovor will er ihn schützen? Hat ihn Guerlaine kontaktiert? Sind andere Kräfte am Werk und wenn ja, welche?

Revian weiß mit Sicherheit mehr, als er zugibt. Etwas bewegt sich im Hintergrund. Etwas, das außerhalb von Revians Einflussbereich steht. Etwas, das er nicht zu kontrollieren imstande ist. Möglicherweise will er eine Zusammenarbeit, kann aber nicht. Eine geschickte Taktik ist gefragt, der Ball liegt bei Larut. So schwer es ihm auch fällt, jetzt einen klaren Gedanken zu fassen. Es sind die einsamen Momente, die ihn packen, herumreißen und ihm alles abverlangen. Diese Momente, die normalerweise der Schwefel des Bandol-Verschnitts betäubt. Ein Luxus, der im Moment zwar wünschenswert scheint, aber keine Option darstellt. Er muss alleine mit der Situation klarkommen.

Eine Reklametafel mit der Aufschrift *Hotel* löst sich aus der Dunkelheit. Nach fünfzig Metern links. Er stiehlt sich die Fassaden entlang, öffnet die Tür unterhalb der Leuchttafel.

Ein Mann sitzt im Halbdunkel hinter einem Tresen und sieht sich die Nachrichten an. England hat bei der Europameisterschaft gegen die Schweiz 1:1 gespielt, Russland bereitet sich auf die zweite Präsidentenwahl vor. Eine knappe Entscheidung, da Jelzin gegenüber Sjuganow in den letzten Monaten stark an Popularität eingebüßt hat. Gescheiterte wirtschaftliche Reformen, der nicht enden wollende Tschetschenienkrieg und als Sahnehäubchen ein paar Korruptionsskandale. Wenigstens bleibt die Welt im Lot.

Ein Bericht über zwei ungeklärte Morde. Ein Verwaltungsbeamter und ein Industrieller, beide ehrwürdige Menschen, Träger eines unwichtigen Militärverdienstordens.

Larut schlägt mit der flachen Hand auf den Tresen, der Mann fährt hoch, das Herz springt ihm fast aus der Brust, er sieht sich um, der Brustkorb hebt und senkt sich. Fast hätte sich Larut entschuldigt, aber die fehlende Absicht macht eine derartige Geste obsolet. Larut wurde schon oft aus dem Schlaf gerissen, aber eine Entschuldigung hatte er nie verlangt. Oder bekommen.

»Monsieur?«, fragt der Mann mit entgeisterter Miene.

»Ich hätte gerne ein Zimmer.«

Der Mann blinzelt gegen das Flackern des Monitors, dreht sich weg, wieder zurück, um sich an das Licht zu gewöhnen. Nicken, Griff zu den Schlüsseln.

Er legt einen auf das Formular, das Larut ausfüllen soll, und widmet sich dem Fernseher. Zweiter Stock, Blick auf die Straße. Larut hat sowieso nicht vor, lange zu schlafen.

Marseille, Les Beaumettes. Die Fratze des Zorns blickt auf Larut herab. Ein Anblick, der im Sonnenschein leichter zu ertragen ist. Eine der sieben, die die Mauer von Les Beaumettes zieren. Eine fragwürdige Abschreckung, deren Wirkung angesichts der überbelegten Gefängnisse zu hinterfragen ist. Ein Relikt aus alten Zeiten, in denen man an derlei Dinge noch glaubte. Zumindest eine Kulisse für Touristenfotos.

Larut hat Revians Notizen durchgesehen, doch die erhofften Informationen vermisst. Ein paar Telefonnummern, Termine, und Informationen, die er genauso gut aus der Zeitung hätte erfahren können. Außerdem eine Kurzanalyse von Laruts Charakter: selbstverliebt, ignorant, hinterlistig, aber zielstrebig und integer. Eine Dummheit, sich wegen des Notizbuchs Groll aufzuhalsen. Wenn er ihn wiedersieht, ist eine Ausrede gefragt. Larut hätte sich etwas Bahnbrechendes erhofft, etwas, das ihn näher zur Lösung bringt. Jetzt muss er bluffen, Ranfort bei der Stange halten. Ein Spiel, das schnell kippen kann. Ranfort mag verkommen sein, aber keineswegs dumm.

Larut lässt die Rituale über sich ergehen und nimmt vor der Scheibe Platz. Ranfort kommt herein, setzt sich gegenüber und formt die Worte mit den Lippen: »Wo ist das Bild?«

Es hat keinen Sinn, ihn zu belügen.

»Ich habe keines und werde auch keines bekommen.«

Ranfort drückt die Lippen aneinander, die Ellbogen in die Flanke und hält die Handflächen nach oben.

»Ich war bei Eric.«

Ranfort schüttelt bedauernd den Kopf.

»Sie wissen also, dass er tot ist?«

Stoisches Nicken.

»Ich weiß, dass es die Liste gab.«

Ranfort legt den Zeigefinger auf die Lippen und macht eine Kopfbewegung zu dem Polizisten, der hinter ihm steht. Larut sieht ihn fragend an, wiederholt die Geste.

»Ich glaube, er will, dass Sie gehen.«

Der Polizist lacht, schüttelt den Kopf und fragt: »Sind Sie von der Polizei?«

Das weiß er doch. Jeder, der hier herein oder hinaus will, muss die Identität preisgeben. Larut hebt die Schultern, der Polizist ergänzt: »Der redet sowieso nicht mit Ihnen. Der hat kein Wort verloren, seit er aus Paris gekommen ist.«

Warum macht er das? Will er sich selbst schützen? Haben sie ihm die Zunge herausgeschnitten? Hat er mit dem Leben abgeschlossen? Ranfort muss hier weg. Möglicherweise bringt ein Verhörraum Besserung.

»Aber schreiben kann er«, sagt Larut.

Der Polizist nickt gelangweilt.

»Dann geben Sie ihm etwas.« Kurze Pause, die Forderung etwas gedämpft, Larut ergänzt: »Bitte.«

Widerwillig holt der Polizist Block und Stift hervor und reicht es Ranfort. Larut imitiert die Bewegung mit der Hand, Ranfort notiert etwas und schiebt den Zettel durch den Schlitz.

Sie haben kein Foto!

»Das habe ich bereits gesagt.« Larut gibt ihm das Blatt zurück, sagt: »Schreiben Sie auf, was Sie wollen.«

Ranfort schiebt ihm den Zettel zurück.

»Dann kann ich nichts für Sie tun«, sagt Larut, steht auf und geht. Langsam. Ranfort soll eine Chance bekommen. Er macht zwei Schritte, klopft gegen die Tür, der Wachbeamte öffnet. *Verdammt, Ranfort, mach etwas. Willst du wirklich hier versauern?* Larut wartet einen Moment, bevor Ranfort gegen die Scheibe hämmert. Larut geht zurück und nimmt Platz. Ranfort kritzelt etwas und hält es ihm vor die Nase. Larut nickt stoisch und geht. Wie, weiß er noch nicht, aber das wird sich machen lassen.

Laruts Blick haftet immer wieder auf dem Zettel, den ihm Ranfort gegeben hat. Ohne Revian: unmöglich. Er muss ihn auf seine Seite ziehen. Fragt sich nur, wie er das machen soll. Wenn man aus der Stadt geworfen wird, ist der Wille zur Zusammenarbeit eher begrenzt. Vielleicht gibt er Informationen gegen den Notizblock heraus. Es gilt die Prämisse: Revian weiß mehr, als er aufschreibt. Irgendwo muss eine Akte existieren, wenn auch nur in Revians Kopf.

Der Gedanke verbrennt gleichsam mit dem Zettel, den er von Ranfort bekommen hat. Er hat Gründe, warum er schweigt, mit den Wärtern und den Insassen nicht spricht. Sie müssen ihn isolieren, fernab von Polizei, Überwachungskameras und Mikrofonen. Damit er reden kann. Möglicherweise ziehen die Verstrickungen bereits ihre Kreise, sind Personen aufgetaucht, die er an der Nase herumführen will. Wenn es der gleiche Typ Mensch ist, mit dem es Ranfort damals zu tun hatte, reicht deren Arm bis in die hintersten Zellen von Les Beaumettes. Auch die Verlegung von Paris La Santé nach Marseille zwölf Jahre nach der Verurteilung kann kein Zufall gewesen sein. Larut kann nicht ausschließen, dass er bedroht wird, die Ratten von Les Beaumettes nur ein Druckmittel sind.

Das gilt es herauszufinden. Ohne Polizeiausweis ein sinnloses Unterfangen. Er braucht jemanden, der ihm Türen öffnet. Zu den Verhörräumen, den Anwälten und Akten. Marseille ist nicht Saint-Lemis.

Ein dezentes Klopfen an Revians Tür, ein gedämpftes *Herein*. Etwas stimmt hier nicht, das kann Larut schon an der Klinke spüren. Revian sitzt am Schreibtisch, sieht auf, als Larut die Tür hinter sich schließt.

»Seit gestern suche ich meinen Notizblock«, beginnt Revian, zupft an der Krawatte. Gezwungenes Lächeln.

Warum lächeln Sie, Monsieur Commissaire?

Larut hat Polizeieigentum entwendet, Beweismittel zurückgehalten und sich der Staatsgewalt widersetzt. Eher ein Fall für den Richter als das Varieté.

Larut greift in die Brusttasche, Revian winkt ab, legt den Finger auf die Lippen. Kann denn dieses verdammte Gefühl nicht einmal Unrecht haben?

»Sie waren in Eile, Monsieur. Möglicherweise haben Sie ihn irgendwo liegen lassen. Vielleicht im Wagen?«

Revian gibt ihm ein Zeichen, dass er zum Fenster kommen soll.

»Möglich«, sagt Revian.

Er biegt leise die Jalousien auseinander und deutet auf den Peugeot, der auf dem Parkplatz steht. Ein paar Männer in polierten Lackschuhen, Jeans und Lederjacken reißen die Türen auf, durchsuchen das Handschuhfach, sehen unter den Sitzen nach, im Kofferraum. Kopfschütteln, knallende Autotüren, dann hieven sie ein paar Kartons in einen Transporter.

Larut deutet fragend mit dem Finger auf Revian, ein Nicken. Er malt die Buchstaben D, S und T mit dem Finger in die Luft, schwingt ein Fragezeichen und einen eindrucksvollen Punkt. Schulterzucken, Revian nimmt eine Visitenkarte aus der Schublade und sagt: »Ohne meinen Notizblock bin ich etwas verloren. Bitte verzeihen Sie, Monsieur, aber ich kann mich heute nicht um ihre Angelegenheiten kümmern.«

Revian schreibt etwas auf eine Karte und macht ein Zeichen, dass er sie in den Socken stecken soll. Genau wie den Notizblock.

»Hier, meine Karte. Am besten, Sie rufen mich morgen an. Bis dahin wird er wohl wieder aufgetaucht sein.«

»Vielen Dank, Monsieur Commissaire.«

10

Die Sonne verschwindet hinter dem Sozialbau, lässt die Menschen mit ihren Sorgen allein. So auch Karim, der sich noch immer fragt, wo Serge abgeblieben ist. Der Toast ist verbraucht, der Senf allein macht nicht satt. Karim hat die Wohnung durchsucht, es muss doch so etwas wie einen Vorratsschrank geben.

Fehlanzeige. Ein Autoschlüssel, den zweiten Wohnungsschlüssel, und einen kleinen Rest des Afghanen, den er zur Sicherheit zu zwei Joints gerollt und eingesteckt hat. Ein Blick nach draußen, die Lage ist ruhig, die üblichen Leute vertreiben sich die Zeit zwischen den Betonblöcken und üben sich im Nichtstun. Ein Luxus, den er sich nicht leisten kann.

Wenn sie Serge haben, wird er vor übermorgen nicht zurückkommen. Und wenn, wird er nicht erfreut sein über die Absenz von jeglichem Essbaren. Falls er wiederkommt. Vielleicht haben sie ihn schon entsorgt. Wenn nicht *die* Typen, dann irgendwelche anderen, denen er Geld schuldet oder mit denen er miese Geschäfte gemacht hat. Möglicherweise hat er Dope gestreckt oder Coca – noch schlimmer.

Dann ist es auch egal, ob du das Auto nimmst. Ist ja nur geliehen.

Falls er noch lebt, bekommt er es ja wieder. Ein wenig Geld aus einer Vorratsdose, unter dem Reis, dessen Farbe stark vom Original abweicht, dann verlässt er die Wohnung. Durch den schwach beleuchteten Gang, im Lift mit dem Uringeruch, nach draußen, er sucht den Wagen. Ein Fiat, dem Schlüssel nach zu urteilen nicht mehr ganz neu, zumindest mit vielen Kilometern. Das wird schwierig, hoffentlich musst du nicht mehrere Wagen versuchen. Die Häuser hier haben tausend Augen. Die Polizei verirrt sich zwar nur selten hierher, aber wer weiß? Ein aufgebrachter Mob, der sich das Auto nicht stehlen lassen will, ist weit gefährlicher als die Bullen. Karim umrundet die Wagen in der Mitte, ein paar japanische, französische, aber nirgendwo ein Italiener.

Hat Serge nur den Schlüssel? Unwahrscheinlich, das ist zum Angeben zu wenig. Vielleicht weiter hinten. Er geht einen Block weiter, irgendetwas bewegt sich im Gebüsch, glüht, murmelt, Karim täuscht an, dass er vorbei geht. Das Murmeln verstummt, er biegt scharf rechts ab, hat er sich's doch gedacht. Die drei Jungen mit den Fahrrädern, einer schnippt die Zigarette weg, dann geben sie die Hände hinter den Rücken, die Köpfe in die Höhe, bevor sie selbst ihre verräterische Körperhaltung bemerken.

Kollektive Ahnungslosigkeit, ein böser Blick, Karim sagt:

»Auch wenn eure Mütter es nicht sehen, Allah sieht das.«

»Halts Maul«, sagt der in der Mitte.»Wie soll er das sehen, hinter dem Busch? Mein Vater sagt, wenn es dunkel ist, schläft Allah.«

»Bleibt noch immer deine Mutter.«

»Was willst du, Mann?«

»Ich suche ein Auto.«

»Du bist doch der Kumpel von Serge.«

»So sieht es wohl aus.«

»Der Fiat steht da unten.« Synchroner Fingerzeig aller drei, gefolgt von drei Kaugummis zwischen den halbstarken Zähnen.

»Ist sicher geklaut«, sagt der Junge in der Mitte.

»Warum denkst du das?«

»Glaubst du, der kann sich ein Auto leisten, so viel, wie der kifft?«

»Danke«, sagt Karim, tätschelt dem Jungen den Kopf, der ihm *schwul* hinterher murmelt.

Karim nimmt den Fiat und fährt nach Osten, Richtung La Blancarde. Der Junge hat wahrscheinlich recht, der Wagen ist gestohlen. Zwei Plüschwürfel hängen über dem Rückspiegel, hinten ist ein Kindersitz montiert. Unmöglich das Auto von Serge. Hätte er ein Kind, wüsste Karim davon, und wenn es doch so wäre, würde er sicher nicht damit durch die Gegend fahren. Auf jeden Fall kifft er zu viel. Selbst da hat der Kleine recht. Er ist sogar zu faul, die Sachen der Vorbesitzer zu entfernen. Kiffen macht viel zu leicht zufrieden. Ein Zustand, den Karim nur von Zeit zu Zeit schätzen kann. Gestern zum Beispiel, vielleicht auch heute.

Er stellt das Auto in eine Seitenstraße, wartet einen Moment, will sichergehen, dass ihm niemand gefolgt ist, und verlässt das Fahrzeug. Etwas zu essen, dann geht er die Stufen hinauf zum Hotel.

Ein Mann sitzt vor einem Fernseher, lässt sich von Karims Anwesenheit nicht beirren. Ein Zustand, über den er sich nicht beschwert. Wer hier absteigt, hat entweder keine Ahnung oder will anonym bleiben. Meistens Letzteres.

Karim kramt in der Tasche, holt Geld heraus, ein Schlag auf die Klingel. Der Mann verzieht die Miene und dreht sich zögerlich zu ihm. Er hebt das Kinn, Karim nickt, dann dreht er sich um und legt ein Anmeldeformular und den Zimmerschlüssel auf den Tresen. Karim zögert beim Ausfüllen des Namens, der Mann sagt: »Anonym kostet extra und im Voraus.« Er hält ihm die flache Hand hin, Karim will ihm Geld geben, er schüttelt den Kopf. »Den Stift.«

Der Mann fügt den Namen ein, klingt Französisch, er sieht Karim noch einmal an, dann heißt Karim Charles. »Zweihundertfünfzig pro Tag, Frühstück gibt's im Café um die Ecke. Noch Fragen?«

Keine Fragen. Der Mann dreht sich, ohne die Antwort abzuwarten, zum Fernseher. Karim legt ihm 750 Francs auf den Tresen, drei Tage, dann wird er weitersehen. Wenn sich die Dinge so entwickeln, wie er möchte, braucht er nicht länger. Hier ist er zumindest sicher, der Mann unten gibt keine Auskunft, und wenn, hat er keine Ahnung, wer wo wohnt. Es scheint ihn auch nicht zu interessieren. Wahrscheinlich hat er nicht einmal wahrgenommen, dass Karim Araber ist. Den kleinen Pupillen und dem Geruch nach zu urteilen, ist das eher weniger von Belang. Man ist eben viel zu leicht zufrieden.

Ihm kommen die zwei Joints in den Sinn, etwas Entspannung täte ihm gut. *Ein Nichtraucherhotel, dem Geruch nach zu urteilen wärst du nicht der Erste, der Entspannung sucht.*

Das Zimmer ist klein, mehr gibt es sichtlich nicht für 750 Francs. Die Jacke landet auf dem Bett, ein Zögern, das Klicken des Feuerzeugs, die Flamme frisst sich in den Tabak. Ein tiefer Zug, der Rauch verweilt ein wenig in der Lunge, die schmalen Augen fixieren die Glut, deren Rest sich zwischen den Fingern dreht.

Eine Wolke zieht aus dem Fenster in den klaren Nachthimmel. Immer weiter nach oben, langsam, bis sie sich mit dem Dunst der Großstadt vermischt. Noch ein Zug, die Knie werden weich, der Rest folgt, das gesamte Gesicht erschlafft in Gleichgültigkeit.

Eine seichte Brise zieht den Vorhang durch das Fenster, streichelt die Zehen, angenehm. *Jetzt noch nicht, nur einen Moment noch.* Die Nacht ist lau, wenige Störungen aus der sonst so lärmenden Stadt. Als ob sich alle zum Hafen verkrochen hätten, auf die Inseln, die Brise genießen.

Karim denkt an die Mädchen, ein Trick, den er gerne verwendet hat, der Blick aufs Meer verändert alles, er schweift in die Ferne und verweilt dort. Dann wünscht man sich jemanden, der den Blick teilt, dann verdoppelt sich seine Stärke und der Moment gewinnt an Innigkeit. Seine Finger gleiten den Rücken entlang, die Hüfte, ein leichter Druck, gerade so fest, dass es nicht unangenehm wird, ihre Lippen spannen sich. Gerade noch ein Lächeln, er kommt näher, setzt sich hinter sie, sie soll den Lufthauch spüren. Sie präsentiert den Nacken, eine Bewegung, die alles sagt, er lässt die Lippen mit etwas Abstand darübergleiten. Ihr beider Atem wird intensiver, schneller. Er rutscht näher, sie soll seine Erregung spüren, sie antwortet mit einem leichten Druck ihres Gesäßes. Seine Hände suchen den Rand ihres T-Shirts, gleiten darunter. Einen Moment drückt sie die Ellbogen in die Hüfte, die Hände gehen zärtlich nach oben, die Gegenwehr erlischt …

Eine Autohupe, Kopfschütteln, noch einmal. *Verdammt, nur noch ein wenig.* Das Auto lässt nicht locker, Karim setzt sich auf und schließt das Fenster. Dann sinkt er wieder in den Sessel, sucht den Gedanken, der nicht mehr zurückkommt. Er steht auf, trinkt einen Schluck Plastikwasser, schüttelt den Kopf. Serge.

Karim kramt in den Taschen, die Nummer hat er irgendwo, vielleicht ist er schon Zuhause. Da ist sie, ein wenig Kleingeld, er verlässt das Hotel und geht zur Telefonzelle um die Ecke. Er wählt, Rufaufbau, Freizeichen. Ungefähr zehn Mal läutet es, dann meldet sich eine sanfte weibliche Stimme. Der Teilnehmer sei zurzeit leider nicht verfügbar. *Verdammt, wo bist du?*

Ein Klopfen an der Telefonzelle, ein Weißer, irgendein Südländer, dem Aufzug nach zu urteilen, Kroate oder dergleichen. Karim dreht die Handflächen nach oben, hebt die Schultern und dreht sich zum Apparat. Es läutet, wieder die Stimme, die das Letzte ist, was er gerade braucht. Ein Seufzen, das Klopfen wird heftiger. Er dreht sich noch einmal zum Apparat, der Mann reißt die Tür auf, nimmt das Kreuz auf seiner Goldkette in die Hand und klopft ihm damit gegen die Stirn. Er sagt, dass hier *Christusland* sei und er verschwinden solle. In gebrochenem Französisch, sicher einer vom Balkan. Karim wirft ihn gegen die Wand der Zelle, der Kopf schlägt hart auf. Er geht wieder in Richtung Hotel, ohne einen Blick zurück. Ihm geht Serge nicht aus dem Sinn.

Verdammt, vielleicht ist er wirklich schon tot.

Eine Nacht, die unruhiger nicht sein könnte. Der Dürre erscheint ihm im Traum, verfolgt ihn durch die Nacht. Serge sitzt auf einem Stuhl, die Arme auf den Rücken gebunden, das Gesicht blutig von den Schlägen. Auf dem Tisch die Stoffrolle, der Chirurgenhammer, die Messer, das Schleifgerät. Serge nimmt ihn nicht wahr, der Kopf hängt kraftlos zwischen den Schultern herab. Er versucht, etwas zwischen den geschwollenen Lippen hervorzubringen, aber es kommt nichts, außer unverständlichem Gebrabbel und Blut. Der Dürre sitzt am Tisch, wetzt ein Messer, legt es neben sich und sieht Karim tief in die Augen. Ein Lächeln wie kalbende Eisberge, dann nimmt er Serges Hand, hält sie hoch. Serges Finger in unnatürlichen Positionen, an den Gelenken ausgehängt, der Rest dazwischen gebrochen.

Den Kopf nach hinten gelegt, nach einem Lachen, sagt der Dürre: »Wie ich es Ihnen bereits gesagt habe, M'sieu Zidane, alles, was passiert, liegt in Ihrer Verantwortung. Ich wollte Ihnen helfen, Sie zur Vernunft bewegen, aber was haben Sie gemacht?« Er streckt ihm den Kopf entgegen, fährt fort: »Genau, M'sieu Zidane. Sie haben sich bekifft, um zu vergessen, um sich Ihrer Verantwortung zu entledigen. Die letzte Scheibe Toast haben Sie in Ihr Lügenmaul gestopft, während Ihr Freund hier leiden musste. Er hat gefleht, der kleine Bastard, dass ich von ihm ablassen soll, er wisse doch nichts, und dass er keinen Karim Zidane kenne. Er hat Sie geschützt, M'sieu Zidane, wie rührselig. Mir wären fast die Tränen gekommen. Aber ich musste überprüfen, ob er wirklich nichts weiß. Denn so fängt es immer an, mit diesem erbärmlichen Flehen. Dann bricht man ihnen ein paar Finger und schon löst sich das

Mundwerk. Dann muss man den Leuten zeigen, dass alles Konsequenzen mit sich bringt. Dass ich niemand bin, der sich hinters Licht führen lässt, M'sieu Zidane. Ich bin mir nicht sicher, ob Ihr Freund der Sache gewachsen ist. Er wirkt schwach, fast schon erbärmlich, voller Fehler. Einer davon ist wohl, mit Ihnen befreundet zu sein. Wäre er das nicht, wäre er nicht hier. Dann müsste er nicht leiden und könnte auch in Zukunft seinen Lieblingsbeschäftigungen nachgehen. Eine Zukunft, wenn es denn eine gibt, die hier endet, M'sieu Zidane. Und das alles Ihretwegen. Nur Ihretwegen.«

Lachen, das Schleifen der Messer, kalter Stahl, der durch die Haut zieht. Warmes Blut, ein Gurgeln, das dem Hals entweicht.

Verdammt, Karim, was hast du getan? Du hättest ihm helfen sollen, deinem einzigen Freund, dem einzigen Menschen, der etwas mit dir zu tun haben will. Zu wem oder was bist du verkommen? Bist du der Dämon, den du in den anderen siehst?

Selten war Karim so glücklich, den Sonnenaufgang zu sehen. Eine Ablöse, eine Erlösung von der dunklen Nacht. Er macht sich auf Richtung Saint-Charles, mit dem Zug, den Fiat lässt er beim Hotel. Ein Kaffee aus dem Automaten am Bahnsteig, ein Croissant beim Bäcker, dann beobachtet er die Situation am Bahnhof. Vielleicht täuscht er sich und ist zur Nebensache verkommen, wird nicht verfolgt. Alles fühlt sich an wie ein böser Traum, er zweifelt sogar an der Sache mit dem Dürren. Möglicherweise hat er sie abgehängt.

Anhand der Bewegungen am Bahnsteig ist nichts auszumachen. Passagiere, die auf die Bahn warten, Geschäftsleute, die zur Metro hasten, niemand, der länger am Bahnhof verharrt, als nötig wäre. Die einzige Auffälligkeit ist er selbst, sogar ein paar Francs bekommt er von einem alten Mann. Er will sie nicht annehmen, doch der Alte besteht darauf, murmelt irgendetwas von alter Schuld und dass die Araber sowieso ein hartes Los hätten. Karim lächelt, freut sich irgendwie.

Er sieht auf die Uhr, die Luft ist rein, er kramt in den Taschen, umschließt den Schlüssel und durchquert die Halle. Zu den Schließfächern, hinten neben den Toiletten. Touristen packen Koffer hinein, wahrscheinlich gehen sie in die Stadt bis ihr Zug fährt.

Geduldig wartet er vor den Kästen. Der Letzte geht an ihm vorbei, er sieht sich um, zieht den Schlüssel aus den Jeans. Eine halbe Umdrehung, der Franc fällt nach unten. Noch ein Blick, er macht den Rücken breit und vergräbt sich im Spind. Alles sieht so aus, wie er es verlassen hat. Der Rucksack hat sich keinen Millimeter bewegt. Er stellt ihn auf, zieht den Reißverschluss nach hinten und prüft den Inhalt. Nichts fehlt, alles in schwarzem Plastik verpackt. Zwei große und zwei kleine Tüten, deren Inhalt er nicht verwechseln darf und ein Zettel in einer Klarsichtfolie.

Er schließt den Rucksack, hängt ihn locker über die Schulter und wirft den Franc wieder in den Schlitz. Der Kasten muss reserviert bleiben, der Schlüssel parat. Wer weiß, ob er ihn noch einmal braucht. Noch vier Ziele in Marseille, nur noch zwei Haftladungen und zwei Zünder, die hoffentlich zuverlässig sind. Wenn nicht, muss die Walther P21 einspringen.

11

Rue Saint Pierre. Zwischen Autohupen und Passanten drängt sich Larut am Place Jean Jaures vorbei. Trotz des verlockenden Duftes nach Kräutern und Fleisch soll der Markt lieber hinter den Ahornblättern verborgen bleiben. Laruts Bedarf nach öffentlichen Plätzen ist vorerst gedeckt. Unwahrscheinlich, dass hier ebenfalls eine Bombe hochgeht, aber wenn, hat er mit Sicherheit nicht noch einmal das Glück, dass der Körper einer fülligen Frau den Aufprall dämpft.

Er beschleunigt die Schritte, dem Schatten nach, der sich unaufhörlich in die Länge zieht, die Straße entlang, die Fassaden hochklettert, durch die gusseisernen Balkone hindurch. Sein dunkles Abbild huscht um die Ecken, bis er vor einem Rollladen stehen bleibt. Ein Comic-Männchen, das an einer Zigarette nuckelt und ein Glas in der Hand hält. Möglichst bunt, ausgelassen. Die Seite einer kleinen Bar, vor deren Eingang ein paar Leute sitzen und sich die Jacken zuziehen, als die Sonne hinter den Häusern verschwindet.

Larut geht ins Innere, stellt sich an den Tresen und bestellt sich einen *Petit Jaune*. So wie in Marseille bekommt man ihn nirgendwo. Den vollen Anisgeschmack, der den Mund ausfüllt, um dann mit einem leichten Brennen im Hals zu verschwinden. Nur einer, bis Revian eintrifft und hoffentlich einen mit ihm nimmt. Ein Kurzer, der die Stimmung hebt und die Zunge lockert. Falls das überhaupt vonnöten ist.

Ein Mann, der vor dem Markt gesessen hat, packt die Gitarre in den Koffer, blickt in die Handfläche und zählt die

Münzen. Ein enttäuschtes Nicken, er verlässt den Platz. Nicht jeder hier kann das Ambiente genießen. Marseille hat viele Gesichter, viele Völker, die sich die Stadt teilen. Ungleich, versteht sich.

Revian stiehlt sich um die Ecke und steuert auf Larut zu. Ohne Lächeln, mit hängenden Schultern. Eine Augenbraue hat er nach oben gezogen, die Hand ausgestreckt, die Handfläche nach oben. Er krümmt die Finger, Larut gibt ihm das Notizbuch, das Revian gelangweilt einsteckt.

»Sie müssten wissen, dass ein guter Kommissar das Wichtigste im Kopf behält.«

»Oder in den Akten, auf der Pinnwand, dem Flipchart«, ergänzt Larut. Möglicherweise den Kern der Sache, aber niemals alles. Wenn er das könnte, wäre er nicht gekommen, hätte das Buch nicht verlangt. Da kommt das Lächeln, eher zaghaft als entspannt.

»Hatte ich recht?«, fragt Larut.

»Ich denke schon. Lederjacken, Sonnenbrillen, polierte schwarze Schuhe. Die DST ist mit Sicherheit kein schlechter Tipp.«

»Wollen Sie einen?«

Revian nickt, Larut gibt dem Barmann ein Zeichen. Zwei *Petit Jaune*, Gläserklirren, Brennen, ein Laut der Erleichterung.

»Wie war Aubagne?«, fragt Revian. Suggestiv, mit einer leichten Häme.

»Sie hatten recht. Meine Großeltern leben tatsächlich nicht mehr.«

»Wusste ich's doch.« Revian tippt mit dem Zeigefinger auf die Nase. »Mein Instinkt täuscht mich nicht.«

»Dann sagt er Ihnen auch, dass mehr hinter der Sache steckt, als es zuerst ausgesehen hat.«

»Es hat immer nach viel ausgesehen.«

»Aber nun ist es viel. Wenn sich die Lederjacken einmischen, alles mitgehen lassen und noch dazu Ihr Büro abhören, wird es brenzlig, würde ich sagen.«

»Die Frage ist eher, wie es weitergeht. Ich muss nicht erwähnen, dass Sie mir den Fall entzogen haben.«

Larut schüttelt stoisch den Kopf.

»Kann ich Ihnen vertrauen?«, fragt Revian.

Berechtigte Frage.

»Das kommt darauf an.«

»Worauf?«

»Ob wir meinen Mann aus Les Beaumettes bekommen.«

»Schwierige Sache. Wir brauchen etwas Handfestes. Hat er etwas, das uns weiterhilft?«

»Namen.«

Revian hört auf, sagt: »Welche Namen?«

»Es gibt, das heißt, es gab eine Liste. OAS-Männer, Pseudonyme, Telefonnummern, die zwar mittlerweile wertlos sein dürften, aber wer weiß. Außerdem die Identität des Toten aus Saint-Lemis. Er spielt gut in der Liga. Legionär, OAS-Attentäter, Anti-Gaullist, *Rapratié*.«

»Hat Ranfort die Liste?«

»Ranfort war einer meiner Kommissare. Der beste, auch wenn das in Saint-Lemis nicht viel heißt. Dennoch glaube ich an seine Merkfähigkeit.«

»Mehr als dürftig. Sonst noch etwas?«

»Er wurde im März dieses Jahres von La Santé hierherverlegt. Etwas dubios, wenn Sie mich fragen.«

»Von einem Dreckloch in ein noch größeres Dreckloch. Sie glauben, dass ihn jemand unter Druck setzen wollte?«

»Genau das. Ein Zufall, dass das genau jetzt passiert.«

»Was ist damals vorgefallen?«

»Wir haben im Juni 1984 einen Toten in einem Haus in Saint-Lemis gefunden. Ein Einheimischer, der nie besonders aufgefallen ist und sich lediglich durch seine Trinkerei hervorgetan hat. Mit zwei Schüssen in den Hinterkopf. Aus einer Walther P21 mit Schalldämpfer.« Larut wartet einen Moment, genießt Revians riesige Augäpfel. »Ranfort lag daneben, eine Wunde am Kopf. Ansonsten gab es keine Spuren. Außer einer mutmaßlichen Verbindung von Ranfort zu den algerischen Rebellen. Zufälligerweise kam gleichzeitig die Vergangenheit des Ermordeten zu Tage: Ein Fremdenlegionär im Ruhestand, ein ewiger Nationalist, aber davon gab und gibt es noch immer viele. Ein paar Männer tauchen auf, verschwinden wieder, Ranfort flüchtet nach Algerien, um offensichtliche Anhaltspunkte zu suchen.«

»Die er dort nicht findet«, ergänzt Revian.

Bedächtiges Nicken, Larut fährt fort.

»Aber etwas findet er. Er will die Sache an die Öffentlichkeit bringen, nimmt Kontakt zu den Medien auf, sein Kontaktmann verrät ihn und Ranfort wird verhaftet. Das einzige Beweisstück, das existiert, verschwindet auf wundersame Weise.«

»Sie haben einen Sündenbock gesucht.«

»Genau. Als mir das klar wurde, war er schon verurteilt.«

»Sie haben ihn also nicht geschützt.« Keine Frage.

»So ist es. Jetzt sitzt ein Unschuldiger seit zwölf Jahren hinter Gittern und ist vielleicht gefährlicher, als er jemals hätte sein können.«

»Und diesen Mann wollen Sie herausboxen?«

»Genau. Weil ich nicht an seine Unschuld glaube, sondern um sie weiß.«

Revian sieht ihn an, überlegt.

»Ich will ihn sehen. Dann entscheide ich, ob wir das machen.«

»Eines muss Ihnen klar sein. Wenn wir den Bomber vor Gericht zerren wollen, müssen wir schnell sein. Die DST wird das nicht tun.«

»Warum glauben Sie, dass *ich* das will?«

Gute Frage. Und gleichsam bedeutungslos.

Les Beaumettes, Verhörraum. Nach Vorzeigen des blau-weiß-roten Polizeiausweises und einem kleinen Obolus von hundert Francs lässt sich der Polizist überzeugen, dass er nicht gebraucht wird. Block und Stift inbegriffen und ein Zusatz, dass er sowieso das Maul nicht aufbekommen wird. Ein dankbares Nicken von Larut und Revian, sie nehmen gegenüber von Ranfort Platz. Ranfort mustert Revian, ein anerkennendes Nicken.

»Wir können reden. Niemand wird uns zuhören. Zuallererst über die Liste«, sagt Larut.

»Reden wir zuerst über mein Bild.«

Die Stimme wie Jean Reno nach einer durchzechten Nacht. Am Kontrabass: Renaud Garcia Fons. Pizzicato. Ohne Bogen. Auf einem vertrockneten Griffbrett. Als ob das Orakel endlich seine Meinung kundtäte.

»Unmöglich. Ich denke, Sie wissen das. Also, die Liste.«

Ranfort schmatzt in den Bart, sagt: »Ich habe die Liste nicht.«

»Warum zum Teufel machen wir uns dann die ganze Mühe?«

»Ich komme selten raus. Noch dazu rede ich nicht viel, wie Sie vielleicht mitbekommen haben.« Pause. »Um Probleme zu vermeiden, wenn Sie verstehen.«

Ein dekadentes Grinsen zwischen dem grau-schwarzen Potpourri, das Ranforts Mund ziert.

»Ich habe genug gesehen«, sagt Revian. »Wenn Sie sich auf den Arm nehmen lassen wollen, gerne. Aber ich …«

Ranfort tätschelt die Luft, fällt Revian ins Wort: »Was haben Sie denn anzubieten?«

Revian dreht den Stuhl, die Lehne vor den Bauch, nimmt breitbeinig Platz. Abschätziger Blick, er lehnt sich auf die Ellbogen und sagt: »Eine Chance. Ihre einzige, wohlgemerkt.«

Steinerne Miene, eine Stimme aus Stahl. Ranfort presst Luft durch die Nase, sagt: »Sie sind nicht die Ersten, die mir eine *Chance* anbieten.«

»Wie meinen Sie das?«, fragt Larut.

»Es hat mir heuer schon jemand eine Chance angeboten. Wenn ich kooperiere, könnte ich meine Haftstrafe deutlich verkürzen.«

»Der Staatsanwalt?«

Bedächtiges Nicken von Ranfort.

»Was wollte er?«

Schulterzucken, er fügt hinzu: »Eine Aussage?«

»Die Sie ihm nicht gegeben haben.«

»Säße ich sonst hier?«

»Nur fürs Protokoll, François. Wir reden hier nicht über eine Verkürzung. Wir reden über Ihre Freiheit.«

»Wie wollen Sie das anstellen, Pierre?« Ranfort legt seine ganze Verachtung auf Laruts Vornamen. »Sie glauben doch nicht wirklich, dass Sie dazu in der Lage sind. Hier sind Kräfte am Werk, die Ihre Kompetenz bei Weitem überschreiten. Sie haben mich ja nicht einmal allein in diesen Raum gebracht. Wie wollen Sie mich da gleich ganz herausholen? Ich denke, dass Sie die Dynamik dieses Rattenlochs nicht annähernd verstehen.«

Ranfort lässt sich in den Sessel sinken, die Arme fest am Körper. Er denkt nach, setzt sich auf, lehnt sich vor, den Finger auf Larut. »Der Dienstausweis ist hier nicht vonnöten.

Hätten Sie Fünfhundert draufgelegt, hätten Sie dasselbe Ergebnis.«

»Aber fünfhundert Francs weniger.«

Er hat dich kalt erwischt. Lass ihn nicht gewähren. Larut dreht den Kopf zu Revian, sieht ihn an, ein Nicken, sie stehen auf und gehen. Nachdem Revian dem Sessel noch einen Tritt versetzt hat. Der Beamte vor der Tür zwinkert ihnen zu, fühlt sich bestätigt. Revian zeigt ihm, dass die Sache nicht erledigt ist. Fünfhundert Francs wechseln den Besitzer, für jede Viertelstunde sind weitere zweihundertfünfzig fällig. Revian zuckt mit den Schultern, flüstert Larut ins Ohr: »Einmal noch, dann war's das.«

Verdammt. Das kann es nicht gewesen sein.

»Keine Angst, der redet schon.« Wenn du bluffst. Larut zieht Luft in die Lunge, die Tür öffnet sich. Ranfort hat einen Arm über die Lehne gelegt, den Blick hält er auf der anderen Hand. Macht es ihm wirklich nichts aus, wenn er hier verrottet?

»Sie spielen eine Rolle, jemand, der Sie nicht sind, François. Ihnen ist die Lage nicht klar. Sechs Jahre zwischen Ratten, Erbrochenem und Urin. Unterernährt und krank werden Sie sich wünschen, dass Sie wenigstens diese Chance ergriffen hätten.«

Ranfort steht auf, sieht sich um, zischt: »Nach zwölf Scheißjahren interessieren Sie sich für mich. Völlig selbstlos, versteht sich. Mit einem Bullen im Schlepptau, der auch seine sensible Seite entdeckt hat. Weil ein Unschuldiger in Haft sitzt. Lecken Sie mich, Pierre. Sie stecken doch mit denen unter einer Decke.«

Ranfort dreht Kreise im Raum, der Beamte sieht durch das Fenster in der Tür, reibt den Daumen und den Zeigefinger. Larut verdreht die Augen, nickt.

»Mit wem soll ich unter einer Decke stecken? Der OAS?«

Ranfort hechelt, sein Blick sticht tausend Löcher in Larut, er schließt die Lider. Ein Augenblick vergeht, ein Nicken.

»Ist der Anwalt einer von denen?«, fragt Larut. Bedächtig, vorsichtig.

Ranfort wackelt mit dem Kopf, dreht die Handfläche.

»Das ist doch ein Anfang«, mischt sich Revian ein.

Dieses Mal ist es Laruts Blick, der Löcher in Revian bohrt.

»Haben Sie sonst noch Namen?«

Gib ihm einen Moment Zeit. Und eine Portion Streicheleinheiten.

»Wer garantiert mir, dass Sie nicht dasselbe Spiel spielen wie der Staatsanwalt?«

Revian führt beide Daumen zur Brust, zwinkert ihm zu.

»Er hat sich für mich eingesetzt, sein Wort gehalten, Pierre.«

»Es geht hier nicht ums Wort halten. Es geht eher drum, ob sie hier drin grausam verenden wollen oder ein anderer. *Darauf* haben Sie mein Wort.«

Ranfort sinniert minutenlang, verändert kaum die Haltung. Er räuspert sich, flüstert: »Es gibt ein Tagebuch.«

»Von Auguste?«

Ranfort senkt langsam das Kinn.

»Haben Sie es?«

Kopfschütteln, Ranfort sagt: »Es ist in Saint-Lemis. In Augustes Haus.«

»Augustes Haus existiert nicht mehr.«

Ranforts Augäpfel werden groß wie Billardkugeln. »Was soll das heißen?«

»Sie haben es abgerissen.«

»Sie haben alles abgerissen?«

Andächtiges Nicken.

»Was ist mit dem Garten?«

»Heruntergekommen, aber unberührt.«

Ranfort geht zum Tisch in der Mitte des Raumes, nimmt den Stift in die Hand. Eine Skizze von Augustes Grundstück, der Spitze pocht wiederholt auf eine Stelle.

»Ich hoffe für Sie, dass uns diese Information weiterbringt«, sagt Revian.

Ranfort steht auf, reicht Revian die Hand, sagt: »Passen Sie auf. Die Lage ist prekärer, als Sie denken. Wenn die OAS auf mich zurückkommt, ist das kein gutes Zeichen.«

Da hat er recht. Wenn das passiert, gehen Bomben hoch und rollen Köpfe.

Die roten Dächer strahlen in der Nachmittagssonne, in der Rhône spiegeln sich die rostigen Baracken neben den Schienen. Der Wind raubt der Sonne die Kraft, verteilt die Wärme im umliegenden Geäst. Es ist still, erst das Ächzen der Bremsen und das Knistern der Lautsprecheransage reißen ihn aus den Gedanken. Er hat Marseille zur Mittagszeit verlassen, mit einem ratlosen Revian, der sein Glück Zuhause sucht.

Larut verlässt den Zug, durchquert die Bahnhofshalle, als ihm ein Mann im Augenwinkel auffällt. Schwarzer Anzug, wahrscheinlich frisch aus der Reinigung, die Augen versteckt er hinter einer Sonnenbrille. Die Krawatte wie mit dem Lineal gezogen, ansonsten macht er keine Regung. Er mustert Larut, möglichst unauffällig, lässt den Blick einen Moment ruhen, dreht sich schließlich um und geht.

Larut nimmt den Bus nach Saint-Lemis. Er hat sich an diese Art der Fortbewegung gewöhnt. Das letzte Auto hat er in Paris gelassen. Zumindest hatte er das damals gedacht. Ein Renault R4 in fahlem Gelb, der ihm stets treue Dienste leistete. Der Wagen hatte dieses gewisse Etwas, etwas Intellektuelles, das er zu dieser Zeit ausstrahlen wollte. Sarah hatte das gemocht, diesen Kontrast aus belesen und raubeinig.

Als sie weggingen, beschlossen sie, das Urbane dort zu lassen, dem Leben Einfachheit zu geben. Vierzehn Jahre lang war er ohne Fahrzeug. Bis ihn sein Sohn überredete, eines zu kaufen. Ein Nachzügler, dem er kaum einen Wunsch abschlagen konnte. Hätte er es getan, läge Sarah mit Sicherheit nicht dort, in diesem Pflegeheim. Hätte er nicht darauf bestanden, seinem Sohn das Fahren beizubringen, obwohl er vierzehn Jahre keinen Wagen gelenkt hatte. Dann hätte er sich und Sarah jede

Menge Kummer erspart und noch eine Beziehung zu Thomas. Hätte, wäre, könnte, sollte … Wiederkehrende Konjunktive, die er nur allzu gut kennt. Von kleinen Kriminellen, Berufsgaunern, Menschen.

Laruts Schläfe klebt an der Scheibe des Busses, der Blick im Nirgendwo. Ein schwarzer Mercedes setzt zum Überholen an, bleibt einen Moment auf selber Höhe und rast den Damm entlang, der die tausend Seen davon abhält, die Straße in sich versinken zu lassen.

Larut lässt die Gedanken ein wenig schweifen, eine halbe Stunde später biegt der Bus nach Saint-Lemis ab. Er bittet den Fahrer an der Rue Pouy aussteigen zu dürfen. Ein Nicken, der Wagen quietscht sich zum Stillstand. Die Hand zum Abschied über dem Kopf erhoben, bleibt Larut am Trittbrett wie angewurzelt stehen. Derselbe Mercedes zieht am Bus vorbei, links auf die Landstraße. Die einzige Hinterlassenschaft: ein schwarzer Streifen und der Geruch von verbranntem Gummi. Larut ahnt nichts Gutes, setzt sich in Bewegung. Die Absätze hetzen auf dem Asphalt durch die Stille des Weinbergs, bis sie das Knacken des Schotters ablöst. Er biegt ein, noch zwanzig Meter bis zu seinem Haus. Ein kurzer Stopp, durchatmen, eher hecheln, der Kopf pocht, die Lunge verlangt nach Luft. Die letzten Meter nur noch halb so schnell. Wahrscheinlich ist er sowieso zu spät.

Er verlangsamt die Schritte, tritt vorsichtig auf. Ein Stock auf der Seite, neben der Bank, auf der er immer sitzt, gleitet zwischen die Finger, ein fester Griff. Die Linke stößt das Holz der leicht geöffneten Tür, die Rechte leicht erhoben hinter der Schulter. Er bleibt stehen, horcht, versucht ein Geräusch auszumachen. Die Augen drehen sich in den Höhlen hin und her, die Finger tippen bereit auf das feuchte Holz. Ein Schritt, er erreicht das Wohnzimmer, sieht hinein. Der Fernseher auf dem Boden, die Schubladen herausgerissen, die Polster aufgeschnitten. Wer auch immer hier war, er wollte ein Zeichen hinterlassen, ihm etwas mitteilen.

Ein Seufzer, Larut lässt das Holz hängen und geht in die Küche. Ein Aquarell an Mutwilligkeit läuft die Küchenkästen hinab. Die Türen offen, das Innere auf dem Boden verteilt. Bleibt nur eine Frage: Welche Botschaft wollte man ihm hinterlassen?

Kein Zettel mit einer Forderung, keine Drohung, die mit Blut oder anderen Flüssigkeiten irgendwo verewigt wurde. Möglicherweise doch ein Vandalenakt von gelangweilten Jugendlichen. Vielleicht hat er Glück und sie haben das Schlafzimmer verschont. Die Finger krallen sich um das Holz, die Fersen schleichen die Treppe hinauf. Kein Laut dringt zu ihm vor, während er die achtzehn Stufen hinaufgeht.

Geöffnete Nachtkästchen, jemand hat einen Engel in die Decke gegraben. Larut lässt den Prügel fallen, setzt sich an den Bettrand und stützt die Ellbogen auf die Knie. Fast versinkt sein Kopf zwischen den Händen, als ihn das Telefon aus den Gedanken reißt.

Larut geht nach unten und nimmt den Hörer ab.

»Monsieur Larut?«, fragt eine männliche Stimme. Gedämpft, wie ein Pfarrer, der die Sakramente vorliest. Offenbar keiner von denen, die das Haus verwüstet haben.

»Worum geht es?«

»Es geht um Ihre Frau. Sarah.« Jetzt erkennt er die Stimme.

Der Krankenpfleger aus dem Heim. Komm auf den Punkt. Larut kennt den Namen seiner Frau. Außerdem weiß er, was er sagen wird.

»Ist sie ...?«, fragt Larut.

So etwas wie ein Grummeln dringt durch den Hörer.

»Wie ist es passiert?«

»Sie hat einfach aufgehört zu atmen. Sie ist friedlich eingeschlafen.«

»Ohne irgendein Vorzeichen?«

»Monsieur Larut. Ich denke, es ist besser, wenn Sie vorbeikommen.«

»War jemand bei ihr?«

»Ihr Sohn.«

Larut reißt die Augen auf. Fast hätte er den Hörer verschluckt. Thomas war schon Ewigkeiten nicht bei ihr, hat den Anblick nicht ertragen können. Nach dem Unfall war Sarah ins Koma gefallen und hatte seitdem kein Wort mehr gesprochen. Die Ärzte sagten, dass es durchaus sein könne, dass sie wieder aufwache, aber mit jedem Tag, den sie in diesem Zustand verbringe, die Chancen schwinden würden. Larut hat all ihr Geld dazu verwandt, sie aus diesem Zustand zu befreien. Logopäden bezahlt, andere Ärzte befragt, sie nach Paris fahren lassen zu einer Spezialbehandlung, deren Sinn sich ihm bis heute nicht erschließen will.

Wunderheiler, Schamanen, Seelenheiler, in der Regel Scharlatane. Kaum etwas, das er nicht versucht hätte. Ohne Erfolg. Jeden Tag war er bei ihr, hat mit ihr gesprochen, aus der Zeitung vorgelesen, Musik vorgespielt, während sie reglos auf dem Bett aus Luftkissen lag und sich in die Unterlippe biss.

Mit der Zeit glaubte er, so etwas wie Emotionen zu erkennen, dass sie irgendwann antworten würde. Er vergaß sich in der Hoffnung, einem dünnen Strohhalm mit einem dicken Riss. Ihr Zustand hatte sich nie verändert. Von morgens bis abends lag sie im Bett, ohne eine Bewegung, ohne Emotion, den Blick starr ins Nirgendwo gerichtet. Der einzige Reiz, auf den sie reagierte, war das Knallen der Tür, und manchmal Laruts Stimme.

Es gab Tage, da redete er sich ein, dass es ganz angenehm sei, wenn sie nichts sagte. Dann scherzte er, dass er ein Glückspilz sei, so eine stille Frau zu haben. Doch dieser Scherz kam nie bei ihm an. Er scheiterte an dem Versuch und drohte, zu zerbrechen. Eine Drohung, die sich bald in einen Wunsch änderte, für den er sich selbst verfluchte.

»Mein Sohn war bei ihr?«, fragt Larut.

»Ja, Ihr Sohn.«

»Hat er etwas zurückgelassen? So etwas wie eine Botschaft?«

»Monsieur Larut, wie ich bereits sagte. Ich denke, es wäre besser, wenn Sie vorbeikommen. Nicht nur, um sich zu verabschieden. Auch der Formalitäten wegen. Bis bald, Monsieur. Salut.«

Die Sonne verglüht hinter den Hügeln in allen Nuancen von Orange. Der Ort zeigt sich bescheiden, in all seiner Ruhe, die Larut zurzeit so quält. Früher haben Sarah und er die langen Tage genossen. Vor dem Haus, auf der Bank, die nun nach Einsamkeit und Schuld stinkt. Wie das Haus dahinter.

Es wird Zeit, sich von ihr zu lösen, ihr Lebewohl zu sagen, ein neues Leben zu beginnen. Wie er es dem Universum geschworen hat. Wenn das hier vorbei ist, wird er nach Norden fahren, in das Pflegeheim, wo der Rest von ihr die Tage verbrachte.

»Sie hätte das nicht gewollt, Pierre.« Vielleicht hat Yanis recht. Vielleicht sollte er das Yanis noch sagen.

Später. Jetzt muss er das Tagebuch finden. Jetzt muss er den retten, der noch zu retten ist.

Das Zwielicht der Dämmerung ist die beste Zeit für dunkle Aktivitäten. Eine geringe Frequenz von Passanten, die Lichter der Polizeiwagen sind von weitem zu sehen, ganz zu schweigen von der Ruhe. Ein Hauch von Romantik und Abenteuer, als er den Garten von Augustes Haus entlang schleicht.

Er hält sich dicht an den Weinreben, damit er in das Dickicht tauchen kann, falls jemand kommt. Larut stoppt, hält Ranforts Skizze in die Dämmerung, dreht sie, sieht sich die Umgebung an. Ein paar Schritte nach Norden, er erreicht das Kreuz auf dem Blatt und kniet nieder. Eine Schaufel hat er nicht, die Hände müssen reichen.

Die Finger graben sich in die feuchte Erde, durch Regenwürmer, Steine, die Wurzeln der verdorrten Tomatenstauden. Ein Duft zwischen Matsch und Moder, der ihn nicht abhalten kann. Immer schneller werden seine Bewegungen, die Erde fühlt sich gut an zwischen den Fingern, auf der Haut. Sandburgen, Erdhügel und die Nähe zu den Pflanzen. Ein Traum, den die Menschen allzu schnell vergessen, wenn sie erwachsen werden. Er zerdrückt die feuchte Erde, hält sie einen Moment, lässt sie fallen.

Er gräbt weiter, plötzlich ein harter Gegenstand, beinahe entfährt ihm ein Wehklagen, weil der Spaß schon vorbei ist. Er nimmt die Kiste aus dem Loch, wischt den Dreck von der Oberseite und stellt sie auf den Boden. Vorsichtig öffnet er den Deckel, klopft den Matsch an der Hose ab und holt ein Buch heraus. Abgegriffene Hülle aus minderwertigem Leder, darüber ein Gummiband ohne Elastizität. Larut schlägt die erste Seite auf und beginnt, zu lesen.

1. Mai 1955 Frankreich sucht Freiwillige

Ich habe mich entschlossen, der Heimat den Rücken zu kehren. Nicht ein Funken Reue hat mich ereilt, als ich im Geiste leise Lebewohl gesagt habe. Dennoch ist es ein seltsamer Gedanke, vielleicht nie wieder zurückzukommen. Aber was hält mich hier noch? Vater hat nicht einmal reagiert, als ich es ihm gesagt habe. Keines Blickes hat er mich gewürdigt, als ich, sein einziger Sohn, ihm mitgeteilt habe, dass ich nach Algerien gehe. Ich bin aufgestanden und gerannt, damit nicht eine einzige Träne mein Auge erreicht. Maman war wie immer. Zerrissen in ihrer Mühe, die Lage zu beschwichtigen und bemüht, ein Lächeln auf ihre Lippen zu zwingen. Wie mich das anwidert, diese heuchlerische Fassade. Wie ich diese »Heimat« verfluche.

Irgendwann 1961

Ich habe die Tage verloren, wie die Toten, die mich durch die Nächte begleiten. Bald werde ich einer von ihnen sein. Die DGSE und die OAS sind mir auf den Fersen. Ein Spiel, dessen Ausgang nur zu gewiss erscheint. Es sind mächtige Gegner, die mich durch die Zeit treiben. Wie Marionetten, deren Herr jeden Tag wechselt, um immer das gleiche Stück aufzuführen. Ich muss die Aufmerksamkeit von mir lenken, sie gegeneinander ausspielen, um zwischen den Kugeln in die Anonymität zu flüchten. Eine andere Möglichkeit gibt es nicht.

Larut verschlingt das Buch Seite für Seite. In der Dämmerung, die ihn selbst ereilt. Jedes Detail, jedes Stück Leben, saugt er in sich auf, bis er nur noch Abscheu empfindet für diese traurige Gestalt. Auguste hat in ein Wespennest gestochen, ohne den Honig loszuwerden, mehr noch, er hat ihn auf die verteilt, die ihm auch nur nahe kamen.

12

Den Rucksack hält er eng am Körper, den Ellbogen dicht daran. Er darf den Inhalt nicht verlieren, muss ihn seiner Bestimmung zuführen. Zu viele dubiose Gestalten treiben sich am Bahnhof herum, er muss vorsichtig sein. Karim entfernt sich rasch aus der Halle, Richtung Bahnsteig, er will den Zug zurück nach La Blancarde nehmen.

Er muss ins Hotel zur weiteren Planung, muss effektiv vorgehen, alle Zacken müssen ineinandergreifen, ohne den Verdacht auf ihn zu lenken.

Er sieht auf die Uhr, noch fünf Minuten, haufenweise drängen sich Menschen aus den Waggons. Er streichelt den Stoff des Rucksacks, spielt mit dem Reißverschluss, zieht ihn ein wenig auf, wieder zu. Sie sollen sich beeilen, das Warten wird unerträglich.

Ein Mann spricht ihn von hinten an, Karim versteht nicht, was er meint. Die Finger krallen sich in den Rucksack, Schweiß tritt auf die Stirn. Er hat die Schuhe gesehen, schwarz, mit verstärktem Rand, das gleiche Modell, das die Typen im Keller getragen haben. Er mustert den Mann, der seine Frage wiederholt, diesmal mit einem eindringlicheren Lächeln, aber Karim ist mit den Gedanken bereits woanders. Er kann nur an den Keller denken, die Typen, er ist nicht sicher, bestimmt ist das einer von denen. Sicherheitsschuhe, Lederjacke, die Sonnenbrille lässig an den Ausschnitt des Hemds gehängt. Der Herzschlag wird schneller, er hechelt, der Mann beugt sich vor, das Lächeln verschwindet. Karim stemmt die Fußballen in den Beton, rammt ihn mit der Schulter.

Du kriegst mich nicht. Ich bin schneller als du.

Der Zug nach Blancarde fährt ein, egal, Karim rennt. Schneller, die Richtung ist Nebensache. Weg von hier, weg von dem Typen. Er ist mit Sicherheit nicht allein, sie sind nie allein, irgendwo steht mindestens noch einer.

Er sieht sich um, kann kein bekanntes Gesicht ausmachen. Wichtig ist nur, dass er in der Menschenmenge verschwindet. Wie damals in Tizi Ouzou, als sie ihn und seine Mutter verfolgten. Mit Maschinengewehren, lachend, ein Laut, der ihm heute noch durch Mark und Bein geht. Er zog seine Mutter an der Hand, dort, in die Menge, sie solle den Kopf senken, dann wären sie erst einmal sicher. In einer Menge, die nach Blut schrie, nach dem Blut der Verräter. Die Fahnen zusammen mit den Fäusten hoch erhoben. Karims Mutter strauchelte, er zog sie weiter, Schritt für Schritt, durch die Massen, in eine dunkle Ecke. Dann, eine Stimme, die ihm fast einen Schrei entlockte. Ein Mann, der offenbar die Ansichten der Mordlustigen nicht teilte, gewährte ihnen Unterschlupf.

Jetzt zu fliehen wäre dumm, sie sollten ein paar Tage warten, dann würde er sie nach Algier bringen. Ohne finanzielle Mittel, ohne ein Dankeschön, setzte er sein Leben aufs Spiel. Ein Licht in der Dunkelheit, einsam und eisern.

Er sieht ihn noch vor sich, hätte sich ein Beispiel nehmen können an ihm, doch der Mann, der sich im Fenster der U-Bahn spiegelt, ist nicht von seiner Art. Er ist verroht und rachsüchtig und aus ihm ist nie mehr geworden als das ängstliche Kind, das gegen das Unausweichliche rebelliert.

Die Leute sehen ihn, weichen zurück. Karim vermag nicht zu verstecken, warum er hierhergekommen ist. Aus Angst. Sie stecken ihn in Schubladen, das kennt er, ein kleiner Dieb, der im Laden seinen Lebensunterhalt zusammenklaut, vielleicht auch ein Dealer. Auf jeden Fall hat er nichts Gutes im Sinn.

Er hat Glück, nimmt die M1 Richtung La Forragère und steigt unbehelligt in La Blancarde aus. Keine Männer in Lederjacken und Sicherheitsschuhen.

Vielleicht hast du dich getäuscht, bist endgültig dem Wahnsinn verfallen.

Er geht auf schnellstem Weg ins Hotel, die Finger steif, erst im Zimmer bemerkt er, wie fest er sie in den Stoff gekrallt hat. Er schüttelt die Hand aus, sperrt die Tür hinter sich ab, zieht den Vorhang zu, klemmt einen Stuhl unter die Türklinke. Das Licht der Deckenlampe ist schwach, reicht aber aus, um den Inhalt zu kontrollieren. Er nimmt die Sachen heraus, legt sie feinsäuberlich auf den Tisch, kategorisiert. Zwei Magnete mit Eisenplatten, Zünder, Splinte, Drahtseile und zwei Päckchen C4. Plastiksprengstoff.

Alte OAS-Technik. Der Magnet hält die Eisenplatte am Auspuff und ist mit einem kurzen Drahtseil mit dem Splint verbunden, der den Zünder vorm Auslösen abhält. Sobald der Wagen gestartet wird, fängt der Auspuff an zu vibrieren und die Eisenplatte fällt nach unten. Die gezielte Ladung schneidet im Idealfall ein Loch durch den Fahrer bis zum Fahrzeughimmel. Ein gezieltes Attentat, mit wenig Kollateralschaden, der nicht gänzlich auszuschließen ist, da die gelösten Karosserieteile als Schrapnelle wirken.

Karim zerreißt eine Tüte, wickelt die Teile für einen kompletten Sprengsatz gesondert ein und packt sie in die andere. Gleiches Vorgehen bei der zweiten. Es darf nichts schiefgehen, es sind die letzten, die er hat. Dann nimmt er den Zettel aus der Klarsichthülle, legt ihn auf die Hülle, damit ihm nichts geschieht, sieht sich die Namen an. Zwei durchgestrichen, vier sind übrig in Marseille. Einer der Namen ist eingekreist, eine Haftladung wäre hier passend. Obwohl er sich nicht mehr ganz sicher ist, warum der dritte Anwalt einen Sprengsatz verdient hat und der Stadtrat nur eine Kugel. Die restlichen drei muss er spontan entscheiden. Vielleicht hebt er sich die Haftladung auch auf, es gibt weitere Städte mit anderen Namen.

Er legt die Walther P21 auf den Tisch, daneben den Schalldämpfer, eine kleine Flasche Waffenöl. Er zerlegt, schmiert sie, der Zuverlässigkeit wegen. Einmal Durchladen ohne Patronen, er muss wissen, ob die Mechanik funktioniert, dann steckt er das Magazin in die Pistole und lädt eine Kugel in den Lauf. Er will vorbereitet sein, die Waffe muss funktionieren, eine Überraschung, wenn er sie aus dem Rucksack zieht und abdrückt. Er ist nicht mehr sicher, wird beobachtet, warum sie nicht einschreiten ist ihm ein Rätsel. Sie haben es schon im Keller gewusst, solche Leute machen kaum Fehler, warum haben sie ihn nicht getötet?

Vergiss die Sache, allein die Mission ist wichtig.

Mittlerweile ein Selbstzweck. Er denkt an die Menschen in Tizi Ouzou, die erhobenen Fäuste, wie ihnen nach dem Blut derer dürstete, die sie einmal Freunde nannten.

Damals verstand er es nicht, war fassungslos. Und heute? Hat dieselbe Lust ihn gepackt und hält ihn gefangen. Bluten sollen sie, leiden bis zum letzten Atemzug. Ersaufen sollen sie in ihrer Angst und ersticken in ihrer Vergangenheit.

Boulevard de Vauqouis, 4. Karim nimmt den Fiat und fährt nach Osten. Die Sprengsätze begleiten ihn, immer.

Im Hotel sind sie zu unsicher, selbst wenn der Portier sich nicht für Karims Aktivitäten interessiert. Er sieht nicht einmal auf, wenn er kommt oder geht, widmet seine Aufmerksamkeit dem Fernseher, der den ganzen Tag läuft. Er macht nicht den Eindruck, als würde er je nach draußen gehen. Eine Eigenschaft, die Karim zu schätzen weiß.

Er verbringt jetzt schon einige Zeit im Fiat, das Fenster geöffnet. Der Anwalt hat sich bis jetzt noch nicht gezeigt, es sieht nicht so aus, als ob er Zuhause wäre. Kein Wunder, es ist erst Mittag, wahrscheinlich ist er im Büro. Die Gegend ist ruhig, kaum Verkehr, bis jetzt hat sich nicht einmal die Polizei gezeigt.

Zumindest in den Stunden, die er hier gesessen hat. Untypisch für die Gegend. Solche Viertel werden normalerweise observiert, kontrolliert, es darf nichts passieren, sonst geht eine Beschwerde beim Polizeipräfekten ein. Diese Menschen haben Einfluss, ihrer Macht wird stattgegeben.

Wir *haben demonstriert, sind auf die Straße gegangen, welche Konsequenz hat das gehabt?*

Die Leute, die wegen dieser Ungerechtigkeit aufbegehrt haben, wurden nicht gehört. Eine kleine Gedenktafel in Paris, ein mickriges Gedenken der Opfer dieser Missetat. Aber bringt es deine Brüder zurück ins Leben?

Wurden sie deshalb *nicht* in einem Vorort erschlagen?

Karim drängt die Gedanken aus dem Kopf. Die Brüder, die Idealisten, wie fremd war ihnen diese Welt?

Sie fuhren nach Paris, um aufzuschreien und bezahlten mit dem Leben. Grundlos, wie man sich erzählt. *Jetzt bist du an der Reihe, kannst die bestrafen, die daran beteiligt waren, die Flamme am Lodern hielten.* Denn was ist jenen widerfahren? Sie haben Häuser, Villen, Macht und Einfluss, verschwenden nicht einen Gedanken an ihre Taten, müssen keine Konsequenzen fürchten.

Bis jetzt.

Eine kühle Brise setzt ein, der Regen braucht nicht lange um zu folgen.

Ein Audi hält vor dem Haus, Karim kann nur Silhouetten erkennen. Eine Frau hinter dem Steuer, daneben ein Mann. Sie küssen sich, dann zieht der Mann den Mantel über den Kopf und steigt aus. Die Tropfen lassen die Welt hinter den Scheiben verschwimmen, er kann nur sehen, wie sich das Eisentor langsam zur Seite schiebt und der Mann mit dem Aktenkoffer über dem Kopf hineinläuft. Die Frau im Wagen blickt ihm hinterher. Sie soll fahren, mit ihr hat er nichts am Hut. Sie soll sehen, wie es ist, wenn man die verliert, die man liebt. Diese weißen Mädchen, so affin zu Macht und Geld. Zur Verführung reichte es immer, aber nie für mehr.

Karim sei Araber, dazu ein Verlierer, niemand, der es je zu etwas bringen würde. Er verachtet sie, die Mädchen, die ihn abgelehnt haben. So stolz waren sie, mit ihren weißen Freunden. Wie gerne hätte er … wie gern wäre er … wie oft hatte er sich woanders hingeträumt?

Egal. Das ist jetzt nicht mehr wichtig.
Jetzt ist dein Moment. Jetzt kannst du handeln.

Karim wartet einen Moment, das Tor schiebt sich langsam zurück. Er steckt die Walther in die Hose, den Schalldämpfer aufgesetzt, steigt aus dem Wagen. Er zwängt sich zwischen Tor und Mauer in den Garten und geht zur Haustür, die noch einen Spalt offen steht.

Vorsichtig drückt er sie auf, schleicht hinein. Die Schuhe stehen im Gang, die nassen Socken darin, Fußspuren führen in den ersten Stock. Er lässt die Haustür sachte ins Schloss gleiten und folgt den Abdrücken nach oben.

Schritt für Schritt, nur keine falsche Bewegung, vielleicht hat er ihn gesehen, dann muss er schnell agieren. Das Herz presst sich gegen die Rippen, kraftvoll, abwechselnd schnell und langsam, der Brustkorb dehnt sich maximal aus.

Nur keinen Fehler, dann ist die Angelegenheit schnell erledigt und du bist so schnell wieder weg wie du gekommen bist.

Das Prasseln des Wassers, untermalt von einer gepfiffenen Melodie, die sich nicht richtig anhört, obwohl Karim das Lied nicht kennt. Dampf dringt aus dem Bad, er zieht die P21 aus der Hose und folgt dem Schalldämpfer.

Ein Moment vor dem Duschvorhang, dann haben das Prasseln und das Gepfeife ein Ende. Der Vorhang weicht wie auf Regieanweisung, eine Wolke dringt hervor, der Mann steigt aus der Wanne. Bleich, vom Hals abwärts, die Tropfen laufen über zahlreiche Muttermale.

Er greift nach dem Handtuch, zuerst die Beine, dann der Schritt, Bauch, Oberkörper, zuletzt die Arme. Er sieht Karim, den Lauf der Pistole, der aus dem Dampf ragt, einen Augenblick stockt ihm der Atem, er überlegt, ein *Verdammt* bildet sich hinter den gepressten Lippen. Die Walther überzeugt, das Handtuch segelt zu Boden. Ihre Blicke treffen sich, der Mann weiß genau, was gespielt wird.

Er sieht sich um, zu Karim, kaum merklich, sucht nach einem Gegenstand, mit dem er der Waffe begegnen kann. Ernüchterung legt sich auf die Lippen, hochgezogene Augenbrauen, Karim kontert mit dem Kopf.

Steig aus der Wanne, oder willst du es gleich hier?

Der Mann sieht ihn an, möchte etwas anziehen, Karim schüttelt den Kopf. Er soll nach unten gehen, vor ihm, keine Dummheiten. Er will etwas sagen, zum Reden kommen sie nachher, zuerst müssen Karims Forderungen erfüllt werden.

Er hält sich knapp hinter ihm, *da, in die Küche.*

Schön eingerichtet, es sieht aus, als ob selten gekocht wird. Wahrscheinlich ist der Audi der seiner Frau, oder wer immer das auch war. Wahrscheinlich gehen sie essen, lassen sich's gut gehen, das Geld dazu haben sie ja.

Karim tritt einen Stuhl unter dem Tisch hervor. *Setzen, Maul halten, den Rest erfährst du gleich. Weit weg von den Messern, damit du nicht auf dumme Gedanken kommst.*

Dann sucht Karim nach einem Seil, einer Schnur, irgendetwas, womit er ihn festbinden kann. Der Mann wehrt sich, der Pistolengriff gegen den Hinterkopf belehrt ihn eines Besseren.

Er verliert das Bewusstsein, um einige Minuten später mit gefesselten Händen aufzuwachen. Blinzeln, Kopfschütteln, dann starrt er Karim an.

»Sie sind das also. Der blutrünstige Fellagha.« Die gezupften Augenbrauen ziehen sich zusammen, der durchtrainierte Körper sitzt aufrecht.

»So sieht es wohl aus«, sagt Karim lakonisch.

»Was ist Ihre Motivation? Ich meine: Was wollen Sie? Vielleicht können wir uns auch so einigen.«

»Sie haben nichts, das ich möchte.«

»Das glaube ich weniger. Sie sehen aus wie jemand, der mehr will. Wie jemand, der vom Schicksal geprellt wurde um den wohlverdienten Lohn.«

»Das alles sehen Sie?«

Der Mann senkt kaum merklich das Kinn. Er hat diese Ausstrahlung, diese Arroganz bis in den Tod hinein. Du musst ihn läutern. Wenn er nicht leidet, ist das nur die Hälfte wert.

»Geld ist nicht, was Sie suchen. Das ist keiner Ihrer Werte. Sie suchen nach dem, was Ihnen niemand geben kann.«

»Ich nehme es denen, die es verdienen, Monsieur. Denen, die sich an jenen bereichern, die hart um das Wenige gekämpft haben. Ich bin der, der sich für die einsetzt, die es selbst nicht mehr können. Ich sorge für eine späte Gerechtigkeit.«

Ein Schnauben, dann legt der Mann ein Grinsen auf.

»Wohl eher eine versäumte. Ihr Motiv ist doch wesentlich primitiver. Orientierungslos, verloren in dieser Welt, ohne Zukunft, geben Sie sich ihrem zerstörten Leben hin und suchen das Heil in der Rache. Ist Ihnen eigentlich klar, wie lächerlich das ist?«

»Was haben Sie denn für eine Ahnung? Ich bin gekommen, um die Welt von den Dämonen zu befreien, Ihnen zu zeigen, dass sie selbst nur aus Ton sind und nicht aus Stein.«

»Ach, die Sache. Sie sehen sie als Erlöser, der die Welt rettet. Dann tun Sie Ihr Werk, Erlöser.«

Der Mann sinkt in den Sessel zurück, die Lippen versiegelt. Karims Kopf fühlt sich an wie in einem Schraubstock.

Er manipuliert dich, er ist einer der Teufel, und vor allem steht er auf der Liste. Es muss getan werden, er ist verantwortlich. Es muss Konsequenzen geben.

»Sie haben recht, Monsieur. Ich werde mein Werk vollenden. Und die Welt wird reicher sein, erlöst von einem Übel. Es waren Leute wie Sie, die uns ins Unglück gestürzt haben, Leute wie Sie, die uns dem Schicksal überließen. Wo der Tod nur noch Segen bedeutete. Ein Segen, der Ihnen nun zuteilwird.«

Karim geht zum Herd, nimmt ein Geschirrtuch, das über dem Kasten hängt. Er stopft es dem Mann in den Mund und bindet es am Hinterkopf zusammen.

Ein Moment vergeht, keinerlei Reaktion auf den nahenden Tod. Karim geht einen Schritt zurück, prüft, ob der Schalldämpfer richtig sitzt und setzt an. Der Mann drückt den Kopf gegen den Lauf, schließt die Augen, ein dezentes Nicken.

Karim zögert. Der Mistkerl gibt ihm das Okay dafür.

Nicht, wann er es will.

Der Lauf senkt sich, Karim verlässt den Raum. Es ist fast, als ob er die Erleichterung hören könnte. Der Mann lässt den Kopf zwischen die Schultern sinken. Eine Träne tropft auf den nackten Oberschenkel, fast übermannt Karim die Empathie. Er geht zurück, zwei Schritte, der Mann hebt den Kopf, zwei Schüsse, dann sinkt er in sich zusammen.

Und am Ende bist du nicht aus Stein, Dämon. Sondern aus Ton, wie wir selbst.

13

Marseille La Plaine. Früher Nachmittag. Revian hat einem Treffen widerwillig zugestimmt. Er sei in sich gegangen und habe die Situation als zu unsicher eingestuft. Wenn Ranfort sich so verhält, wird er keine nützlichen Informationen preisgeben, sondern nur sein Spiel weiter spielen.

Berechtigt, doch eine andere Spur gibt es nicht. Das Tagebuch ist eine Möglichkeit, etwas, das man dem Haftrichter vorlegen kann. Ein Einstieg in ein Wiederaufnahmeverfahren. Wenn Ranfort die Karotte vor der Nase hat, wird er kooperieren. Dann wird der Rest folgen.

Zwischen Tomaten, Paprika und Mikrowellen gilt es Revian zu überzeugen. Umringt vom Duft der Gewürze, der um den Markt schleicht. Revian ist leicht bekleidet, kurze Hosen und ein Hemd, das seinem Übergewicht nicht gerade förderlich erscheint. Die Miene pendelt zwischen ausdruckslos und genervt. Dennoch ist er hergekommen.

»Wir sollten die Öffentlichkeit meiden«, sagt Larut.

»Sehen sie irgendjemanden, der sich anders verhält als sonst?«

Ein Araber lehnt locker an einem Sonnenschirm, eine Zigarette zwischen die Lippen geklemmt. Eine Gruppe von Frauen unterhält sich angeregt, sie lachen, halten die Köpfe gegeneinander, flüstern sich etwas zu. Wieder Lachen, Berührung an den Schultern. Von Westen trägt der Wind den Klang eines Schlagzeugs und das Klagelied eines Afrikaners.

»Ich denke nicht«, sagt Larut. »Die Leute leben weiter wie bisher. Sie lassen sich den Tag von ein paar Extremisten nicht verderben. Ihre Bedürfnisse lassen sich nicht abstellen. Auch nicht durch Bomben.«

Larut legt ihm die Hand auf die Schulter, ein leichter Druck, die Absätze streichen über das Pflaster.

»Sie unterschätzen die Lage.«

»Niemals. Ich lasse mich nicht von Gefühlen leiten, so wie sie.«

»Ich habe mich noch niemals von Gefühlen leiten lassen.«

»Sie erkennen es nur nicht. Ranfort, der Ruhestand ... das kann einem Mann sehr zu schaffen machen.«

»Möglich. Das werden Sie sehen, wenn Sie selbst dort angekommen sind.«

Revian bleibt stehen, sieht ihm in die Augen und hält die flache Hand nach oben.

»Lassen Sie sehen.«

Ein Griff in die Tasche, das Tagebuch klatscht auf Revians Handfläche. Zuckende Augenbrauen, er schlägt es auf, liest ein paar Zeilen. Die Seiten rattern über den Daumen, wieder ein paar Zeilen, Wiederholung. Er schlägt das Buch zu und gibt es Larut.

»Nutzlos.«

»Was meinen Sie mit nutzlos?«

»Steht ein Name darin?«

»Nein.«

»Dort ist also kein einziger Name, der uns irgendetwas nützen könnte, aufgeführt. Für ein Wiederaufnahmeverfahren zu dürftig. Wir wissen nicht einmal, wer es tatsächlich geschrieben hat. Gibt es einen Beweis, dass es von dem Toten stammt? Gibt es eine Gegenzeichnung?«

»Wir müssen es versuchen. Mehr haben wir nicht.«

»*Sie* müssen es versuchen, Larut.« Ein Satz, beschmiert mit Häme. »Genau das habe ich gemeint. Sie lassen sich von Gefühlen leiten.«

»Hat der Entzug des Falles Ihr Rechtsverständnis verschoben?«

»Nein, hat er nicht. Die Gefängnisse sind überfüllt mit *Unschuldigen*. Sind Sie sicher, dass er es nicht selbst geschrieben hat? Im Falle einer Verurteilung? Woher wissen Sie, dass er sich nicht selbst k. o. geschlagen hat? Ein Mann dieses Kalibers. Ich bin mir sicher, dass Sie seine Fingerabdrücke auf der Waffe gefunden haben.«

Lakonisches Nicken. »Das tut nichts zur Sache. Er ist zurückgekommen aus Algerien, wollte die Sache ans Licht bringen. Wie viele Mörder haben Sie nach der Flucht zurückkehren sehen?« Eigentlich keine Frage.

Revian setzt zur Antwort an, Larut hebt den Ton: »Außerdem kann er die jetzige Angelegenheit wohl kaum selbst inszeniert haben.«

»Wenn die Hintermänner dieser Angelegenheit nur halb so gefährlich sind, wie ich glaube, dürfte die Beschaffung dieser Waffe oder eine Kopie des Ballistikprofils kein Problem darstellen. Wir haben ansonsten keine einzige Spur gefunden. Nur die Waffe kennen wir. Da will uns jemand auf eine Fährte locken.«

»Ohne Ranfort werden Sie den Fall nicht lösen.«

»Der erstens nicht mehr mein Fall und mir zweitens egal

ist. Ranfort ist *Ihr* Problem, *Ihr* Damokles, dem sie nicht Herr werden.«

»Möglicherweise haben Sie recht. Aber ich bin nicht der Einzige, der sich von Gefühlen leiten lässt.«

»Die da wären?«

»Angst, Monsieur Commissaire, die reine Angst.«

Eine wortlose Trennung, die Larut ein Lächeln auf die Lippen zaubert. Er hat reagiert wie ein trotziges Kind, das sich in Groll flüchtet.

Gib ihm etwas Zeit, das wird schon. Er wird darüber nachdenken und Kontakt aufnehmen.

Bis dahin bleibt Larut im Hotel in La Blancarde. Wo sich niemand um ihn schert und Small-Talk ein Fremdwort ist. Der Mann an der Rezeption kennt ihn, eine Unterschrift, die Schlüssel. Larut fragt, ob er telefonieren kann, der Mann erklärt ihm, wie die Sache funktioniert. Eine Null, dann die eigentliche Nummer. Eine Telefonzelle wäre billiger, aber ihm sei es egal. Larut ebenfalls. Privatsphäre ist durch nichts zu ersetzen. Larut geht aufs Zimmer, rasiert sich den Dreitagebart, den er schon Jahre nicht mehr getragen hat, macht sich fein. Wie für einen Besuch, ein Treffen unter Freunden. Es gibt ihm das Gefühl der Nähe, der Wertschätzung seines Gegenübers. Auch wenn es nur am Telefon stattfindet und nicht erwidert wird. Larut wählt die Nummer, zwölf Stellen, ein Mobiltelefon. Er hört den Wählvorgang, kurze Pause, Freizeichen. Ein »Hallo« vom Klang einer Tropfsteinhöhle.

»Salut, Thomas.«

Pause, eisernes Schweigen, Starre, die sich schwer löst.

»Salut, Pierre.« Jede Silbe einzeln, in Verachtung getränkt.

»Wie geht es dir?«

»Lass, das. Sag, was du möchtest, dann können wir das schnell beenden.«

»Ich würde dich gerne sehen.«

Thomas ringt nach Luft, nach Worten.

»Ich weiß, du möchtest das nicht, aber ich denke, es gibt eine Möglichkeit.«

»Hör zu, ich muss weg, ich bin gerade im Wagen, es geht gerade …«

»Du wirst mir nicht ewig ausweichen können.«

Theoretisch schon. Keine Antwort, Larut setzt fort: »Ich brauche zumindest eine Information, Thomas.«

Er fängt sich, sagt in zittrigem Ton: »Wie ich diese verdammte Bullensprache hasse. Es geht wohl um deine Arbeit, die du versprochen hast, hinten anzustellen. Um die Arbeit, die selbst im Ruhestand wichtiger ist als alles andere.«

»Beruhige dich, Thomas. Die Arbeit war mir nie wichtiger als Maman und du. Es gibt Dinge, die …«

»Hör auf, mir so einen Scheiß zu erzählen. Ich will das alles nicht mehr hören. Warst du schon bei ihr?« Pause, dann verstärkt Thomas die Frage um zehn Dezibel.

Larut versucht, den Stein, der ihm am Gaumen liegt, nach unten zu drücken.

»Wusste ich's doch.«

Freizeichen. Zeit, die andere Backe hinzuhalten.

Er tippt die Nummer ein, Wählvorgang, Freizeichen. Es folgt die weiche, verständnissuchende Stimme einer Dame, die ihm mitteilt, dass der Teilnehmer im Moment nicht erreichbar sei.

Ein Klingeln, das die Hoffnung in Laruts Kopf hämmert und die Trostlosigkeit des Hotelzimmers verdrängt. Ein Moment vergeht, bis er sich aus der Starre löst.

Er braucht Verständnis für Thomas, muss ihn ernst nehmen in seinen Anliegen. Er ist kein Kind mehr, keiner, der Protektion benötigt. Keine Streicheleinheiten, nur Aufmerksamkeit.

Der schrille Ton des Telefons zieht ihn zum Hörer, Larut hebt ab, ein gedämpftes »Hallo«. Ein Augenblick dehnt sich zur Ewigkeit, ein Rauschen, das die Zeit verdrängt. Dann meldet sich eine männliche Stimme: »In zehn Minuten vor dem Hotel. Nehmen Sie es mit.«

Aufgelegt. Was will Revian? Gibt es Neuigkeiten? Hat er ihn an der Angel? Wird er ihn wieder zum Bahnhof bringen?

Larut zieht sich um, ein altes Hemd, zerknittert, dazu eine braune Cordhose. Kein Treffen unter Freunden. Dann verlässt er das Hotel.

Eine laue Brise zieht durch die Straßen, entlässt den Tag. Ein Jugendlicher auf einem Mofa, der den Helm mehr im Nacken als auf dem Kopf trägt, ein alter Mann auf einem Fahrrad.

Larut sieht auf die Uhr. Zehn Minuten sind vergangen. Ein Blick nach links, nach rechts, dann biegt ein Peugeot 206 um die Ecke. Der Wagen hält, die Beifahrertür springt auf. Ein Blick ins Innere, Revian, ein Gesichtsausdruck zwischen *Springen Sie herein* und *Ich würde dich gern töten*.

Larut erwidert mit stummer Häme und nimmt Platz, bevor sich der Peugeot in Bewegung setzt.

»Haben Sie es?«

Stoisch senkt Larut das Kinn.

»Wohin fahren wir?«

Revian zeigt mit dem Finger Richtung Horizont auf die orangefarbene Silhouette von Notre Dame de la Garde. Die Mutter in dieser zentrumslosen Stadt.

»Ein romantischer Ausklang?«, fragt Larut.

Revians Miene bleibt steif.

Der Brunnen von Jules Cantini verbleibt zu ihrer Linken. Drei Wasserspeier unter einer Säule, stellvertretend für die Flüsse Durance, Rhône und Gardon, und das Meer, in das sie münden. Ein paar Minuten westwärts, den Hügel von Notre Dame hinauf, sie biegen in einen Hinterhof ein. Revian steuert den Wagen an einem Springbrunnen vorbei und bringt ihn hinter einem gelben 2CV zum Stehen. Der Lack sieht aus wie neu, die Felgen spiegeln die weißen Kiesel und die Blumentöpfe.

Revian dreht sich zu Larut, sieht ihm in die Augen, sagt: »Versauen Sie es nicht, Pierre. Sie ist Ihre einzige Chance.«

Das Plätschern des Springbrunnens, knisternde Kiesel, die Melodie einer Glocke. Eine Frau in Laruts Alter öffnet. Sie trägt einen grauen Blazer, eine weiße Bluse, dazu eine Hose mit makellosen Bügelfalten und abgewetzte Hausschuhe aus Leder. Ansonsten eine eher hagere Erscheinung, mittelgroß mit vollem, langem Haar.

Sie bittet die beiden herein, sie sollen im Wohnzimmer Platz nehmen. Zwei gekreuzte Degen über dem Kamin thronen über Justitia, die neben einer kunstvollen Urne steht. Polstermöbel aus Leder stehen um einen schimmernden Holztisch, auf dem sich eine Flasche zwölfjähriger Edradour-Scotch befindet. Daneben eine Glaskaraffe und drei Gläser.

Die Frau sieht sie fragend an, ein Nicken, sie schenkt ein. Sie verdünnt ihren Scotch, lässt das Glas kreisen, zieht den Duft in die Nase. Zufriedenes Nicken, sie reicht ihnen die Flasche, sie tun es ihr gleich. Eine synchron kreisende Bewegung ihrer Hände, Schnuppern, ein dezenter Schluck. Die Frau stellt das Glas auf den Tisch und nimmt Platz. Sie streicht die Hose glatt, lehnt sich vor, lässt den Blick zwischen ihnen pendeln.

»Monsieur Larut. Es muss von enormer Dringlichkeit sein, wenn mich Émile um etwas bittet. Das tut er selten. Weil er sich um die Wichtigkeit unserer Freundschaft bewusst ist und sie mit Sicherheit niemals aufs Spiel setzen wird. Wir kennen uns schon lange, sehr lange, Émile und ich. Er hat Ihnen, Monsieur Larut, mit Sicherheit gesagt, dass Sie es sich mit mir nicht ...«, kurze Pause, »... versauen sollen.« Ein Grinsen, Blick zu Revian, dann zu Larut.

Eine Erwartung, die es zu erfüllen gilt.

»Dann will ich Ihre Zeit nicht überstrapazieren, Madame …?«

»Um die Namen kümmern wir uns, wenn wir etwas entschieden haben. Ansonsten vergessen Sie, dass Sie hier waren.«

Auch gut. Lass dich nicht irritieren.

»Ich war Principal in Saint-Lemis, einer kleinen Stadt, nicht weit von hier. Zwanzig Jahre lang habe ich meine Sache gut gemacht. Doch was ich in den letzten Tagen gesehen habe, hat mich zum Zweifeln gebracht.« Kurze Pause, die Frau trinkt einen Schluck und wedelt mit der Hand, dass er fortfahren soll. »Wir haben einen Toten gefunden, an derselben Stelle, wie schon zwölf Jahre zuvor. Hingerichtet, im Matsch liegend, mit derselben Waffe. 1984 ist einer meiner Kommissare dafür verurteilt worden. In einem Indizienprozess, wie ich erfahren musste. Es gab keine handfesten Beweise und eine Menge Unklarheiten. Zudem hatte der Kommissar bis dahin einen einwandfreien Leumund. Ein paar Probleme mit Alkohol möglicherweise, die jedoch nachvollziehbar waren, wenn man seine damalige Familiensituation bedenkt. Er versuchte, seine Unschuld zu beweisen, folgte der Spur des Toten bis nach Algerien, und kehrte zurück, um den mutmaßlichen Beweis an die Öffentlichkeit zu bringen. Analog dazu tauchten immer mehr Männer auf, die etwas suchten. Sie waren so schnell verschwunden, wie sie gekommen waren. Darüber hinaus wurde in den Medien über eine Verbindung des Kommissars zur FLN berichtet, die, wie ich heutzutage glaube, nicht stimmen konnte.«

»Sie meinen also, Ihr Kommissar wurde Opfer eines Politkomplotts?«

»Genau das meine ich. Der Staatsanwalt hat an die Tür geklopft, da war der Ermordete noch nicht begraben. Es folgte eine Zielstrebigkeit der Anklage, die Ihresgleichen sucht. Genauso wie die Schnelligkeit des Prozesses.«

»Dann wird die Sache nicht einfach. Das bedarf einer Menge Einfluss, nicht nur auf juristischer Ebene. Ich brauche etwas Handfestes. Überzeugen Sie mich.«

Larut nimmt das Tagebuch und gibt es ihr. Sie legt es auf den Tisch, sagt: »Erklären Sie es mir.«

»Das sind die Aufzeichnungen des Getöteten. Es beschreibt die Erfahrungen während des Algerienkrieges, die Arbeit mit der OAS, der Roten Hand. Anschläge, Orte, Opfer. Allerdings keine Namen der Hintermänner. Sie sind codiert.«

»Gibt es einen Dekoder?«

»Soweit ich weiß, nicht, nein. Aber es gibt einen Mann, der die Namen der Hintermänner gesehen hat.«

»Ihr Mann?«

Eisernes Nicken, Larut sagt: »Er sitzt in Les Beaumettes.«

»Sie waren bei ihm?«

»Ja, das waren wir.«

»Wo ist die Liste, wo sind die Namen? Was haben die Namen mit seiner Freiheit zu tun?«

»Sie könnten uns zu den Attentätern führen, die Marseille heimsuchen. Wenn wir wüssten, welche Ziele der Täter plant. Dann wäre es nur mehr eine Frage der Zeit, bis ...«

Sie fällt ihm ins Wort: »Diesen Teil können Sie überspringen. Unnötig. Woher wissen Sie das?«

»Weil ich den Toten überprüft habe. Er war in äußerst prekäre Angelegenheiten in Algier während des Krieges verwickelt.«

»Das reicht mir nicht. Werden Sie konkreter, Monsieur.«

»Er hat ein paar Terrorzellen organisiert, war am Mord des Polizeichefs von Algier beteiligt, am Anschlag von General Salan, hat mit einem ungarischen Arzt kollaboriert, der einen Folterkeller in Birmandres betrieben hat. Ein paar Auftragsmorde an FLN-Sympathisanten, Bombenanschläge, Banküberfälle in Paris nach der Heimkehr.«

»Ihre Theorie zu den Vorfällen in Marseille?«

»Jemand weiß etwas, fühlt sich betrogen, Rache möglicherweise. Einer aus der Organisation ist äußerst wahrscheinlich.«

»Nichts Konkretes also.«

»Noch nicht. Dazu bräuchten wir Namen.«

»Es wäre hilfreich, wenn Sie bereits welche dabei hätten.«

»Bis jetzt schweigt Ranfort. Bis er die Freiheit vor Augen hat.«

»Ich verstehe Ihr Ansinnen, Monsieur, aber das ist mir zu vage. Ein Mann aus Les Beaumettes ist kalt und bitter. So jemandem die Freiheit zu geben, ist mit meinem Rechtsverständnis nicht vereinbar.«

»Er wurde im März hierher verlegt. Nach dem Besuch eines Anwalts, der Hilfe von ihm wollte.«

»Die er ihm nicht gab. Warum sollte er dann Ihnen helfen?«

»Weil er mir im Inneren vertraut. Wenn nicht mir, dann Kommissar Revian. Das sagt mir der Instinkt, der mich nie täuscht.«

»Dann haben Sie Kommissar Ranfort absichtlich nicht geholfen?«

Der Stich schummelt sich vorbei an Jahrzehnten Erfahrung und trifft mitten ins Herz. »Nein, ich habe …«

»Drei Dinge, Monsieur. Erstens: Wenn Ranfort etwas wüsste, hätte er es ihnen gesagt. Zweitens: Wenn er dort sitzt, etwas weiß und nichts sagt, sitzt er dort zurecht. Und drittens: Ich lasse mich nicht von Mördern erpressen.«

»Ich kann nur darauf pochen, dass er der Schlüssel zu alldem ist.«

»Fragt sich nur, zu welcher Tür, Monsieur. Ich lasse mir die Sache durch den Kopf gehen. Sie werden Stillschweigen bewahren. Nun muss ich Sie bitten, zu gehen. Ich habe noch einige Dinge zu erledigen, wenn Sie verstehen.«

»Eine Frage, Madame: Werde ich Ihren Namen erfahren?«

»Wenn, dann nur Émile wegen. Und nur, wenn er zustimmt, unsere Freundschaft derart zu strapazieren.«

Les Beaumettes, Verhörraum. Ranfort hat recht behalten. Ein Polizeiausweis ist nicht vonnöten. Allein die Summe steigt. Tausend Francs all inclusive. Ein anderer Wärter mit anderen Tarifen. Nur der Gesichtsausdruck, als Larut sagt, wen er sehen will, bleibt gleich.

Der Wärter schiebt Ranfort durch die Tür, Wasser quetscht sich aus den Schuhsohlen, Ranfort nimmt Platz. Er krempelt den feuchten Teil der Hose nach oben und zieht die Schuhe aus.

»Wo ist Revian?«

»Anderweitig beschäftigt.«

»Er weiß nicht, dass Sie hier sind.«

»Doch, das weiß er.« Eine Lüge, die er ihm hoffentlich abkauft.

Ranfort presst die Lippen aneinander, bewegt leicht den Kopf hin und her.

»Haben Sie es gefunden?«, fragt Ranfort.

»Wer hätte das von Auguste gedacht? Ein Terrorist, Mörder, Attentäter. Er hatte viel gemein mit Vestal. Kein harmloser Säufer, wie ich die ganze Zeit über angenommen habe.«

»Da sind Sie nicht der Einzige, Pierre.«

»Das ist zu wenig. Ich denke, Sie wissen das, François.«

»Das ist genug.«

»Genug für Zweifler und Naive. Geben Sie mir, was ich brauche, dann sind Sie bald hier raus.«

Larut glaubt fast so etwas wie ein Lächeln auf Ranforts Lippen zu erkennen.

»Und das wäre?«

»Spielen Sie nicht den Unwissenden. Namen, Pseudonyme, Kontakte. Damit der Spuk ein Ende hat.«

»Ich weiß keine Namen.«

»Es hat geregnet letzte Nacht?«

Das Wasser kommt durch das Dach, in die Zellen, wo es keine Möglichkeit mehr hat, abzulaufen. Dann vermischt es sich mit dem Urin, dem Dreck, der sich am Boden befindet. An schlimmen Tagen steht selbst der Gefängnishof unter Wasser.

»Es hat die ganzen letzten Nächte geregnet.«

»Man gewöhnt sich an so manches.«

»Da haben Sie recht, Pierre.«

»Und wenn man sich an eine unerträgliche Situation erst

einmal gewöhnt hat, kommt die Angst vor dem Unbekannten.« Pause, er setzt fort: »Wie der Freiheit.«

Larut lässt das letzte Wort auf der Zunge zergehen, ein diabolisches Lächeln als Beilage.

»Bieten Sie mir das gerade an?«

»Möglicherweise. Ich habe Kontakte, die Ihnen das ermöglichen können, François. Zumindest ist eine Verlegung möglich. Alles, was Sie tun müssen, ist mir die Namen zu sagen, aufzuschreiben oder zu morsen, wenn Ihnen das lieber ist.«

Etwas bricht in Ranfort. Er lehnt sich in den Sessel zurück, die Arme vor dem Körper, den Blick an die Decke.

»Sie haben recht, Pierre. Ich habe mich an das alles hier gewöhnt. Draußen wartet nichts und niemand auf mich. Alles, was ich geliebt habe, ist verloren. Daran wird auch die Freiheit nichts ändern.«

»Wie Sie wollen, François. Wie Sie wollen.« Larut steht auf, geht zur Tür, sagt: »Vielleicht habe ich mich wirklich getäuscht. Vielleicht sitzen Sie zurecht hier. Vielleicht sitzen Sie Ihre verdiente Strafe ab. Vielleicht sind Sie ja wirklich der Mörder von Auguste.«

Larut lässt die Tür ins Schloss fallen und dreht sich keine Sekunde um. Vielleicht kein Mörder, aber ein Dummkopf allemal.

14

Rue de Berceau, Gehsteig. Karim nimmt die Liste aus der Klarsichtfolie im Handschuhfach des Fiats und streicht den Namen des Mannes durch, dem er gerade zwei Kugeln verpasst hat. Er hat noch vier Patronen übrig, zwei stecken in dem Mann, der nackt und tot mit Sicherheit keinen schönen Anblick darstellt.

Sobald sich Darm und Blase entleeren, ist dem Mensch jegliche Würde aberkannt. Wenn man seine Widerlichkeiten nicht mehr im Inneren halten kann, ist man einfach nur tot. Das hat er bei seinem Vater gesehen, als sie ihn zurückbrachten, nach tagelanger Folter. Er trug den Kopf noch immer hoch erhoben, zumindest soweit es möglich war. Den Blick starr, hohl, ohne Emotion. Er war bereits woanders, hatte abgeschlossen mit dieser Existenz. Erst als er Karim und seine Mutter sah, verlor er sich in Tränen. Dann übergossen sie ihn mit Benzin.

Karim reißt es aus den Gedanken. Ein LKW schüttelt den Wagen, als ob er mittendurch gefahren wäre. Er hätte gut Lust, sich den letzten Joint anzuzünden, um sich die Probleme aus dem Kopf zu kiffen. Aber er hat zuerst noch etwas anderes zu erledigen.

Die Sekretärin des Anwalts hat gesagt, dass er auf dem Weg zu einem Treffen sei, in die Rue du Berceau. Er hat gesagt, er sei ein Klient, es sei dringend, aber er könne ihn auf dem Mobiltelefon nicht erreichen. Ein Schuss ins Blaue, nicht jeder besitzt so ein Ding. Sie gab ihm bereitwillig Auskunft, ohne einen Funken Misstrauen. Offenbar weiß sie nicht, wohin er eigentlich geht. Dort gibt es ein Lokal, das kaum als solches erkennbar ist. Die Gäste dort meiden die Aufmerksamkeit. Deshalb fällt Karim nicht auf, niemand wird ihn ansprechen.

Der letzte Rest des Sonnenlichts sorgt für romantische Stimmung, als der Mann die Straße entlang läuft. Er trägt einen Trenchcoat, keinen Aktenkoffer, die Hände in den Taschen vergraben. Er stinkt nach Parfum, das Karim noch im Auto riechen kann, die Haare hat er streng nach hinten gekämmt. Frisch rasiert, ein teurer Anzug sticht unter dem Mantel hervor. Der Mann sieht sich nicht um, die Augen blicken geradeaus, wie ein Pferd mit Scheuklappen. Er bleibt stehen, dreht sich nach rechts zu der dunklen Tür. Er drückt den Finger in die Klingel, der Schieber geht auf die Seite, er sieht sich noch immer nicht um. Er ist nicht zum ersten Mal hier, kennt die Gepflogenheiten. Ein inniger Händedruck, man kennt ihn offenbar, die Schultern berühren sich leicht. Ein Moment vergeht, die Tür schließt sich, die Musik verstummt.

Karim lässt sich in den Sitz zurücksinken, hab Geduld, irgendwann kommt er wieder heraus. Dann gehört er dir.

Dann wirst du sehen, ob er dem Trugschluss der Würde erliegt.

Beinahe wäre Karim eingeschlafen, als die gleiche Duftwolke an ihm vorbei weht, die vorhin das Lokal betreten hat. Nur dass sich eine zweite darunter gemischt hat Er sieht in den Rückspiegel, der Mann hat die Hand in der Gesäßtasche der Jeans eines anderen, bewegt sie ein wenig, die Schultern halten sie eng beieinander. Die Hand geht höher, unter das T-Shirt des hageren jungen Mannes mit dem blondierten Schopf und den rasierten Schläfen.

Warte, nur etwas, dann kannst du hinterher.

Sie entfernen sich nur langsam, der ganze Körper des Anwalts wirkt um zehn Jahre jünger, komplett in Aufruhr, wahrscheinlich bei dem Gedanken an das, was ihn erwartet.

Karim steigt aus dem Wagen, langsamen Schrittes, er bleibt hinter ihnen, wenn er sich nicht täuscht, macht es der Blonde für Geld. Dann werden sie in das Hotel hinter der Ecke gehen. Unaufdringlich, speziell der Stammkundschaft gegenüber. Sie gehen um die Ecke, Karim folgt ihnen, die paar Treppen hinauf, ein Zungenkuss, er drängt sich vorbei, geht zur Rezeption.

Er habe Glück, sagt der Portier. Für eine Stunde könne er ein Zimmer haben, normal koste die Reinigung nichts, wenn er sich nicht am Riemen reißen kann, einen Hunderter extra. Er nickt, mittlerweile kommen die zwei hinter ihm zur Rezeption, die Verzückung in den Augen des Anwalts.

Karim nimmt im Lounge-Sessel Platz, liest ein Magazin, für das er mit Sicherheit in der Dschahannam landet und nie wieder Allahs Gnade erlangt. Die Dschanna, das Paradies, ist sowieso weit entfernt für ihn.

Es dauert einen Augenblick, bis sie ihr Zimmer bekommen. Der Anwalt knabbert schon am Ohr des Blonden, dann entschwinden sie nach oben. Karim wartet einen Moment und folgt ihnen. Hinauf in den ersten Stock, den roten Teppich entlang, der auch vor der Wand nicht Halt macht. Ein dezenter Ton, nicht zu auffällig, doch markant genug für Leute, die sich auskennen. Die beiden stehen vor der Tür, die Sache wird konkreter, ein geöffneter Reißverschluss, der Blonde kramt in der Hosentasche. Er hält die Hand vor den Körper, der Anwalt soll sich Zeit lassen.

Karim geht nach vor, stellt sich neben sie und fragt, ob sie einen Dreier wollen. Die beiden sehen ihn entgeistert an, natürlich nicht. Mit der Walther im Anschlag, einen Schuss im Lauf, drängt Karim sich an die beiden heran. Der Blonde meutert, was er überhaupt wolle, das gehe ihn nichts an. Er schimpft etwas über die Bullen, wird ein wenig rabiat, Karim schlägt dem Blonden in die Magengrube, dass er weiche Knie bekommt.

»Was willst du mit solchen Typen? Verschwinde, verdammt«, sagt Karim.

»Du scheiß Idiot«, sagt der Blonde, hält sich den Bauch. »Der scheißt sich in die Hose, kriegt keinen mehr hoch und ich habe eine halbe Stunde umsonst vorgearbeitet. Wer zahlt mir das? Du vielleicht? Scheiß Bulle.«

Karim deutet mit der Pistole auf den Anwalt. Der verdreht die Augen, fragt wie viel, und bezahlt den Blonden.

»Jetzt verschwinde. Wenn du jemandem was erzählst, schieß ich dir die Eier weg. Kapiert?«

Der Blonde hat mittlerweile verstanden, dass das kein Spiel ist und Karim alles andere als Polizist.

Er nickt verhalten, drückt sich an der Wand hoch und verschwindet aus dem Zimmer.

»Dann wird aus unserem Dreier wohl nichts, was?«, fragt Karim, genießt den Moment, zeigt auf die Hose des Anwalts, sagt: »Und jetzt mach die Hose zu. Wir haben noch was vor.«

Der Mann liegt auf dem Bauch, die Arme hinter dem Rücken gefesselt, die Beine gespreizt, an den Bettpfosten gefesselt, wie er es sich wahrscheinlich von dem blonden Stricher gewünscht hätte. Ein Knebel im Mund, es wäre egal, weil man Schreie hier wahrscheinlich gewohnt ist, aber sicher ist sicher. Karim sitzt neben ihm am Bett, die P21 in der Hand.

»Ich kenne Typen wie Sie«, beginnt er, wartet einen Augenblick. »Das heißt, ich kannte einen Typen wie Sie. In Bias, wenn Ihnen das was sagt. Anfänglich sind sie nett, wie ein Vater, helfen dir, wo es nur geht, aber sie machen nichts ohne Dankbarkeit zu erwarten. Du bist ein Junge, hast keine Ahnung von solchen Dingen, naiv stehst du da, ohne Mutter, die hat sich gerade das Leben genommen, weil sie die Demütigungen nicht mehr ertragen hat.

Dann brauchst du einen, der auf dich aufpasst, bist froh, dass sich jemand deiner annimmt. Einem kleinen algerischen Jungen ohne Familie, ohne Heimat. Du zeigst ihm, wie man durchs Leben kommt, sich durchschlägt in dieser harten, kalten Welt und bist immer für ihn da.

Der Junge schaut zu diesem Jemand auf, will Dankbarkeit zeigen, er weiß, ohne ihn wäre er vielleicht schon tot. Das erkennt selbst der naive Junge. Er denkt sich, was gibt es Schlimmeres? Aber sobald die Sache ins Laufen kommt, erkennt er, dass es nichts Schlimmeres gibt. Er wehrt sich, der Alte lässt nicht locker, ihm dürstet es immer eindringlicher nach Dankbarkeit. Du gibst ihm einen Tritt in die Eier und läufst, weg aus diesem Lager, das die Franzosen schon lange nicht mehr interessiert, weg von diesem alten Narren, an den du besser nicht geraten wärst. Ohne Reue, nach Osten, Tränen in den Augen. Ohne Essen, mit der Gewissheit, dass die Welt nicht besser wird, wenn man alleine auf ihr wandelt.«

Karims Körper zieht sich zusammen, die Tränen laufen seine Wangen hinab. Bazou, der alte Narr. Wieso hatte er das nicht erkannt? Wieso hatte seine Mutter das zuvor nicht erkannt? Sie war so weit weg von dieser Welt, froh, dass es jemanden gab, der so etwas Ähnliches wie ein Vater für ihn war.

Er steht auf, geht zum Rucksack, prüft, wie viele Magazine noch übrig sind. Genug, um diesem Typen ein paar Löcher extra in die Karosserie zu pusten. Ein Murmeln, der Anwalt kämpft mit dem Knebel im Mund. Die Tränen laufen das Gesicht herab, er schlägt mit dem Kopf immer wieder gegen die Matratze. Karim zieht den Knebel nach oben, ein durchgehendes Flehen. Knebel in den Mund.

»Beruhigen Sie sich, Monsieur, bitte. Das macht die Sache nicht besser.«

Er sieht ihn an, nickt demonstrativ, der Anwalt hebt und senkt langsam das Kinn. Knebel raus, der Anwalt sagt, noch immer weinend: »Hören Sie Monsieur, es tut mir leid, was Ihnen widerfahren ist. Das muss schlimm gewesen sein. Ich verstehe und verurteile das. Aber das, was ich mache, ist legitim. Der Junge ist volljährig und ich hatte nie das Gefühl, dass er es unfreiwillig macht. Sonst hätte ich sofort damit aufgehört. Ehrlich.«

»Na, wenigstens behaupten Sie nicht, dass es das erste Mal war.«

»Sehen Sie, Monsieur, wir sind uns einig. Wollen Sie Geld? Nehmen Sie sich alles, was ich habe. Soll ich damit aufhören? Ich werde damit aufhören, versprochen.«

»Natürlich«, sagt Karim, fährt ihm mit dem Lauf über das Gesäß, in den Schritt, verharrt einen Augenblick, sagt: »Ich weiß, dass Sie damit aufhören.«

Er drückt den Kopf in die Matratze, setzt die P21 am Hinterkopf an, sagt: »Aber deswegen bin ich nicht hier.«

Hotel, La Blancarde. Karim sitzt im Wagen, Spuren von Tränen auf den Wangen. Die Sache mit Bazou, er hatte sie verdrängt, hoffend, dass sie nie wiederkommen würde. Dreißig Jahre lang hatte er sie eingeschlossen, den Schlüssel vor langer Zeit weggeworfen. Dass ausgerechnet ein Anwalt diesen Schlüssel findet – damit hat er nicht gerechnet.

Er zündet sich den letzten Joint an, raucht, bis sich ein wenig Entspannung einstellt. Den Rest drückt er auf der Autotür aus und steckt ihn wieder ein. Wer weiß, ob und wann Serge wiederkommt, und öffentlich kauft er sich kein Hasch. Er will nicht dem Stereotyp des Arabers Genüge tun. Serge ist weiß, da werden sie höchstens sagen, dass es ja kein Wunder sei, bei der momentanen Arbeitssituation, nach *La Crise*. Was soll er denn machen, wenn er keinen Job bekommt? Sie würden auch kiffen, genau das würden sie sagen, noch immer besser, als kriminell zu werden. Dass Serge beides ist, sei dahingestellt. Auf jeden Fall ist er kein Araber.

Karim wischt sich die Tränen vom Gesicht und geht ins Hotel. In diesem Moment schätzt er die Gleichgültigkeit des Portiers noch ein wenig mehr. Niemand, der ihn fragt, warum er traurig ist, was denn los und ob alles in Ordnung sei. Niemand, dem er etwas erklären muss.

Ein weißer, alter Mann steht vor dem Tresen, erstaunte Miene. Er sieht aus wie einer von der Polizei, oder einer, der irgendwann dabei gewesen sein muss. Das riecht Karim hundert Meter gegen den Wind. Er will nicht auffallen, nimmt sich eine Cola aus dem Kühlschrank, sagt, dass er sie aufs Zimmer schreiben soll und geht nach oben.

Abschließen, Vorhang, Sessel unter die Türklinke. Dann stellt er den Rucksack auf den Boden und lässt sich aufs Bett fallen. Ein harter Tag, zwei Tote, keine Besserung in Sicht. Er braucht einen Plan, die Adresse des nächsten Ziels verheißt Schwierigkeiten. Er muss über die Mauer, wahrscheinlich alarmgesichert, und im Innenhof eine Haftladung anbringen. Sicher ist nur, dass er nachts arbeiten muss. Alles andere ist unmöglich. Mit Sicherheitskameras ist zu rechnen, vielleicht ein Wachhund. Auf jeden Fall ist Vorarbeit nötig. Der Staatsanwalt parkt den Mercedes niemals auf der Straße, auch in der Stadt nicht. Dort wird er bewacht, auch wenn er länger arbeitet. Er ist vorsichtig und sicherlich nicht leicht zu töten. Jedoch dick unterstrichen auf der Liste, und somit ein Teil der Vereinbarung. Wie der erste Name, der ebenfalls eine Besonderheit verdient hat.

Regen setzt ein, Karim ergibt sich ganz der beruhigenden Wirkung der Tropfen und schläft ein.

Mutter. Sie schleicht an ihm vorbei, eine Miene, die ausdrucksloser nicht sein könnte. Er spricht sie an, will mit ihr reden, sie befragen, was es mit den Schreien in den Duschen auf sich hat, doch sie antwortet nicht. Er folgt ihr, zwischen den Baracken hindurch, sie wirkt so unsagbar traurig. Einst eine stolze Frau, nun nur noch ein Schatten ihrer selbst. Zwei Söhne, ein Mann, dann das Lager. Ein schwerer Brocken lastet auf ihr. Aber da gibt es noch jemanden, einen Sohn, der dich braucht. Bleib stehen. Geh nicht fort. Ich brauche dich. Sie geht weiter. Dann hängt ihr Körper hinten bei den Kiefern, wo auch schon andere hingen. Mit einem Ausdruck im Gesicht, der Entspannung verheißt. Frei von Sorge und jeglicher Last. Karim hält ihre Füße, drückt sie nach oben, aber dem schmächtigen Körper fehlt die Kraft. Er weint, mobilisiert alles, doch jede Mühe ist vergeblich. Maman, du darfst mich nicht verlassen. Geh nicht fort. Geh nicht.

Geschrei reißt ihn aus dem Schlaf. Er setzt sich auf, sieht sich um. Der Lärm kommt von unten, aus einem anderen Zimmer. Lediglich eine Stimme, die er nicht verstehen kann. Offenbar ein Telefonat. Vielleicht mit der Familie. Er kann nur Maman verstehen. Er will es schreien, hinaus in die Welt, wie sehr er sie vermisst, doch die Worte verstummen mit den Tränen.

Vielleicht ist es besser, dass sie tot ist, damit sie nicht sehen kann, was aus dir geworden ist.

Vielleicht ist besser so.

15

Später Vormittag, Hotel. Larut steht eine Ewigkeit am Fenster und beobachtet den Verkehr. Autos verschränken sich in Eile, Mofas quetschen sich dazwischen hindurch. Ein Krankenwagen versucht, sich vorbeizudrängen, doch die Rufe des Fahrers helfen genauso wenig wie das Blaulicht und das Folgetonhorn. Ähnlich verhält es sich mit Laruts Unterfangen, aus Ranfort etwas herauszubringen. Alle Geduld prallt von ihm ab wie ein Gummiball von einer Mauer. Hat er Larut das Versteck des Tagebuchs nur verraten, damit der seine Unschuld beteuert? Hat die Haft sein ganzes Weltbild verschoben? Er muss doch seinen Teil beitragen, wenn die Polizei in Nöten steckt. Die Bevölkerung schützen, dem Ganzen ein Ende setzen. Oder hasst er die Menschheit so, dass er sie brennen sehen will?

Das Telefon reißt Larut aus den Gedanken. Er wartet einen Moment, will es vergehen lassen, doch das Klingeln bleibt hartnäckig. Ein leises »Hallo«, ein Moment Pause. Revian. Sein Ton verheißt nichts Gutes.

»Ich habe Neuigkeiten.«

»Und die wären?«

»Ich habe heute Vormittag einen Anruf bekommen.«

»Machen Sie es nicht so spannend.«

»Es wird kein Wiederaufnahmeverfahren geben.«

»Was? Geben Sie mir die Nummer. Ich will selbst mit ihr sprechen.«

»Das wird nicht passieren. Ich habe Anweisungen und schon zu viel riskiert.«

»Sie geben auf.« Keine Frage.

»Ich glaube nicht, dass das Sinn macht. Irgendetwas ist im Gange, da bin ich mir sicher. Aber selbst meine Freundin weiß nicht mehr als ich. Die Akten sind verschwunden, den Fall gibt es nicht. Die Stadt scheint bevölkert von Männern in Lederjacken und Sonnenbrillen.«

»Umso wichtiger, dass wir die Sache in die Hand nehmen.«

»Wir sind machtlos, Larut. Ich dachte, wir haben einen mächtigen Partner, doch da habe ich mich getäuscht. Wenn sie das Eisen nicht angreift, ist es auf jeden Fall zu heiß.«

»Was, wenn ich einen Namen hätte?«

»Haben Sie denn einen?«, fragt Revian. Stoisch, hoffnungslos. Larut wiederholt die Frage. Ein Funken Hoffnung schleicht sich in Revians Stimme, er sagt: »Dann hätten wir zumindest eine Chance.«

»Geben Sie mir ihre Nummer, ich regle das.«

»Ich habe ihr Vertrauen schon genug strapaziert. Die Sache ist gegessen, Larut. Vergessen Sie es. Tun Sie das, worum ich Sie am Anfang gebeten habe.«

Nach Hause fahren? Mit Sicherheit nicht. Larut hat sich in einer Wade verbissen.

»Sie haben mich nicht gebeten.«

Freizeichen. Er schafft das auch ohne Revian. Es gibt ein Mittel, einen Weg, der ihn zum Ziel bringt. Jetzt umzukehren ist Idiotie, verlorene Mühe. Ein paar Tage Urlaub in Marseille werden nicht schaden. Vielleicht ergibt sich ja etwas.

Der Regen lässt den Lärm des Verkehrs zwischen den Tropfen verstummen. Larut hat beschlossen, den Nachmittag alleine zu verbringen, in sich zu gehen, um über die ganze Sache zu sinnieren. Ein Kommissar, dessen Gründe, die Ermittlung aufzugeben, nicht ganz nachzuvollziehen sind und der eindeutig als labil eingestuft werden darf. Ein Häftling, der zwar nicht labil, aber unkooperativ auftritt, selbst, wenn es die eigene Freiheit betrifft. Dazu eine Frau, deren Hintergrund er nicht kennt, die aber sichtlich Macht und Einfluss innerhalb der Justiz besitzt und jede Form der Öffentlichkeit meidet. Ein Potpourri aus Variablen, eine Gleichung, die momentan unlösbar scheint.

Deshalb geht Larut die Straße bergab, eng an der Hausmauer, die Jacke über die Schultern gezogen. Er drängt sich vorbei an Menschen in Regenmänteln, unter Regenschirmen.

Ein Café, dunkel, schlecht besucht, ist seine erste Wahl. Reizentzug ist ein probates Mittel zur Kreativität. Und Kreativität ist das, was er braucht, wenn er irgendwie an den Kern der Sache heran will. Aufgeben kommt keinesfalls in Frage. Dafür hat ihn die Angelegenheit schon zu viel gekostet. Allein der zeitliche Aufwand, ein durchwühltes Haus, die Sache mit Sarah … Der Engel im Bett: ein Zufall? Er will lieber nicht darüber nachdenken. Dann müsste er sich der ganzen Ohnmacht ergeben, die ihn befiele. Er kratzt an der Oberfläche, begehrt Einlass in ein Tor, das mit schier endlosen Riegeln gesichert scheint. Die Hintergründe, die Drahtzieher: Menschen, die nie in den Vordergrund treten. Die, die man erwischt: Täuschkörper, wie sie in Militärflugzeugen verwendet werden. Damit die Maschine heil davonkommt. Revians Freundin ist vielleicht eine in einem Kreis, wenngleich nicht der innerste, aber sie hat etwas zu sagen. Larut weiß, wenn er es mit Scharlatanen zu tun hat. Absolut integre Ausstrahlung, die für ein Wiederaufnahmeverfahren nicht reicht.

Er bestellt sich einen Espresso und einen Pastis, nimmt in der hintersten Ecke Platz. Mafiatisch, wie er ihn nennt. Weil man hinter dem schweren Holz in Deckung gehen kann, wenn es ernst wird. Wenn nicht, sitzt man wenigstens bequem und wird nicht von jedem erkannt. Genau die richtige Höhe, um sich darauf zu lehnen und über Geschäfte zu plaudern.

Der Kellner bringt die Getränke an den Tisch, Larut lässt den Blick durch das Café schweifen. Kein Mensch außer ihm hat den Weg herein gefunden. Seine Aufmerksamkeit bleibt an den Zeitungen haften, die in Holz eingeklemmt an der Wand hängen. Großes Titelbild, dicke Schlagzeile, die er wegen der Falte nicht erkennen kann. Er geht zur Garderobe, nimmt eine Zeitung vom Halter und nimmt Platz. Ein Schluck Pastis, der ihm in die Nase steigt, ein Rümpfen, dann legt er das Blatt auf den Tisch. Er zieht die Seite glatt, liest den Titel:

Erneuter Bombenanschlag in Marseille. Polizei machtlos.

Autobombe … Rue Molière … ein Mercedes … ein Toter … Fremdenlegion … Polizei weiterhin ohne jede Spur … Bevölkerung in Angst und Schrecken.

Der Druck steigt. Sich so einen Fall an die Fahnen zu heften, wird sich Revian nicht entgehen lassen. Vor allem, wenn er den entscheidenden Beweis liefert. Er wird angekrochen kommen und Larut um Hilfe bitten. Oder Ranfort, der die Freiheit erlangt. Seine Freundin schafft es in den inneren Zirkel von was-auch-immer.

Larut liest die Anzeige noch einmal. Drei Anschläge, bei denen jeweils nur ein Mensch zu Tode kam. Eines ist klar: Das sind keine Anschläge, das sind Attentate. Attentate, die etwas aussagen sollen. Niemand von den Leuten, zwischen denen mit Sicherheit ein Zusammenhang besteht, darf sich sicher fühlen. Jemand ist auf der Jagd. Bleibt nur die Frage, ob und wie viele Hunde er dabei hat.

Larut macht sich zurück auf den Weg ins Hotel. Der Himmel wirft dicke Tropfen herab, die ihn an Ranfort erinnern.

Unmenschliche Zustände in Les Beaumettes, das öffentlich als Schandfleck Frankreichs betitelt wurde. Die Politik gab sich machtlos, gelobte Besserung. Ein Zustand, der sich jedoch aufgrund des klammen Budgets schwer ändern ließe. Gerade habe man *La Crise* überlebt, ein Zustand, der allzu gerne für politisches Unvermögen herangezogen wird. Das trifft natürlich die Häftlinge. Zuerst müsse man sich um die Rechtschaffenen kümmern, da bliebe für diejenigen, die sich selbst ins Aus der Gesellschaft gestellt hätten, nur wenig übrig. Populistisch, wirksam. Die Menschen besinnen sich auf *La Grande Nation*, die Revolution, ein Ereignis, das selbst den Mauerfall zu einer Nebensächlichkeit verkommen ließ. Ob Ranfort diesen Tag durch die Gitter von La Santé gefeiert hat, ist indes fragwürdig. Hoffentlich überlebt er seine Sturheit.

Larut geht die Stufen zum Hotel hinauf, der Portier in Entspannungshaltung, die er bei Laruts Anblick unterbricht. Ein Maximum an Aufregung mischt sich in die Miene, er erzählt etwas von einem Anruf. Ein gewisser Thomas, sein Sohn, der aufgebracht um Rückruf gebeten habe. Larut senkt das Kinn, nimmt den Schlüssel und geht nach oben. Vielleicht tut es ihm ja leid. Unwahrscheinlich, aber nicht auszuschließen.

Er klemmt den Hörer zwischen Schulter und Ohr und tippt die Nummer in die Tasten.

»Ja?«

»Was gibt es?«, fragt Larut.

»Das Heim hat angerufen. Du sollst dich schnellstmöglich dorthin bequemen.«

»Sprich nicht so mit mir.«

Ein Moment Pause, Thomas setzt fort: »Sie haben sie zur Bestattung gebracht. Dort hast du eine letzte Chance, dich zu verabschieden.«

Das hat er schon lange. An dem Tag, an dem er gemerkt hat, dass das nicht mehr Sarah ist.

»Bist du schon bei ihr gewesen?«, fragt Larut.

»Ich konnte nicht, ich …«

»Dann lass mich verdammt noch mal in Ruhe mit deinen Vorwürfen.«

Larut knallt den Hörer auf den Apparat. Sein Puls rast, der Brustkorb dehnt sich im Takt aus, er presst Luft durch den Mund. Eine Runde im Zimmer, ein Blick aus dem Fenster, er stellt sich wieder vor das Telefon. Er will wählen, doch der schrille Ton kommt ihm zuvor.

»Larut.«

»Hör mal. Es tut mir leid. Ich hab gerade viel um die Ohren.«

»Warum hast du mich dann nie verstanden?« Treffer, Larut setzt fort: »Ich habe mich um deine Maman gekümmert wie es meine Zeit zuließ. Jeden Tag habe ich Stunden damit verbracht, sie wieder zu uns holen. Ich habe die Hoffnung nie aufgegeben, war mir sicher, sie würde irgendwann wieder zu sich kommen. Aber das war ein Irrtum. Deine Mutter ist nicht erst jetzt gestorben, Thomas. Sie war schon lange tot. Daran kann auch dein Gram nichts ändern. Fahr hin, verabschiede dich, wenn du Zeit hast, kümmere dich bitte um die Formalitäten. Ich komme nach, sobald es geht.«

Einverständnis, eine Ewigkeit Stille, ein Vakuum, erzeugt durch das jahrelang Unausgesprochene, dann schießt das Freizeichen durch Laruts Kopf.

War das eine Annäherung? Sind gerade zwei Eisberge zerbrochen? Oder erliegt er einer Täuschung?

Ist das das Ende?

Larut sitzt auf dem Bett, den Kopf auf die Hände gestützt. Hat er Thomas zu hart zugesetzt? Wird sich ihr Verhältnis je wieder beruhigen, geschweige denn normalisieren?

Kaum hat er den Gedanken zu Ende gedacht, klopft es an der Tür. Kaum wahrnehmbar, doch eindringlich genug, um ernst zu wirken. Larut öffnet einen Spalt. Revians Freundin.

In einem grauen Trenchcoat, die Hände in den Taschen. Sie kippt den Kopf zur Seite, sieht sich um, Larut lässt sie herein. Die Frau nimmt einen Sessel, klemmt ihn unter die Klinke, sie gehen ins Bad, sie dreht den Wasserhahn auf und nimmt am Rand der Badewanne Platz. Ein Zeichen, dass er die Tür des Badezimmers abschließen soll, dann nimmt Larut auf dem Toilettendeckel Platz.

»Die Sache wird ernst, Monsieur Larut. Der öffentliche Druck wächst. Immer mehr Hintermänner tauchen auf und wirbeln Staub auf.«

»Ich habe es gelesen.«

»Dann wissen Sie auch, warum ich hergekommen bin.«

Möglicherweise. »Nicht wegen Émile. Sie wollen mir etwas anbieten.«

»Nicht ohne Informationen. Erst, wenn ich die habe, werde ich etwas riskieren.«

»Weil Sie sich etwas davon erhoffen.«

»Jeder hat seine Motivation. Ihre ist mir unklar.«

»Es geht um einen Unschuldigen, ein Bauernopfer, der schon wieder zum Spielball verkommt.«

»Sie sind sich sicher, dass er etwas weiß?«

»Er war viel, aber er war kein Lügner. Manipulativ, gegen jede Regel, dem Alkohol nicht abgeneigt. Aber ein Lügner: niemals.«

»Vielleicht hat er Sie nur gut hinters Licht führen können. Manipulative Menschen können das sehr gut.«

»Haben Sie das Tagebuch gelesen?«, fragt Larut.

»Das habe ich. Warum hat er es damals nicht als Beweis herangezogen?«

»Vielleicht hatte er eine Vorahnung, etwas in der Hinterhand zu behalten, wollte es für sich, weil er dachte, dass die Liste reicht.«

»Das hätte sie vermutlich. Sie hätte Köpfe rollen lassen.« Kurze Pause. »Wenn es sie denn gab.«

»Mit dem Tagebuch passt alles zusammen. Der Ermordete will die Liste an die Öffentlichkeit bringen, verrät sich, die Herren, deren Namen dort vermerkt sind, tauchen auf und entledigen sich des alten Ballasts. Das Haus wird durchsucht, kein Stein bleibt auf dem anderen. Sie wissen nicht, ob es die Liste noch gibt, wer sie hat, also setzen sie alles in Bewegung, was zu bewegen sie imstande sind. Ranfort bietet sich förmlich an, man kennt ihn, er fällt auf wie ein bunter Hund. Ein Heißsporn, im Suff dem Streit nicht abgeneigt, kaum Freunde in Saint-Lemis. Darüber hinaus ist sein Schicksal ortsbekannt, die Affäre des Ermordeten Auguste Petrus kein Geheimnis. Alles passt zusammen, diejenigen, die Ranfort auch nur im Geringsten entlasten könnten, werden nicht nur mund- sondern gleich ganz tot gemacht. Die Liste verliert an Bedeutung, weil es niemanden gibt, der sie veröffentlichen könnte oder dem man in irgendeiner Weise noch Glauben schenkt.«

»Eine Möglichkeit. Denken Sie nicht, dass Ranfort das alles hätte anzetteln können?«

»Um sich dann selbst k. o. zu schlagen? Er hinterlässt keine Spuren, nur sich selbst? Unmöglich. Jemand, der so denkt, taucht unter. Oder lenkt die Schuld auf jemand anderen.«

»Das heißt, Sie bürgen für ihn?«

Larut lehnt sich nach vor, sieht ihr tief in die Augen.

»Erfahre ich Ihren Namen?«

»Ich habe mit Émile gesprochen. Wir haben eine Vereinbarung, an die wir uns stets halten: absolute Ehrlichkeit. Deshalb hat er mir auch verraten, dass er Ranfort seit 1984 kennt. Darüber hinaus hat die OAS damals ihren gesamten Einfluss geltend gemacht, um ihm die Verhaftung in Marseille zu ersparen.«

»Ein Trick, um ihn noch schuldiger aussehen zu lassen.«

Ein Fakt, der Larut in Bedrängnis bringt. Hat er nicht eben behauptet, dass er kein Lügner sei? Sind manipulative Menschen so? Ist er selbst ein Opfer dieser Unehrlichkeit?

»Ihr Gesichtsausdruck verrät etwas anderes, Monsieur. Ich wiederhole meine Frage: Können Sie für ihn bürgen?«

Larut atmet durch, schließt die Augen, sagt: »Ja, das kann ich.«

»Dann hören Sie von mir.« Die Frau steht auf, öffnet die Tür, sagt: »Wenn Sie mir wenigstens einen Namen bringen, kommen wir ins Geschäft.«

Larut sieht dem Trenchcoat hinterher, dessen Gürtel im Takt der Stilettos schwingt. Ein Knall, die Tür, zersprengte Gedanken. Larut dreht den Wasserhahn zu, lehnt sich auf das Waschbecken und sucht Verständnis in seinen Augen. Wie sollst du einen Esel zum Gehen bewegen, der die Karotte verweigert?

Marseille. Les Beaumettes. Der Wärter setzt ein Grinsen auf und reibt sich die Hände, als er Larut sieht. Ein lang gezogenes »Monsieur, guten Tag. Freut mich, dass Sie da sind«, tausend Francs wechseln den Besitzer. Larut nimmt im Verhörraum Platz, ein Husten nähert sich.

Ranfort. Tiefe Augenringe, ein fahles Weiß über dem gekrümmten Rücken. Er hat Schmerzen, sieht ausgezehrt aus. Er setzt sich, hustet ein paar Mal, nicht trocken, kann die Augen kaum offen halten. Die Schuhe sind feucht, dieses Mal zieht er sie nicht aus.

»Was wollen Sie noch?«, fragt Ranfort.

»Sie hier rausbringen, François. In ein Krankenhaus. Sie sehen aus wie der Tod.«

»Mir geht es gut.«

»Das sehe ich.« Larut schüttelt den Kopf, sagt: »Hören Sie zu. Spielen Sie hier nicht den Harten. Ich komme heute ein letztes Mal zu Ihnen. Geben Sie mir endlich einen Namen, verdammt. Sonst kann ich nichts mehr für Sie tun.«

»Was haben Sie denn für mich getan, Pierre? Sie sind ein Teil davon, ohne Sie hätte die Sache nicht funktioniert.«

»Was meinen Sie?«

»Die haben Sie genauso manipuliert wie mich. Wir waren Marionetten, die brav mitgespielt haben, Pierre. Ihr Rechtsempfinden, Ihre Fairness, das alles war Teil des Plans, verstehen Sie das?«

»Ich verstehe nicht.«

»Überlegen Sie gut. Denken Sie nach. Die Lösung liegt auf der Hand.«

Nein. Als Polizeichef ist man bekannt wie ein bunter Hund. Es könnte jeder sein.

»Lassen Sie die Spielchen und geben Sie mir den Namen. Ich habe Kontakte, die Ihre Lage ganz schnell ändern können.«

»Revian ist machtlos. Das war er schon damals.«

»Ich meine nicht Revian.«

»Wen dann, Pierre? Ist Auguste wiederauferstanden? Hat er für mich ausgesagt? Wenn ja, dann bringen Sie ihn her. Damit ich das tun kann, wofür ich hier sitze.«

»Das ist vertraulich.« Kurze Pause, »Und hängt mit Ihrer Bereitschaft zur Kooperation zusammen. Seien Sie kein Narr, François.«

Eine Kaskade aus Schleim verlässt Ranfort, die Augen bieten einen guten Kontrast zum bleichen Gesicht, der Schweiß steht auf der Stirn. Er schnäuzt sich in ein schäbiges Taschentuch, schweigt, sieht Larut lange an. Dann sagt er:

»Secaut. Dr. Gabriel Secaut. Sein Sohn war bei mir in Paris und hat Hilfe verlangt.«

»Steht er auf der Liste?«

Ein Nicken, in einem Hustenanfall versteckt.

»Ich besorge Ihnen einen Arzt. Der Rest wird sich ergeben.«

Ein Nicken, Ranfort schleppt sich aus der Zelle.

Jahrelang hat Larut Secaut im Präsidium aus- und eingehen sehen. Ein Mann, der seinen Instinkt unterwandert hat. Ranfort hat recht. Ohne Larut hätte die ganze Sache nicht funktioniert.

16

Karim wundert sich noch immer über den dicken Strich unter dem Namen. Warum ist er so wichtig? Sicher ein Mann mit Einfluss, einer derjenigen, die die Fäden ziehen, wahrscheinlich jemand, der viel für die OAS getan hat. Aber die beiden, die er gestern getötet hat, waren ebenfalls einflussreich und keine kleinen Fische. Wie auch immer, es ist sein Teil der Vereinbarung, der erfüllt werden muss.

Karim geht zur Telefonzelle, sucht die Nummer der Person heraus. Rue d'Endoume, irgendwo im Westen, wo die Häuser flacher werden und die Sonne bis abends zu sehen ist. Kein Sozialbau, in dem es in den unteren Stockwerken ab Mittag dunkel wird.

Er wählt, es läutet ein paar Mal, eine tiefe Stimme meldet sich, in bestimmtem Ton. Er ist Zuhause, am Vormittag unter der Woche. Soll er ihn gleich erledigen, auf die Haftladung verzichten? Das wäre ungeschickt, zu unsicher, ein gesprengtes Fahrzeug ist ein Zeichen, auch für die anderen. Dass niemand von ihnen sicher ist, sie sich nicht verstecken können. Nicht einmal in ihren Häusern.

»Mit wem spreche ich?«, fragt Karim. Freundliche Stimme, in süßestem Französisch.

»Wer will das wissen?«, fragt der Mann am anderen Ende. Harsch, beinahe aggressiv.

»Verzeihung, Monsieur, ich habe mich verwählt.« Karim legt auf, zufrieden und verlässt die Telefonzelle, geht nach oben in sein Zimmer.

Das fast leere Magazin nimmt er aus der Pistole, tauscht es gegen ein volles aus. Wer weiß, was noch passiert. Einen Sprengsatz lässt er zurück im Hotel, die Sache muss schnell gehen. Dabei darf er sich keinen Fehler erlauben. Jeder Handgriff muss exakt durchgeführt werden. Da ist ein zweites Paket nur im Weg. Deshalb nimmt er alles aus den Plastiktüten, außer dem C4. Den Zünder kann er auch durch den Müllsack hineinstecken. Der Rest wandert in den Rucksack, der Zünder ins Seitenfach.

Den letzten Rest des Joints steckt er in die Brusttasche seines Hemds, dann geht er nach unten. Der Portier hält ihn auf, fragt: »Monsieur, haben Sie die Nachrichten gesehen?«

Er sieht ihn dabei nicht an, hält den Blick steif auf den Fernseher gerichtet. »Nein, habe ich nicht.«

»Das sollten Sie aber. Die suchen einen Typen, der reiche weiße Typen hinrichtet. Ist echt interessant.«

Karim denkt an die Walther und die sieben Schuss im Magazin.

»Nicht, dass ich die Typen vermissen würde.« Er wartet einen Moment, schmatzt ein wenig ins Leere, sagt: »Aber die haben ein echt hohes Kopfgeld ausgesetzt.«

»Wenn ich etwas weiß, werde ich es Ihnen mitteilen, Monsieur Commissaire.«

Ein verschmitztes Lächeln, das die Unsicherheit nur wenig zu verbergen vermag. Und den Portier keineswegs irritiert. Er wendet sich Karim zu, lehnt sich auf den Tresen. Die Visage war schöner anzusehen, als er sie weggedreht hat.
Von Körperhygiene hält er nicht viel, der Achselgeruch analog kasachischer Bergziege, Zähneputzen eher alle paar Tage.

Wenn überhaupt.

»So einfach geht das nicht.«

»Was wollen Sie?«

»Naja, auf die Ergreifung des Mannes sind fünfzigtausend Francs ausgesetzt. Was halten Sie von siebzig? Als Belohnung für mein Schweigen.«

Das ist nicht gut. Vor allem, weil er das Geld nicht hat und keine Ahnung, wo er es herbekommt. Wenn er von den Toten holt, werden sie schneller auf seine Spur kommen. Hehlerware ist immer nachzuverfolgen. *Dann haben sie dich. Du brauchst Zeit.*

»Du kaufst dir ja doch nur einen größeren Fernseher.«

»Ich komme nicht oft hier raus. Die Bezahlung ist echt mies.«

»Hör mal zu, mein Freund. Ich könnte dich auf der Stelle abknallen.« Kurze Pause, die Gesichtsfarbe des Portiers wird einen Augenblick aschfahl. »Oder dir dein verdammtes Hotel anzünden, oder beides.«

»Unter dir wohnt ein Bulle. Ein Wort und …«

»Lass die halbstarken Sprüche, sonst war es das für dich. Ich scheiß mir wegen den Flics nicht in die Hosen, wenn du das glaubst. Dann gibt es eben zwei Tote. Willst du das?«

Zögerlich dreht er den Kopf, die Pupillen auf Karim gerichtet.

»Ich mach dir einen Vorschlag, du Held. Du hältst brav das Maul und ich seh, was ich tun kann. Ein Wort, dann …« Karim zieht den Abzugsdaumen, zuckt mit den Fingern zurück.

Eine Minute Schweigsamkeit, der Portier überlegt, nickt, na gut. Besser für ihn. Es sind noch genug Patronen übrig.

Rue d'Endoume 330. Die Adresse des Staatsanwalts.

Karim fährt nach Westen, Richtung Sonnenuntergang. In eine Gegend, die er nur selten gesehen hat. Meist trieb er sich im Hafen herum, klaute ein bisschen, vertrieb sich mit Kumpels die Zeit. Ein bisschen Hasch, das sie von den Negern kauften, meist gutes Zeug, das den Tag immens verkürzte. Irgendwann versuchte er es dann mit Gelegenheitsjobs, Kurierfahrer, Lagerarbeiter, solche Sachen eben. Nichts, was man lange aushält.

Einmal arbeitete er in einem Kühlhaus, bei einem Joghurtfabrikanten. Viel zu kalt für jemanden, der die Sonne liebt. Bei acht Grad ohne Tageslicht. Nach einer Woche ging er nicht mehr hin, wie bei all den anderen Jobs.

Karim genießt die Rue d'Endoume, ohne Eile, ein Tempo, das knapp nicht als Schlendern durchgeht. Niemand rast hier und er will nicht auffallen. Ein freier Parkplatz in einer Reihe, nicht unweit von einem Laden, der Alarmanlagen herstellt. Rechts gegenüber befindet sich das Haus von Secaut, noch ist alles still, keine Bewegung auszumachen. Im Haus brennt Licht, das dauert noch ein wenig.

Er nimmt einen Zettel und einen Stift, notiert. Falls er heute nicht zuschlagen kann, braucht er einen Ablaufplan. Die Hand gleitet zur Brust, der letzte Rest Entspannung, jetzt ist es Zeit. Er hält den Filter zwischen den Fingern, in der hohlen Hand, damit niemand die Glut sieht. Er bückt sich, der Tabak beleuchtet die Handflächen. Ein Zug, noch einer, so lässt es sich aushalten. Er hält die Hand aus dem Fenster, klopft die Asche mit dem Zeigefinger auf den Bordstein. Noch ein Zug, ein Blick nach rechts, im Haus bewegt sich noch immer nichts.

Karim sieht auf die Uhr, fast acht. Zwei Stunden, dann wird er das Haus nicht mehr verlassen. Noch besteht die Chance, dass er wegfährt, zu einem Empfang, einem Geschäftsessen, irgendetwas in der Art.

Die Glut erreicht den Filter, das Tor zur Einfahrt öffnet sich und ein Mercedes verlässt das Anwesen. Karim schnippt den Joint auf den Asphalt, der Mercedes verschwindet hinter ihm, er startet den Motor. Vorne rechts, noch einmal rechts, dann erwischt er ihn an der Kreuzung. Der Wagen hält, es ist rot, Karim direkt hinter ihm. Er fährt nach Norden, Richtung Innenstadt, Karim lässt genügend Abstand. Der Mercedes parkt am Straßenrand, ein Mann kommt zum Wagen, das Fenster verschwindet in der Beifahrertür. Ein Aktenkoffer, dann geht der Bote weiter und der Mercedes startet den Motor. Es geht nach Süden, ohne Eile, Karim bleibt in Sichtweite. Der Wagen fährt zurück in die Rue d'Endoume, Karim parkt den Fiat in einer Seitenstraße.

Es ist neun Uhr, langsam wird es Zeit für dich.

Er steigt aus, den Rucksack über der Schulter und geht Richtung Secauts Haus. Ein paar Schritte die Straße hinauf, ein argloser Blick hinter das Eisentor. Der Mercedes steht im Hof, im Erdgeschoss sind die Lichter ausgegangen. Ein Mann kommt aus dem Nebengebäude, Karim folgt ihm, schlüpft hinein bevor die Tür zufällt. Er geht nach oben, zur Tür, die auf den Dachboden führt.

Karim zieht die Pistole aus dem Rucksack, das Schloss gibt mit einem Klirren nach. Er sucht das Dach ab, ein Fenster, eine Leiter. Dort.

Er klettert hinaus, holt das Abschleppseil aus dem Rucksack, das im Kofferraum des Fiats lag, und hängt es an den Schornstein. Ein prüfender Blick, der Garten, in dem der Mercedes steht, sieht ruhig aus. Die Finger ziehen die Schlaufen des Rucksacks fest, umschließen das Seil. Die Füße federn ihn leicht von der Hausmauer, nicht zu weit, er muss in der Dunkelheit bleiben. Er sieht sich um, das Haus ist ruhig, die Alarmanlage gilt offenbar nur für das Tor. Karim legt sich rücklings auf den Schotter, schiebt den Körper unter den Wagen. Der Auspuff ist noch warm, die Temperatur aber auszuhalten. Er steckt den Zünder in das C4, wickelt den Draht um den Auspuff und klebt den Magnet an das Rohr. Dann kriecht er unter dem Wagen hervor, wischt sich die Steine von der Hose und klettert wieder die Hausmauer hoch. Alles gut gegangen, niemand hat etwas bemerkt. Er zieht das Seil hoch, packt es in den Rucksack und steigt die Leiter hinab zum Dachboden. Feinsäuberlich verwischt er die Spuren, stellt die Leiter an den Platz. Als ob er nie hier gewesen wäre.

Plötzlich geht die Tür auf, ein Mann mit einem Wäschekorb steht ihm Rahmen. Er lässt den Korb fallen, stürmt auf Karim zu, schreit, was er hier wolle. Karim geht in Stellung, der Alte springt auf zu. Ein dumpfer Laut, der Alte fällt zu Boden. Soll ich ihn abknallen? Das kostet nur Zeit. Aber er gefährdet die ganze Sache. Egal, der Wille zählt fürs Werk. Sonst kommst du ein anderes Mal wieder und erledigst ihn mit einer Kugel.

Karim läuft nach unten, eine Frau steht vor der Haustür. Sie sieht ihn kommen, weiß sofort, was gespielt wird, schreit aus Leibeskräften. Karim reißt die Tür auf, sie soll verschwinden, gibt ihr einen Stoß. Sie fällt nach draußen, ein Schatten von der Seite. Verdammt, der weiße Bulle aus dem Hotel. Du kannst nicht zurück. Die zweite Haftladung. Du hättest sie mitnehmen sollen.

Karim springt über den Haufen hinweg und nimmt die Beine in die Hand. Die Rue d'Endoume entlang, in die Seitenstraße, wo der Fiat steht. Er hechtet über die Motorhaube, reißt die Tür auf und startet den Wagen. Quietschende Reifen, das Aggregat heult unter der Belastung. Er prügelt den Fiat in die Rue d'Endoume, schnell weg von hier.

Hinter ihm zwei Lichter, keine Bullen, ein Citroën, der schnell näher kommt. Wahrscheinlich der weiße Bulle aus dem Hotel, wer weiß, wer den geschickt hat.

Ins Hotel kannst du nicht, kein Ausweg, du musst zu Serge. Nicht durch die Innenstadt, viel zu viele Möglichkeiten.

Wenn, dann über die Autobahn, im Tunnel kann er ihn abhängen. Karim reißt am Schalthebel, tritt das Gaspedal durch, so schlecht ist die Beschleunigung des Pandas gar nicht, aber der Citroën lässt sich nicht abschütteln. Vor ihm die Lichter des Tunnels, knapp auffahren, Lichthupe und dann vorbeiziehen. Die Hupen der anderen Fahrzeuge verschwimmen im Motorenlärm, er touchiert einen anderen Wagen.

Das Lenkrad schlägt gegen die Hand, er hält dagegen, ein Spiegel weniger. Der Fahrer hinter ihm schließt auf, bleibt am Gas, er weiß, worum es geht. Er will ihn stoppen, egal wie.

Der Fiat hat den Tunnel hinter sich gelassen, nimmt die A557 Richtung Osten, dann die E714 nach Süden. Ein Polizeiwagen am Straßenrand, eine Kontrolle, wahrscheinlich schlafen sie oder kiffen. Nicht mehr lange.

Karim dreht den Motor hoch, fährt knapp vorbei, damit es ihnen durch das offene Wagenfenster die Kappen vom Kopf weht. Spätestens jetzt werden sie die Verfolgung aufnehmen und den Irren hinter ihm stoppen wollen. Karim sieht in den Seitenspiegel, *verdammt, den hast du verloren.*

Nur der Citroën, scheiße, das gibt's nicht, jetzt erkennt er ihn, der weiße Bulle, den Modus auf Töten gestellt. Das Gaspedal biegt sich durch, wenn die Flics schon nicht die Arbeit tun, muss er sich selbst durchschlagen. Ein Haken auf die andere Spur, wieder zurück, der Bulle hält dagegen. Noch einmal, fast verliert er selbst die Kontrolle, *konzentrier' dich wieder auf die Geschwindigkeit.* Noch ein Blick, diese faulen Flics, nein, scheiße, da hinten, ein fahler blauer Strich, der sich nähert. Ihm fällt ein Stein vom Herzen, einen Moment hätte er sich beinahe gefreut. Bis ihm klar wird, was er getan hat.

Jetzt hast du den weißen Bullen und die Flics auf den Fersen.

Sie werden dich gemeinsam in die Mangel nehmen.

Das Blaulicht und die Sirenen schneiden durch die Nacht, das Gaspedal reibt am Unterboden. Lange hält er das nicht durch. Die Temperaturanzeige steigt. Der kleine Motor des Fiats wird irgendwann aufgeben. Dann ist Schluss, dann schießt es den Kolben in den Motorblock. Karim gibt alles, betet, da vorne ist sie, die Abfahrt Rue Haute Richtung Sozialbau.

Er bleibt lange am Gas, tritt so spät wie möglich auf die Bremse, doch der hinter ihm wird nicht langsamer, arbeitet sichtlich Richtung Karosseriebremsung. Die Lichter des Citroën kommen näher, blenden im Spiegel, Karims Kopf fliegt nach vorne, alles fühlt sich an wie in der Achterbahn. Die Schnauze des Wagens schmiegt sich an die Fahrbahnbegrenzung, Karim reißt das Lenkrad herum, der Fiat stabilisiert sich.

Gas, scheiße, Gas! Du musst hier weg, der Bulle ist komplett durchgedreht.

Er sieht in den Rückspiegel, noch einmal. Die Lichter des Citroën werden kleiner und verschmelzen mit denen des Polizeiwagens.

Guter Plan, die Flics haben den Bullen für dich erledigt.

Bleibt nur eins zu hoffen: Dass dieser verdammte Wagen gestohlen ist.

Karim stellt den Wagen hinter einem Müllcontainer ab, läuft zu Serges Haus, hinauf in den siebten Stock, außer Atem. Er sperrt auf, wirft die Tür ins Schloss, sperrt wieder ab und will einen Sessel unter die Klinke klemmen, als er Serge vor sich sieht. Auf der Couch, aschfahl, er sucht gerade die letzten Reste des Afghanen zusammen und will sie in die Wasserpfeife stopfen. Ein Blick zu Karim, dann sagt er: »Hast du was zu kiffen?«

»Ich hab keine Zeit. Ich habe nur eine Frage. Okay zwei. Ist der Wagen geklaut?«

Serge sieht ihn an, überlegt, sagt: »Was ist mit dem Wagen?«

»Ist der Wagen geklaut?« Karim betont jedes Wort, Silbe um Silbe.

»Was ist mit dem Wagen?« Serge tut es ihm gleich.

»Ich hab keine Zeit für diesen Scheiß. Ist der Wagen jetzt geklaut oder nicht?«

»Was hast du gemacht? Einen umgelegt?« Serge lacht, sieht ihn an, das Lachen bleibt ihm fast im Hals stecken, als er merkt, dass er ins Schwarze getroffen hat.

»Du hast einen umgelegt. Was ist mit dem Wagen?«

Karim überlegt, sagt: »Die Bullen sind mir auf den Fersen. Einer hat mich verfolgt, ich habe ihn gerade noch abhängen können, aber wenn der scheiß Wagen nicht geklaut ist, stehen die in fünf Minuten hier.«

»Du nimmst dir meinen Wagen, legst einen um und führst die Bullen genau hierher. Wie bescheuert bist du, Mann?«

»Das ist nicht dein Wagen.«

»Das ist mehr mein Wagen als deiner, verdammt. Was ist mit dem ganzen Zeug? Hast du das alles weggekifft?«

Karim dreht die Handflächen nach oben, zuckt mit den Schultern. Er hat andere Sorgen.

»Freunde machen so was nicht. Den Wagen klauen und das ganze Zeug wegrauchen. Das passt gar nicht.«

»Kann ich bei dir bleiben? Zumindest, bis sich die Sache ein wenig beruhigt hat?«

»Du hast einen umgelegt. Wenn die Bullen das herausfinden, sind wir beide dran. Was ist mit Verantwortung? Zieh mich da nicht mit rein. Ich hab schon genug Probleme.«

Serge zündet die Wasserpfeife an, ein tiefer Zug, er bläst den Rauch nach oben.

»Wo warst du?«, fragt Karim.

»Ich hatte was zu erledigen.«

»Haust einfach ab, ohne irgendwas zu sagen?«

»Das war dringend. Unzufriedene Kunden haben Vorrang.«

»Du hast Zeug gestreckt.«

»Nicht viel, nur ein wenig. Das war immer noch gut.«

»Und du erzählst mir was von Verantwortung?«

»He, langsam. *Ich* hab keinen umgelegt. Solche Sachen mach ich nicht. Und du solltest das auch nicht tun.« Serge wippt mit der Handfläche auf und ab.

»Zu spät. Kann ich jetzt bei dir untertauchen oder nicht?«

»Du klaust meinen Wagen …«

»Der nicht deiner ist.«

»Legst einen um und führst die Bullen geradewegs hierher. Natürlich kannst du nicht bleiben.«

»Ich dachte, wir wären Freunde.«

»Das habe ich auch gedacht. Verzieh dich und lass dich hier nicht mehr blicken.«

Verdammt, wo sollst du hin? Der Alte aus dem Hotel hat dich sicher erkannt und dein einziger Freund will nichts mehr von dir wissen. Der Fiat, kaputt und verbraucht, den werden sie konfiszieren, du hast nicht einmal mehr ein Auto. Worauf hast du dich da eingelassen?

Karim rennt in den Keller, der Lift ist zu unsicher, wahrscheinlich durchsuchen sie bald die Häuser. Draußen werden die Polizeiwagen immer mehr, das ganze Viertel ist in Blau getaucht.

Sie suchen dich, von hier kannst du nicht weg. Dir bleibt nur die Hoffnung. Denk nach, verdammt.

In den Keller, wo die kaputten Fahrräder stehen. Zuerst werden sie oben nachsehen, in den Wohnungen.

Den Schlüssel hat er ihm nicht zurückgegeben, wenn er schon nicht in die Wohnung kann, hat er zumindest ein Mindestmaß an Unterschlupf. Er zittert den Schlüssel ins Schloss, sperrt ab, momentan wird niemand ein Fahrrad holen, die wenigen Male, die die Polizei in den Sozialbau kommt, sind ein Spektakel. Die Leute kommen aus den Häusern, es wird über Polizeigewalt diskutiert, soziale Ungerechtigkeit und all diese Dinge. Wenn man schon die Staatsmacht zu Gesicht bekommt, muss man seine Meinung kundtun, die Unzufriedenheit hinausschreien.

Im Keller verhält sich alles ruhig. Nur das Blaulicht schneidet durch die Nacht. Karim drängt sich an die Wand unter dem Kellerfenster. Sie werden mit Taschenlampen kommen, in die Fenster leuchten, um zu sehen, ob sich etwas bewegt. Er greift in den Rucksack, holt die Pistole heraus, lädt einen Schuss in den Lauf. Sie werden dich nicht kriegen, dich nicht vorführen wie einen toten Elefanten. Niemand wird sich dich an die Fahne heften. Du wirst den Weg der Würde gehen und dem Ganzen durch die eigene Hand ein Ende setzen.

Vater, könntest du mich so sehen, wärst du stolz? Könntest du mit all deiner Liebe behaupten, dass hier dein Fleisch und Blut zu Ende bringt, wozu du nicht in der Lage warst? Oder würdest du Jona und Nori mir vorziehen? Die friedliebenden Idealisten, die einen anderen Weg wählten als du?

Alles Spekulation, unwichtig, Vater hat das getan, was er für richtig hielt. Es liegt nicht an dir, das in Frage zu stellen.

Karim drückt die Augen in die Höhlen, um die Tränen zurückzuhalten. Da draußen sind sie mit den Taschenlampen, mit Hunden, alles nur eine Frage der Zeit.

Beende es jetzt, was hast du zu verlieren? Das Paradies ist weit entfernt, auf dich wartet nichts und niemand. Der letzte Freund ist gegangen, hat sich abgewandt von dem Scheusal, das du einst Mensch nanntest. Bring wenigstens den Mut auf, das zu tun, was du vorhast.

Die Hände umklammern den Pistolengriff. Ein tiefer Atemzug, die Augen nach oben gerichtet, er drückt den Schalldämpfer gegen den Mundboden und presst die Lider aneinander. Dazu summt er eine Melodie, ein Kinderlied, das seine Mutter immer gesungen hat. Der Text ist ihm entfallen, aber er kann sich noch gut an den Klang ihrer Stimme erinnern. Sanft, in ihrem Arm liegend, ohne einen Gedanken an morgen, die Schule, das Leben.

Denn das war das Leben, die Liebe, die er nie mehr emp fand. Für niemand.

Meist dauerte es nicht lange, dann wurden die Lider schwer, der Nacken entspannt, sodass er nicht merkte, wenn sie ihn verließ.

17

Polizeirevier Rue Félix-Pyat. Ein Klopfen, Revian bittet ihn herein. Larut gibt ihm ein Zeichen, dass sie ein Stück gehen sollen. In den Park, beziehungsweise das, was von ihm übrig ist. Richtung Fußballplatz, vorbei an den Baukränen, durch den Lärm der LKW. Hier können sie sich ungestört unterhalten. Wortlos gehen sie zwischen den verbliebenen Bäumen hindurch, bis sie weit genug vom Revier entfernt sind. Revian zieht Larut in den Schatten, hinter den Stamm eines Ahornbaumes. Die Hände in den Manteltaschen, leicht gekrümmter Rücken, steife Miene.

»Wollen Sie sich verabschieden, Pierre? Fahren Sie endlich nach Hause? Um einzusehen, dass Ihr Freund nicht an der Freiheit interessiert ist?«

Diese provokante Nutzung des Vornamens. Das hat er von Ranfort. Larut hält ihm die Hand hin. Revian erwidert mit einem entgeisterten Blick.

»Dann bleiben wir beim Du, Émile.«

»Sind Sie betrunken?«

»Du und nein.«

Revian mustert ihn. Immer wieder, sieht ihn fragend an.

»Dann sag schon, Pierre.«

»Ich habe einen Namen.«

Stille, die sogar den Lärm der Baumaschinen übertönt. Revian schüttelt den Kopf, nimmt die Hände aus den Taschen, verschränkt sie vor der Brust.

»Schon seit deiner Geburt.«

»Lass die Scherze, Émile. Einen Namen, der auf der Liste stand.«

»Du wirst ihn nicht sagen.«

Revian deutet mit dem Kopf auf die andere Straßenseite. Ein Lieferwagen, der am Ende der Straße parkt. Er dreht sich mit dem Rücken zur Straße, damit sie die Lippen nicht sehen, sagt: »Wir werden jetzt so tun, als ob wir uns verabschieden. Du gehst zu Fuß Richtung Süden bis zur Station Joliette. Dafür brauchst du ungefähr eine halbe Stunde. Dann nimmst du die M2 um zwölf nach vier Richtung Sainte-Marguerite Dromel. Ich werde im zweiten Waggon sein.«

Revian dreht sich wieder in Laruts Richtung. »Zeit, Lebewohl zu sagen.«

Larut schüttelt seine Hand, umklammert sie mit der anderen, eine kurze Umarmung. Ein wehmütig anmutendes »Salut«, dann schlägt Larut den Weg Richtung Südwesten ein. Durch möglichst enge Gassen, damit der Lieferwagen ihm nicht folgen kann.

Larut genehmigt sich in einer Bar, keine hundert Meter von der Métro entfernt, noch einen Pastis, während er minütlich die Uhr kontrolliert. Der Lieferwagen ist ihm nicht gefolgt, möglicherweise ist er auch ein Hirngespinst von Revian. Bei jedem schwarzen Lieferwagen in Aufregung zu geraten ist sinnlos. Es gilt, einen Unschuldigen herauszuholen und einen Schuldigen hineinzubringen. Ob Secaut dabei eine Hilfe sein wird: fragwürdig. Wer weiß, was hinter dem Besuch bei Ranfort steckt. Möglicherweise ist er selbst in irgendetwas verstrickt, wollte Ranfort herausholen, um ihn dann zu eliminieren. Absurd, aber möglich. Oder er wollte ihn für seine eigenen Zwecke missbrauchen.

Larut sieht auf die Uhr, leert den letzten Tropfen und läuft die Stufen hinab zur Métro. Nur wenige Menschen warten am Bahnsteig, es herrscht Ruhe, bevor der Zug die Luft in die Gesichter der Wartenden schiebt. Revian sitzt am Fenster, sieht Larut, ein bestätigendes Nicken. Der Waggon ist leer, Larut nimmt gegenüber Platz. Revian sieht sich um, dreht sich zu Larut, sagt: »Den Namen.«

»Secaut. Dr. Gabriel Secaut.«

»Der Staatsanwalt?«

Nicken, Larut fährt fort: »Beziehungsweise sein Sohn. Er dürfte ihn geschickt haben. Wenn es um die OAS geht, sollten wir uns an den Vater halten.«

»Sicher eine gute Entscheidung. Glaubst du, dass er kooperiert?«

»Unwahrscheinlich. Sein Name steht auf der Liste. Es dürfte für ihn kaum von Interesse sein, seine Vergangenheit preiszugeben.«

»Wir sollten es dennoch versuchen. Es ist viel Zeit vergangen seit damals.«

»Das stimmt. Aber warum will er dann Hilfe von Ranfort? Sehr verdächtig, wenn du mich fragst.«

»Wir werden ihm einen Besuch abstatten, ihn befragen. Wenn wir gut taktieren, können wir ihn vielleicht in eine Ecke drängen. Mit etwas Glück wird er nervös und sucht Kontakt zu anderen OAS-Mitgliedern.«

»Eine Möglichkeit. Weißt du, wer dich überwacht?«

»Bis jetzt hat sich noch niemand vorgestellt. Ich weiß nur, dass sie es tun. Weil sie mit hoher Wahrscheinlichkeit selbst noch keine Spur haben.«

»Oder verhindern wollen, dass du der Sache nachgehst. Vielleicht bist du in Gefahr. Mit denen ist genauso wenig zu spaßen.«

»So oder so bleibt uns keine Wahl. Hast du eine Adresse?«

Kopfschütteln, dann sagt Larut: »Ein Telefonbuch wäre hilfreich.«

»Übernimm du das. Wir treffen uns in einer Stunde in Saint-Charles. Auf der Treppe vor dem Obelisken.«

Der Zug ächzt in den Bahnhof von Jules Guesde. Revian steht auf, tätschelt die Luft mit der Hand. Larut soll sitzen bleiben. Bis Saint-Charles.

Dr. Gabriel Secaut, Rue d'Endoume 330. Larut malt einen Kreis um Secauts Namen, reißt die Seite aus dem Telefonbuch und verlässt den Bahnhof. Hindurch zwischen den Touristen, die vor den Löwen posieren, Geschäftsleuten, die auf der Treppe einen Snack zu sich nehmen. Manche ziehen eine Zigarette zwischen die Rippen, andere fuchteln mit riesigen Mobiltelefonen herum. Revian lehnt am Geländer und kontrolliert die Uhr. Er senkt das Kinn, als er Larut sieht, dann gehen sie zum Wagen. Larut gibt ihm die Seite, Revian faltet sie zusammen und steckt sie in die Brusttasche.

Er kennt die Adresse. Im Westen. Eine Villa, hinter gusseisernen Toren, Lavendel und Palmen, umringt von Wohnblöcken in weniger gepflegtem Zustand. Etwa eine halbe Stunde vom Bahnhof entfernt, bei durchschnittlich dichtem Verkehr.

Revian parkt das Auto am Straßenrand, steigt aus und drückt die Klingel aus abgegriffenem Perlmutt. In Kupfer eingefasst, neben einem kleinen Bildschirm. Jemand meldet sich, Revian stellt sich vor, geht wieder zum Auto und dirigiert es in den Innenhof. Ein Mann im Anzug, weißes Hemd, der oberste Knopf geöffnet, die Krawatte hängt leger herab. Ein freundliches Lächeln, vielleicht ein wenig aufgesetzt. Auf jeden Fall weiß er, wie er der Polizei begegnen muss. Geschäftig, locker, entgegenkommend. Er reicht Revian die Hand, Revian macht eine Bewegung zu Larut, der aussteigt und von ihm vorgestellt wird. Ein Kollege aus Saint-Lemis, übergreifende Ermittlung, ein paar Phrasen, wie wichtig die Sache sei.

Dr. Secaut bittet sie hinein, eine Sache solcher Wichtigkeit hier draußen zu besprechen: unmöglich. Sie sollen durchgehen, nach hinten zum Pool, einen Moment brauche er noch.

Ein Dankeschön, Larut und Revian durchqueren das Haus, in dem an geschmackvoller Einrichtung kaum gespart wurde, und nehmen in den Rattanmöbeln Platz. Ein dunkles Braun, kaum benutzt, nicht ausgebleicht. Vor einem Glastisch, daneben ein Schrank aus Teakholz, in dem sich eine Bar befindet. Keine zwei Minuten später stößt Dr. Secaut zu ihnen. In beigen kurzen Hosen und einem Polohemd. Sein Weg führt ihn zur Bar, er bietet ihnen etwas an, die beiden verneinen. Man sei im Dienst.

»Wie die Herrschaften meinen«, sagt Dr. Secaut, nimmt sich einen Cognac, gibt ein paar Eiswürfel hinein, schwenkt das Glas. Leises Klirren, er nimmt Platz, einen Schluck und zuletzt Haltung an. Eine Ausstrahlung geht von ihm aus, die Larut zur Vorsicht mahnt. Er macht das nicht zum ersten Mal, irgendetwas riecht er. Kommt, macht nur. Mit mir nicht. Ihr könnt froh sein, wenn ihr lebend hier raus kommt. Eine stille Drohung, larviert von Freundlichkeit.

»Was kann ich für Sie tun, meine Herren?« Er lehnt sich in den Rattansessel, lässt den Blick schweifen.

»Wir haben Grund zur Annahme, dass Sie in großer Gefahr schweben«, sagt Revian.

Secaut lacht, ein undefinierbarer Zustand zwischen unsicher und aufgesetzt, sagt: »Menschen in meiner Position schweben immer in Gefahr. Wir sind unbequem und daran gewöhnt. Ich habe schon einige Drohungen erhalten, Monsieur Commissaire.« Pause, gesenkter Kopf, bedächtiges Grinsen. »Aber bis dato hat sich noch keine bewahrheitet.«

»Dieses Mal könnte es ernst werden.«

»Ich muss Sie bitten, etwas konkreter zu werden.«

»Sie haben von den Anschlägen gelesen?«

»Wie kann man nicht davon gelesen haben?«

»Ihr Name ist in Verbindung damit aufgetaucht. Der einzige, der in diesem Zusammenhang erwähnt wurde.«

»Ich beschäftige mich mit dem Fall, wenngleich ich auch nicht direkt damit betraut bin. Das könnte ein Zusammenhang sein.«

»Ebenso wird Ihr Name mit der OAS in Verbindung gebracht. Wir haben Grund zur Annahme, dass alle der bisherigen Opfer aus diesen Kreisen stammen.«

Secaut bleibt locker, zeigt keine Regung. Er ist es gewohnt zu lügen, zu hintergehen, ohne eine Miene zu verziehen.

»Sie meinen die Terroristen?«

»Genau die meine ich«, sagt Larut.

Secaut presst Luft durch die Nase, nimmt einen Schluck, lässt das Glas langsam auf den Tisch sinken.

»Monsieur, Sie gehen gerade ein bisschen zu weit, finden Sie nicht? Sie beschuldigen mich ernsthaft, Mitglied einer Terrororganisation zu sein?«

Stille, die sich zur Ewigkeit dehnt, gespielte Freundlichkeit, Secaut setzt fort: »Ich weiß, Sie meinen es gut, aber solche Behauptungen können Konsequenzen haben. Ich denke, Sie wissen, was ich meine.«

In einem gewissen Spektrum, ja. Kommt nur darauf an, für welche Seite Secaut spielt.

»Entschuldigen Sie bitte die Störung, Monsieur Docteur«, sagt Revian. Er gibt Larut ein Zeichen, dass sie verschwinden sollen. Sie haben einen Fisch gesichtet. Fragt sich nur, wie sie ihn aus dem Meer ziehen sollen.

Rue d'Endoume 330. Die Silhouette der Notre Dame de la Garde verschwimmt im Sonnenuntergang. Revian hat ihm seinen privaten Citroën AX gegeben. Der Peugeot: Viel zu auffällig, wahrscheinlich hat sich Secaut sogar die Nummer notiert. Larut überwacht Secauts Haus, Revian macht seinen Einfluss bei der Frau geltend, deren Namen Larut noch immer nicht kennt. Damit Ranfort in ärztliche Behandlung kommt, die Sache überlebt. Wenn er sein eigenes Grab vor Augen hat, wird die Dankbarkeit ins Unermessliche steigen und sie bekommen mehr Namen. Dann ist die Sache so gut wie erledigt und alle können beruhigt schlafen. Genauso läuft es. Bisher ist es immer so gelaufen.

Indes verhält sich alles ruhig. Der Laden für Alarmanlagen schließt, von Zeit zu Zeit fährt ein Auto vorbei, Jogger, Leute, die Hunde spazieren führen. Nichts Aufregendes. Keine Regung vor Secauts Haus. Wenn er nervös wäre, müsste sich bereits etwas tun, Bewegung in die Sache kommen. Vielleicht ist es nicht Secaut, möglicherweise ist er kein Ziel oder in der Reihung hinten.

Bleib cool. Gib der Sache etwas Zeit.

Früher oder später wird etwas passieren. Der Instinkt trügt nicht. Da.

Ein Fiat Panda parkt zwei Fahrzeuglängen vor Larut ein. Ein Araber, soweit er das von hier beurteilen kann. Der Mann stellt den Motor ab und bleibt im Fahrzeug sitzen. Larut öffnet behutsam die Tür auf der Beifahrerseite und kriecht hinaus. Gebückt schleicht er die Autos entlang und positioniert sich in einem Winkel, in dem ihn der Mann nicht sehen kann. Der Fahrer zieht gierig an der Zigarette, hält sie in der hohlen

Hand, eine Technik, die man beim Militär lernt, damit der Feind die Glut nicht erspähen kann. Oder ein Kiffer, der nicht im Park von den Flics entdeckt werden will.

Die Raucherhand hängt aus dem Fenster, der Blick haftet auf Secauts Haus. Das Tor zur Villa öffnet sich, Larut schleicht zum Wagen zurück. Secaut darf ihn nicht sehen, sonst schöpft er sofort Verdacht. Ein Mercedes verlässt die Einfahrt, bleibt stehen, bis sich das Tor schließt und fährt die Rue d'Endoume entlang. Ohne Eile.

Larut stiehlt sich wieder aus dem Citroën. Der Araber schnippt die Zigarette aus dem Fenster, notiert etwas und legt den Block zur Seite. Dann startet er den Motor und fährt an Larut vorbei, der sich in den Sitz sinken lässt. Der Araber fährt langsam, mustert den Citroën und gibt Gas. Hat er ihn gesehen? Hat er mit er der Sache etwas zu tun? Ist er der Mann, den sie suchen? Revian bleibt außen vor. Vorerst. Larut muss sichergehen, dass der Mann Teil des Spiels ist.

Larut parkt den Wagen in einer Seitenstraße für den Fall, dass der Araber zurückkommt. Er soll seinen Geschäften nachgehen, welcher Natur sie auch immer sein mögen. Die Nacht wird Aufklärung in die Sache bringen. Ein Telefonat mit Revian, der ihm sagt, dass sich Ranfort in ärztlicher Behandlung befinde und wieder gesund werde. Revians Freundin kann also etwas unternehmen, wenn sie sich in Bewegung setzt. Deshalb muss Larut dranbleiben. Wenn er erst einmal etwas in der Hand hält, einen Verdächtigen hat, wird die Sache ins Laufen kommen.

Den Araber erwähnt Larut nicht. Alles ruhig, keine Probleme. Revian scheint zu überlegen, ob er ihm glauben soll, schluckt es dann aber doch. Larut werde sich melden, wenn etwas passiere.

Er geht von der Telefonzelle zurück in Richtung Wagen, als er den Araber durch die Nacht schleichen sieht. Er bemüht sich sichtlich, nicht aufzufallen, mustert ständig die Umgebung, wägt bei jedem Geräusch ab. Larut drängt sich an einen Hauseingang, in die Dunkelheit, damit der Araber ihn nicht sieht. Er sieht den Citroën, holt das Notizbuch heraus, vergleicht die Nummern. Ein Schulterzucken, er setzt den Weg Richtung Secauts Haus fort. Larut drängt sich an der Hausmauer entlang, duckt sich zwischen den parkenden Wagen hindurch, verschmilzt mit der Dunkelheit. Ein Blick um die Ecke, der Araber geht in ein Haus. Ein Anwohner möglicherweise? Jemand, der einfach nur vorsichtig ist?

Larut bleibt in Position. Von hier kann er die Straße und das Haus gut überblicken. Die Gegend schläft, der Araber ist seit Stunden die einzige Bewegung. Eine Polizeikontrolle, die langsam die Rue d'Endoume nach Einbruch der Dunkelheit passiert. Mit gleichbleibendem Tempo. Ohne besonderes Augenmerk für Secauts Haus. Er hat also nichts unternommen, fühlt sich sicher. Oder will keine Aufmerksamkeit erregen.

Etwas bewegt sich am Dach des Hauses, in das der Araber gegangen ist. Das Dachfenster öffnet sich, ein Schatten kriecht heraus und befestigt etwas am Kamin. Ein Blick nach unten, der Schatten zieht am Seil und lässt sich in den Garten von Secauts Haus hinabgleiten. Larut kreuzt die Straße, versucht, die Tür des Hauses zu öffnen.

Verschlossen.

Woher hat der Mann den Schlüssel?

Er geht weiter zu den Toren, versucht einen Blick durch das Gitter zu erhaschen.

Der Araber liegt unter dem Mercedes, ein Knacken, er steht auf und wischt sich die Hände an den Hosenbeinen ab. Ein Blick, ob die Luft rein ist, dann klettert er die Wand hoch und entfernt das Seil.

Larut hämmert mit aller Kraft gegen das Gartentor, Lichter tauchen das Anwesen in Helligkeit, Sirenengeheul vermischt sich mit dem Orange des Warnlichts auf dem Haus. Er steht im Schatten, wartet bis die Tür aufgeht, in die der Araber zuvor gegangen ist. Jemand kommt heraus, Larut stürzt sich auf ihn. Ein überraschter Laut, dann springt ein anderer über die beiden hinweg. Verdammt, der Falsche. Larut stemmt sich hoch und läuft zum Auto. Der Citroën springt an, Larut jagt ihn die Seitengasse hoch um die Kurve. Aus der nächsten Querstraße schießt der Fiat Panda, Larut tritt das Gaspedal des Citroën bis zur Bodenplatte durch. Da ist er und er *ist* Teil des Spiels. Ein Stürmer, der gerade den Ball verloren hat.

Larut lenkt den Citroën durch die Rue d'Endoume nach Osten, mit Fernlicht, das den Araber stören soll, aber die Wirkung verfehlt. Wahrscheinlich hat er den Rückspiegel nach unten geklappt. Dritter Gang, knapp einhundert km/h, trotzdem kann er nicht aufschließen. Er reißt den Wagen nach links, gen Norden, in Richtung des Tunnels du Vieux Port. Dort wird es kritisch für den Panda. Der Tunnel ist normalerweise viel befahren, das wird ihn bremsen. Dann kann Larut ihm das Heck wegreißen und ihn zum Anhalten bringen.

Die Lichter des Tunnels ziehen im Eiltempo vorbei, der Araber hält die Hand auf der Hupe, den Finger an der Lichthupe, die Wagen vor ihm gehen auseinander wie das Rote Meer vor Moses. Er touchiert ein anderes Auto, Metall kratzt über Metall, ein Seitenspiegel fliegt auf die Motorhaube des Citroën. Der Fiat lässt sich nicht beirren, erhöht indes das Tempo. Sie nehmen die A557 Richtung Osten, dann die E714 nach Süden. Ein Polizeiwagen nimmt die Verfolgung auf, Blaulicht und Sirenen schneiden durch die die Nacht. Larut darf sich nicht aufhalten lassen. Ein Araber wird vielleicht an Ort und Stelle erschossen. Er muss ihn zuerst bekommen und Revian kontakticrcn.

Der Tacho zeigt 170, das Bremslicht des Pandas leuchtet auf. Abfahrt Rue Haute, Richtung Sozialbau. Er wird sich in die Araberviertel flüchten, wo die Polizei nur schwer Zugriff hat. Die Bremse des Citroën ächzt, der Fuß presst das Gaspedal gegen die Bodenplatte, die beiden Wagen berühren sich. Der Fiat gerät ins Schleudern, die Bremslichter flackern kurz, dann zieht der Fiat mit herabhängender Stoßstange dem Citroën davon.

Hinter Larut ein Peugeot 206, die Flics, die versuchen, mit Larut das zu machen, was er mit dem Fiat gemacht hat. Ihn rammen, zur Seite drängen, eine Seite des Citroën in Leitplankengrau umzulackieren. Er holt aus dem Kleinwagen heraus, was möglich ist, aber die Schnauze des Peugeots wird schnell größer im Rückspiegel. Viel zu schnell.

Die Front des Polizeiwagens schiebt sich in das Heck des Citroën, das ausbricht und den Wagen gegen eine Mauer drängt. Der Beton fräst sich in das Blech der Motorhaube, der Kühler zischt das letzte Gebet, der Fiat flüchtet zwischen die Wohnblöcke. Der Peugeot überholt, bleibt vor ihm stehen, zwei Flics springen aus dem Auto, schreien etwas, einer hält die Waffe im Anschlag.

Larut atmet durch, folgt der Anweisung, auszusteigen. Er ruft Revians Namen, sie sollen ihn anrufen. Einer der beiden schreit, dass er ruhig sein und ihre Anweisungen befolgen solle, sonst sehe es schlecht für ihn aus. Larut legt die Hände auf die Motorhaube, einer steht hinter ihm, die Beine leicht gegrätscht, Sicherheitsabstand, die Finger auf der Pistole. Der andere fängt an, ihn zu durchsuchen. Dort ist er, in dem Fiat Panda, verdammt. Ruft Revian an, Émile Revian.

Ausweiskontrolle, eine hitzige Diskussion, ob er verrückt sei, was denn wäre, wenn Kinder … eine Frechheit, gemeingefährlich obendrein, selbst wenn er im Auftrag der Polizei unterwegs sei. Das sei *ihre* Arbeit, *ihre* Zuständigkeit, und so weiter. Larut lässt die Belehrung über sich ergehen, bald werden sich die Gemüter beruhigen, die Kavallerie rückt an und sie können das tun, weshalb sie hergekommen sind.

Um die Banditen zu jagen, nicht die Cowboys. Der Einsatz hat das ganze Viertel aus dem Schlaf geholt, Lichter gehen an wie fallende Dominosteine, einige Menschen haben den Weg nach draußen gefunden. In Pyjamas und Hausschuhen, die Schlafmäntel dürftig übergezogen, einige murmeln etwas von Diskriminierung, typisch Polizei, ob man denn nichts Besseres zu tun habe, als die Araber zu traktieren. Die Polizei beschwichtigt, alles habe einen Grund, sie sollen wieder in die Häuser gehen. Das Gemurmel wird lauter, die beiden bereuen schon jetzt, dass sie sich der Sache angenommen haben. Ein Peugeot 206 schnellt heran, mit quietschenden Reifen und einer Fratze hinter der Windschutzscheibe, die der Revians zum Verwechseln ähnlichsieht. Er springt heraus, sieht Larut, sieht die Flics, hetzt zu ihm, sagt: »Haben wir ihn?«

»Nicht mehr. Dank der Leistung der Kollegen.« Kopfbewegung zu den beiden, die sich mit den Arabern abmühen. Revian drückt ihn zur Seite, sie entfernen sich vom Epizentrum. »Wie ist das passiert?«

»Er hat sich in Secauts Garten abgeseilt und den Mercedes manipuliert. Ich habe versucht, ihn zu fassen, aber er konnte mit dem Auto flüchten. Die Kollegen von der Streife haben uns verfolgt und mich abgedrängt, während er sich in Sicherheit gebracht hat.«

»Das heißt, er könnte noch irgendwo ganz in der Nähe sein?«

»Wenn wir Glück haben.«

Nicken, Revian geht zum Streifenwagen, gibt einem ein Zeichen, dass er mitkommen soll.

»Wonach suchen wir?«, fragt Revian.

»Fiat Panda. Neueres Baujahr, in hässlichem Grün. Die Stoßstange hängt herab.«

Sie gehen zu Revians Peugeot, der Wagen setzt sich langsam in Bewegung. Zwischen den Wohnblöcken umkreisen sie den Parkplatz, dann den nächsten. Keine Spur des Pandas.

Revian will nicht aufgeben, sie machen noch eine Runde. Bis er eine Reflexion hinter einer Mülltonne wahrnimmt.

Sie steigen aus, der Polizist bleibt beim Wagen. Man wüsste nie, wozu diese Leute fähig seien. Einer müsse in Sicherheit bleiben, die Lage überblicken. Revian lässt die Sache unkommentiert, sie widmen sich der Spur. Er holt die Pistole aus dem Halfter, Larut geht vor und leuchtet das Fahrzeug aus. Die Fahrertür und der Kofferraum stehen offen, der Motor strahlt Wärme in die Nacht. Es riecht nach Gummi und verkohltem Plastik, der ganze Wagen scheint zu glühen.

Larut umkreist den Fiat, leuchtet ihn von außen ab, geht auf die Knie, mustert den Unterboden. Vielleicht hat ihnen der Araber eine Überraschung hinterlassen. Um die zwei einzigen Personen, die sich für ihn interessieren, aus dem Weg zu räumen.

Larut gibt Revian ein Zeichen, dass er näherkommen und sich das Innere des Wagens ansehen soll. Ein Kindersitz auf der Rückbank, vorne hängen zwei Plüschwürfel über dem Spiegel. Das Lenkrad abgegriffen, die Nähte der Sitzbänke an den Seiten aufgerissen. Möglicherweise der Wagen einer jungen Mutter oder einer sozial schwachen Familie. Das macht eine Fahrzeugidentifikation beinahe obsolet.

Revian gibt die Sache dennoch in Auftrag. Außerdem soll der Polizist im Wagen Verstärkung holen.

Es dauert keine zehn Minuten, der Block versinkt in Blau, die Polizei arbeitet sich durch die Gebäude. Die Masse der Araber, die nach draußen gehen, wird immer größer, der Ruf nach Ungleichbehandlung lauter.

Revians Chef trifft ein, Revian erklärt die Lage, ein tiefes Seufzen, eine Hand, die durch das graue Haar streicht. Eine finstere Miene, die Sache mit dem Einbrecher nimmt er ihm nicht ab. Dennoch wird in der Öffentlichkeit nicht diskutiert, das wird Konsequenzen für Revian haben.

Außerdem habe er geglaubt, ihm eindringlich genug gesagt zu haben, dass Larut hier nichts zu suchen habe. Laut genug, dass ihm kein Schrei entweicht, er Larut aber genauso gut direkt ansprechen hätte können. Nicht hier, nicht jetzt und schon gar nicht aufgehoben. Der Mann dreht sich um, ohne einen Blick zurück, lässt sich in den Beifahrersitz eines Peugeot 406 sinken. Kreisender Mittelfinger, wilde Gesten, Flüche, die das Fahrzeug im Inneren behält. Ende der Aktion, abrücken.

18

Er hat es nicht getan, hat den Abzug nicht gedrückt. Sie sind verschwunden, dank der lästigen Anwohner, die die Polizei mit ihren Fragen traktierten. Warum Papon nicht im Gefängnis sitzt, obwohl er so viele Tote zu verantworten hat, das Massaker von Paris, warum sie sich nicht erinnern wollen, man immer die Araber verdächtigt.

Irgendwann zogen sie ab, wissend, dass sie hier nichts erreichen können.

Karim wartet, den Schweiß auf der Stirn, die Pistole in der Hand. Vielleicht wollen sie ihn nur mürbe machen, er kennt die perfiden Methoden der Polizei. Sie sperren das Viertel, kontrollieren jeden, der ein- und ausgeht. Damit bei ihm ein Gefühl der Sicherheit entsteht. Dann schnappt die Falle zu und er ist da, wo er nicht hin möchte.

Kalte Keller ist er mittlerweile gewohnt, auch wenn es hier keine Typen mit Lederjacken und Sicherheitsschuhen gibt. Nur ein paar rostige Fahrräder, bei manchen fehlt der Sattel, andere sind an Eisenbügel gekettet. Bei den angeketteten hat man nur den Rahmen übrig gelassen, alles andere wurde entfernt. Es sieht nicht so aus, als ob hier jemals wieder einer sein Rad unterstellen würde. Die Leute, die eines von Wert besitzen, nehmen es mit in die Wohnung, stellen es auf den Balkon oder hängen es ins Wohnzimmer. Kein Grund, vorschnell von hier zu verschwinden. Niemanden interessiert, was hier unten passiert. Höchstens, wenn ein Unwissender das Fahrrad in den Keller bringt.

Immer wieder fallen ihm die Augen zu, der Körper ist kraftlos, schreit nach Schlaf. Die Kälte zieht den Rücken hinauf, hinein in die Eingeweide. Er zieht die Beine an den Körper, wippt leicht hin und her, damit er nicht so schnell auskühlt.

Reiß dich zusammen, die Sache ist noch nicht vorbei.

Dann stirbt er eben später.

Karim stemmt sich hoch, riskiert einen Blick durch das Fenster. Die Lage ist ruhig, nur die drei Jungen, die ihre Runden ziehen. Die Meute hat sich verzogen, zurück in die Häuser. Karim räumt die Fahrräder zur Seite, die er hinter der Tür deponiert hat und verlässt den Keller. Soll er zu Serge gehen und versuchen, die Sache ins Reine zu bringen? Oder dem nächsten Ziel Priorität geben? Serge ist ein Freund, er wird die Sache verstehen, wenn er erst einmal eine Nacht darüber geschlafen hat. Und dann kaufst du ihm einen Sack mit Dope, das wird die Wogen glätten.

Karim fährt nach Le Panier, in ein Café, die Lage sondieren. Ein schneller Espresso, dazu den *Le Méridional*.
Feiges Attentat auf Staatsanwalt vereitelt, Araber flüchtig.
Der Ruf nach Vergeltung wird laut, die Rechten marschieren gegen die ausufernde arabische Gewalt. Der Islam, der sich selbstverständlich von der Angelegenheit distanziert und die Anschläge verurteilt, wird für die Sache verantwortlich gemacht. Schärfere Gesetze müssten her, damit man denen ein für alle Mal einen Riegel vorschieben könne. De Gaulle wird ins Boot geholt, seine Algerienpolitik, jeder, der ihn unterstütze, sei mitverantwortlich für das, was passiert sei und immer noch passiere. Chirac hätte die Peitsche härter führen müssen, man merke die mangelnde Konsequenz noch heute. Stattdessen beschwichtige er, suche den Dialog und entschuldige sich ständig für Dinge, die man längst zu Grabe tragen könne. Diese Menschen verstünden die Gutmütigkeit nicht, man müsse zurück zur alten Härte. Die Bevölkerung müsse vor diesem feigen Terror geschützt werden, alle seien in Aufruhr. Frankreich habe sich gerade aus eigener Kraft aus dem Joch der Krise befreit, durch den Fleiß der französischen Arbeiter und niemandem sonst. Niemand könne Frankreich etwas anhaben, et cetera, et cetera. Fehlt nur, dass die Zeitung die Marseillaise pfeift, wenn man sie aufschlägt.

Karim sieht sich um. Niemand, der nervös wirkt oder ängstliche Anzeichen trägt. Der Alltag geht weiter. Je lauter die Schreie werden, desto mehr stumpfen die Menschen ab. Eine alte Doktrin der Medien, die normalerweise nur genutzt wird, um von einem anderen politischen Thema abzulenken. Von irgendeiner Reform, die im Hintergrund durchgeboxt werden muss oder Ähnlichem. Auf jeden Fall etwas Unangenehmes. Karim blättert die Seiten durch und sucht nach dem neuen Gesetz, der Reform, die im Hintergrund beschlossen wurde. Er findet nichts, legt die Zeitung beiseite und widmet sich dem Espresso. Irgendwie auch gute Nachrichten. Sie haben nichts, wissen lediglich von einem Araber. Kein Foto, keine Beschreibung. Noch ist die Sache im Lot. Einen Araber, der die Franzosen hasst, in Marseille ausfindig zu machen, wird unmöglich sein für die Behörden. Sie können nicht jeden verhaften und dem weißen Bullen gegenüberstellen. Karim sieht noch jung aus, suchen werden sie bei den Jüngeren. Wenn er sich geschickt anstellt, kann er weiter seiner Sache nachgehen.

Kein Anzeichen mehr von der Weinerlichkeit, die er an den Tag legte. Er hat es überwunden, dieses Tief, das ihm fast eine Kugel in den Kopf gejagt hätte.

Vielleicht trägst du doch Würde in dir, in deinen Genen. Vielleicht ist es nur der Überlebensinstinkt, die Hoffnung, die dich auf dieser Welt hält.

Das tut nichts zur Sache, es hilft nur der Blick vorwärts. Er hat ein Geschenk bekommen, durch eine Fügung, es ist ein Auftrag, sogar Berufung. Er ist die Rache, unbarmherzig und unaufhaltsam. Geläutert durch das Leid, er hat die Hölle durchlebt und Genugtuung erfahren. Das ist sein Schicksal, seine Bestimmung.

Karim nimmt die M2 Richtung Sainte-Marguerite Dromel und steigt am Stade Vélodrome aus. Hier ist er schon einige Male gewesen, bei den Spielen von Olympique. Irgendwann planen sie einen Ausbau, wegen der internationalen Begegnungen, FIFA-Auflagen. Irgendetwas in der Art. Auf jeden Fall sei es zu klein.

Karim geht den Boulevard Michelet entlang, lässt die Hochhäuser hinter sich, den Parc Borély zu seiner Rechten, hält sich Richtung Strand. Die Häuser werden niedriger und sehen gepflegter aus. Wer hier wohnt, hat es geschafft, kann sich glücklich schätzen und muss nicht jeden Tag im Lärm oder Müll aufwachen. Hier wird gebadet, Golf gespielt, dem Vergnügen der Reichen nachgegangen. Karim kann dieser Lebensart nichts abgewinnen, er mag das Chaos der Stadt, die Internationalität.

Dennoch flaniert er eine Runde am Strand, genießt den Klang, den Geruch der Bucht. Es fühlt sich an wie das Leben, mit allen seinen Höhen und Tiefen. Das Meer ist zu jeder Emotion fähig, wie die Menschen auch.

Das erste Mal spürte er es auf der *Ville de Tunis*, als der Frachter aus dem Hafen ausgelaufen ist. Als kleiner Junge auf der Flucht vor den Kugeln der Nachbarn. Trotzdem wollte er immer dorthin zurück. Wahrscheinlich hat es ihn deshalb nach Marseille getrieben. Damit er die Heimat wenigstens erahnen kann. Im Sonnenuntergang, den Blick nach Süden, seinen Wurzeln entgegen. Irgendwann wird er wieder dort sein, bei seinem Vater, den Ahnen. Wahrscheinlich erst, wenn er tot ist. Lebend ist ihm die Rückkehr verwehrt. Harkis und deren Söhne sind unwillkommen, heimatlos.

Zweimal versuchte Karim, nach Tizi Ouzou zurückzukehren, doch er bekam nie ein Visum. So erging es allen mit diesem Hintergrund.

Die Sonne zieht das Licht vom Horizont, vergeht langsam im Mittelmeer. Sie verabschiedet sich mit einem Glitzern, einem letzten Funkeln, als ob sie Karim sagen will, dass es Zeit ist, sich auf den Weg zu machen.

Karim geht nach Osten, zum Boulevard Ferevoux. Die Dunkelheit ist sein Metier. Obwohl, Araber sind eigentlich immer verdächtig. Er sieht auf die Liste, die Klingel. Ginol, Stadtrat, Einflussgröße. Einer, der das Sagen hat.

Hoffentlich hast du dich nicht übernommen.

Er steht vor dem gusseisernen Tor, nicht zu lange, will nicht auffallen, drückt die Klingel. Eine männliche Stimme meldet sich, fragt nach dem Namen. Karim meldet sich unter Secaut, Gabriel, es dauert keine Sekunde, bis der Summer ertönt. Er muss wissen, dass er nicht Secaut ist. Vielleicht ist er neugierig, möchte erfahren, mit wem er es zu tun hat. Karim schleicht den Schotter entlang, ein Mercedes, die Hand streicht zärtlich über die Karosserie. Den würde er gerne in die Luft jagen.

Ein Grinsen, das gleich wieder verebbt, er geht zur Tür, hält einen Moment inne. Efeu über dem Torbogen, alles im antiken Stil, sehr schöngeistig und gepflegt. Die Haustür steht einen Spalt offen, Karim zieht die Pistole und drückt sie damit zur Seite. Es ist ruhig, er kann keinen Laut vernehmen, es stinkt nach einem Hinterhalt. Er schleicht den Gang entlang, eine schnelle Drehung nach rechts, nichts, ein Blick in die Küche, zurück in den Gang. Die Treppe ist leer, sieht aus, als ob sie knarrt, kann also vernachlässigt werden.

Er tastet sich weiter im Dunkel vorwärts, eine schwere weiße Tür mit vielen Verzierungen. Dahinter ein zartes Licht, flackernd, das die Silhouette der Ledercouch an die Wand projiziert. Er stößt die Tür auf, taxiert den Raum mit dem Lauf der Pistole. Eine Stimme von links, stoisch, auf einem Sessel, die Beine übereinandergeschlagen.

In den Händen ein Glas, wahrscheinlich ein Scotch, irgendein teurer, der Farbe nach zu urteilen an die zwanzig Jahre alt. Die wenigen Kopfhaare werfen einen Schatten auf die Stirn, wie die Augenwülste ins Gesicht.

»Ich würde Ihnen gerne einen anbieten, M'sieu Zidane, aber mir ist zu Ohren gekommen, dass Ihresgleichen diesen Genuss nicht besonders zu schätzen weiß.«

Er nippt am Glas, stellt es ab, eine Handbewegung, dass sich Karim setzen soll. Diese Anrede, die kennt er nur von dem Dürren, niemand sonst hat ihn jemals so demonstrativ M'sieu genannt. Meistens blieben die Leute beim *Hey, du, ja du, mit dem Bart, genau du, den Araber meine ich.*

Dazu noch die Betonung des Monsieur. Der Dürre ist zwar nicht da, hält sich aber mit Sicherheit irgendwo im Hintergrund. Du musst ihn schnell erledigen. Wahrscheinlich kommst du hier nicht lebend raus.

»Woher kennen Sie meinen Namen, Monsieur Ginol?«

»Allein diese Frage macht Sie schon berechenbar. Sie haben eine Liste, die wir glaubten, vernichtet zu haben. Eine Liste, deren Inhalt wir selbstverständlich kennen.«

»Warum sind Sie allein? Keine Polizei, niemand, der sie beschützt? Ich könnte Sie erledigen, hier und jetzt.«

»Ich hatte schon oft mit Leuten Ihres Schlages zu tun. Ihnen dürstet nach Anerkennung und Aufmerksamkeit. Sie wollen etwas bewegen, die Welt besser machen. Einen Moment dem Irrglauben erliegen, dass Sie die Fäden in den Händen halten. M'sieu Zidane, Sie sind ein Wurm. Ein Wurm mit einer Walther P21 bestenfalls. Selbst wenn Sie mich töten, und da fehlt mir leider der Glaube, weil Sie sich vor dem Tor schon gefragt haben, ob ich nicht eine Nummer zu groß für Sie bin, ja selbst wenn Sie das schaffen, was haben Sie dann erreicht?«

Er nippt am Glas, lässt den Scotch im Mund kreisen, fährt fort: »Glauben Sie, dass die Welt eine bessere für Sie wird, für die Araber in Marseille? Sie liefern uns doch nur einen Grund, Sie abzulehnen und Ihre gesamte hinterwäldlerische Kultur. Wo wäre denn Ihr Land, wenn wir nicht dort gewesen wären? Noch immer in der Steinzeit, M'sieu Zidane. Eine neue Revolution steht ins Haus, weil sich niemand darüber einigen kann, wer eigentlich das Sagen hat. Keine Kraft, die sich durchsetzen kann. Da erklärt doch nur der eine Bauer dem anderen, dass dieses Stück Land ihm gehört. Also, M'sicu, drücken Sie den Abzug, wenn Sie möchten, aber es wird weder Ihre Lage verbessern noch die Lage ihrer Brüder. Falls ich es vergessen habe: Es wird auch niemanden wieder lebendig machen.«

»Nehmen Sie einen Schluck, dann verschränken Sie die Arme hinter Ihrem Rücken. Wie mein Vater immer sagte: Ob eine Entscheidung richtig ist, zeigt der scharfe Schuss.«

Karim fesselt Ginol die Arme mit einer Vorhangschnur hinter dem Rücken. Er zeigt keine Regung, kein Wort verlässt die Lippen.

Sie bleiben beide still.

Karim nippt am Scotch, nimmt gegenüber von ihm Platz, spuckt ihn wieder ins Glas.

»Wo Sie recht haben, haben Sie recht, Monsieur Ginol. Meinesgleichen lehnt Alkohol ab. Wie Sie das als Genuss bezeichnen können, ist mir schleierhaft. Sie haben die Lage erkannt, ich denke, ich muss nichts mehr erklären. Ich habe eine Liste bekommen, auf der Ihr Name steht und das zurecht, wie Sie gerade bestätigt haben. Deshalb ist das, was gleich passieren wird nur die logische Konsequenz.«

Karim zieht das Magazin aus der Pistole, prüft, lädt eine Patrone in den Lauf. Eine Patrone, die die Sache gleich beenden wird. Ihre Blicke treffen sich, Ginols Miene wird weich. Er ahnt, was ihm bevorsteht.

Karim steht auf, geht hinter Ginol, schraubt den Schalldämpfer auf die Pistole. Ginol fleht etwas, die Lippe zittert, irgendwas von Familie, sie könnten doch reden …

Eine Weinerlichkeit, die Karim zutiefst zuwider ist.

Nach einer weiteren Umdrehung wird er ansetzen und ihm zwei Patronen in den Kopf jagen. Zwei Patronen, die …

Ein Laut kommt von der Tür, sie springt auf. Der weiße Bulle aus dem Hotel. *Wusste ich's doch, Ginol hat sich abgesichert. Diese eine Minute, sie bringt dich vielleicht um deine wohlverdiente Rache.*

Karim dreht den Schalldämpfer komplett auf die Pistole, reißt den Lauf herum, drückt den Abzug. Der Alte hechtet hinter die Couch. Karim umkreist das Leder, sagt: »Fast hättest du's versaut, scheiß Bulle.«

Er hält die Mündung auf den Alten, der Finger krümmt sich, ein Grinsen, zwei Probleme auf einmal. Ginol ist starr vor Angst, spricht das letzte Gebet. Ein Gefühl der Macht durchfährt Karim, etwas Neues, es fühlt sich gut an. Nur noch einen kurzen Moment, es füllt ihn gänzlich aus. Ich bin die Rache, die Vergeltung und du: Ein Nichts, ein einziges Jammern, starr vor Angst. Niemand kann dich aufhalten, denn du bist die ...

Ein dumpfer Laut, etwas trifft ihn am Hinterkopf, verdammt. Ginol ist gefesselt, der weiße Bulle vor ihm.

Diese verdammte Euphorie. Warum hast du nicht auf diese alte Schwuchtel von Bazou gehört?

19

La Blancarde, Hotel. Ein spätes Frühstück nach einer überraschend erholsamen Nacht. Larut hat den Portier gebeten, ihn zu kontaktieren, falls jemand nach ihm sucht. Speziell Menschen arabischer Herkunft. Fünfhundert Francs, ein Augenzwinkern, alles kein Problem. Zwar hat der Araber den Ball verloren, dennoch ist er schnell. Flexibilität ist in diesen Tagen ein unschätzbarer Vorteil. Auch wenn sie die Spur verloren haben, so hat die Bedrohung nun wenigstens ein Gesicht. Wenngleich das die Suche nicht einfacher macht. Zwei Araber auseinanderzuhalten: für einen Europäer schier unmöglich. Und aus den eigenen Reihen werden so schnell keine Hinweise kommen. Offiziell suchen sie nach einem Einbrecher, der bei einem weißen Franzosen über den Zaun gesprungen ist. Das interessiert hier absolut niemanden. Weder die Araber noch die Polizei. Revians Chef will ihn sichtlich aus der Sache raushalten. Wie es aussieht, ist auch Laruts Abschiebung auf seinem Mist gewachsen.

Kaum hat Larut den Gedanken zu Ende gedacht, klopft es an der Tür.

»Aufmachen, Polizei.«

Larut öffnet, sieht Revian, hinter ihm der Portier, der sichtlich in Erklärungsnot steckt. Schon okay, er gehöre zu ihm. Der Portier verschwindet, Revians Eisenmiene macht einem Lächeln Platz.

»Hat dich dein Chef gleich in Pension geschickt?«

Kopfschütteln, er wirft die Hand über die Schulter, greift in die Jackentasche.

Ein Stück Papier, schön gefaltet in einem Kuvert. Revian nickt, er soll es ansehen.

Ein richterlicher Beschluss für eine Abhöraktion.

Ziel: Dr. Secaut, Rue d'Endoume 330.

Larut klopft ihm auf die Schulter, möchte so etwas sagen wie: »Ich hab's dir doch gesagt«, spart sich aber die Schulmeisterei. Revian ist lange genug im Geschäft.

»Das war deine Freundin.«

»Eher deine Hartnäckigkeit, Pierre.«

»Was ist mit deinem Chef?«

»Welche Konsequenzen soll das haben, wenn wir einen Araber verfolgen, der in das Haus des Staatsanwalts einbricht? Lächerlich. Er will nur den Harten spielen.«

»Wissen wir, was er dort wollte?«

»Er hat eine Haftladung angebracht.«

»Secaut startet den Wagen, die Eisenplatte fällt vom Auspuff, zieht den Splint heraus und ... bumm.«

Nicken, Revian sagt: »Genauso wäre das gelaufen.«

»Warum bedient sich ein Araber einer alten OAS-Taktik?«

»Kennst du das Talionsprinzip?« Revian wartet nicht auf die Antwort, setzt fort: »Aug' um Aug', Zahn um Zahn. Er will sie mit den eigenen Waffen schlagen.«

»Wir haben also einen Opferkreis.«

»Korrekt. Nur dass die Sache nicht ganz einfach wird. OAS-Identitäten stehen nicht im Lebenslauf. Und jeden zu befragen, der irgendwann bei der Legion war: unmöglich.«

»Was uns wieder zu Ranfort bringt.«

Revian seufzt, presst die Lippen aufeinander, senkt langsam das Kinn.

»So sieht es wohl aus. Eine Frage stellt sich allerdings.«

»Und die wäre?«

»Woher hat der Araber die Identitäten?«

»Worauf willst du hinaus?«

»Ranfort ist der Einzige, der die Namen kennt.«

»Der Einzige, von dem wir wissen, dass er sie kennt.«

»Bleib objektiv, Pierre. Ein Araber mit sichtlich kriminellem Hintergrund, der sich Ranforts alter Feinde annimmt.« Revian sieht ihm in die Augen, presst die Lider gegeneinander, setzt fort: »Das wäre doch was. Dein Freund kommt frei, hat uns alle an der Nase herumgeführt und wird obendrein noch als Held gefeiert.«

»Du hast ihn nicht gesehen, Émile. Er ist am Ende, krank und ohne Aussicht.«

»Jetzt ist er das. Als ich ihn gesehen habe, war er alles andere.«

»Wenn das so ist, glaub mir, Émile, dann werde ich alles tun, damit er in Les Beaumettes verrottet. Dennoch ist er nicht gefährlich, sondern der Araber.«

Revian überlegt, mustert ihn, sagt: »Wir legen die Priorität auf die ausführende Person. Aber sei dir gewiss: Ich werde die Sache nicht vergessen.«

Eine ereignislose Fahrt aufs Revier. Außer hunderttausend Gedanken, die Larut durch den Kopf schwirren, blendet die Stille alles aus. Ist Larut Revians Marionette? Hat er jemals aufgehört, sein Spiel zu spielen? Warum verdächtigt Revian Ranfort? Zusammenhanglos, aber ebenfalls schwer von der Hand zu weisen. Vielleicht ist er auch auf Ranforts Spiel hereingefallen, hat sich von ihm lenken lassen, sich als Opfer stilisiert.

Nein, das darfst du nicht denken. Ranfort hat gebüßt, eingesessen, selbst wenn, und das ist mit Sicherheit nicht der Fall, er dem Araber die Liste gegeben hat, sind zwölf Jahre Strafe genug. Abgesehen davon ist das eine reine Vermutung, an den Haaren herbeigezogen. Wie soll er das gemacht haben?

Sein Arm reicht nicht bis nach draußen, dafür ist er zu klein, zu unbedeutend. Er ist nicht reich, ein kleiner Bulle aus Saint-Lemis, wo man maximal gleichbedeutend mit dem Bäcker oder dem Barmann ist.

Er würde sich nicht in dieser Lage befinden, hätte es gemacht, wie die, die ihn da rein gebracht haben. Er hätte sich ein Opfer gesucht, dem er die Schuld in die Schuhe schieben kann. *Vergiss das*. Revian ist nicht im Recht.

Zwei Beamte in Zivil sitzen in einer Kammer, Kopfhörer auf den Ohren, Revian mahnt zur Stille. Larut weiß das. Das ist nicht die erste Abhöraktion, der er beiwohnt. Jedes Wort kann ein Code sein, jeder Satz ein versteckter Hinweis. Die Beamten sehen auf, einer legt den Kopfhörer ab und schiebt Revian einen Notizblock unter die Nase.

Er stellt eine Frage, ob das schon Secaut sei, ob es Informationen gäbe. Der Mann schüttelt den Kopf, nimmt sich sein Päckchen Zigaretten und verlässt den Raum. Der andere sieht zu Larut, zu Revian, ein fragender Blick, ob Larut berechtigt sei, vermischt mit: *Ich-würde-gerne-Pause-machen.*

Revian nickt, gibt Larut ein Zeichen, dass er den Platz des zweiten Beamten einnehmen soll. Larut hört sich die Aufzeichnungen der letzten Gespräche an. Ein Telefonat mit seiner Frau, eine zehnminütige Diskussion über Essen, eine Gala, was sie anziehen soll, außerdem hätten sie zu wenig Zeit füreinander. Missmutige Stimmung, eine Schweigeminute, ein misslungener Beschwichtigungsversuch von Secaut, der mit einem tiefen Seufzer endet.

Es folgen einmal verwählt und ein Anrufer, der sofort wieder auflegt. Larut spult vor zum nächsten Gespräch. Secauts Sohn, aufgeregt, fragend, ob er Zeit hat zu reden, jetzt wird es interessant. Die Hoffnung weicht schnell der Ernüchterung.

Es geht um Privates, Fachfragen, die Secaut am Telefon zu kompliziert zu beantworten sind. Ende des Gesprächs, Rauschen, Ende der bisherigen Aufzeichnung.

Larut dreht sich zu Revian, will etwas sagen, Revian drückt den Hörer gegen sein Ohr, hält Larut die Handfläche vor das Gesicht. Eine Drehbewegung mit der Hand, Larut wechselt auf den Abhörkanal. Eine männliche Stimme, emotionslos, eher ein tiefes Brummen. Er ist schwer zu verstehen, es hört sich an, als ob er etwas vor den Hörer hält.

»Haben Sie das Problem endlich in den Griff bekommen?«

»Schwarz oder weiß?«

Revian springt auf, verlässt den Raum, eine Minute später kommt ein Beamter herein. Er soll eine Fangschaltung herstellen. Aufgeregtes Nicken, der Mann setzt sich an einen anderen Tisch.

»Den Braunen. Der Weiße kann uns nichts anhaben. Bis jetzt nicht.«

»Wir werden das Problem lösen. Das haben wir bis jetzt noch immer. Sie können sich auf mich verlassen, Gi …« Secaut stockt, verharrt. Sprich weiter, sag den Namen, verdammt. Sag endlich den scheiß Namen.

»Keine Namen.«

»Diese Leitung ist sicher. Wenn es einen Beschluss gäbe, wüsste ich das.«

»Sie waren mir schon immer etwas zu naiv. Nochmal: Erledigen Sie das, sonst …« Freizeichen.

Larut und Revian drehen sich synchron zu dem Beamten mit der Fangschaltung. Der Mann sieht auf den Bildschirm, ein blinkender Kreis. Regierungsviertel, südlich vom Vieux Port.

Revian dreht sich zu dem Beamten. Er soll Namen herausfinden, die mit *Gi* beginnen. Politiker, Anwälte, deren Hintergründe. Ehemalige Legionäre, dazu alle, die in einer amikalen oder auch nur irgendeiner Beziehung zur Fremdenlegion stehen.

Selbst wenn sie Namen bekommen, wird die Sache nicht einfacher werden. Das ist wie mit der Hand auf den Elektrozaun zu fassen: Man muss aufpassen, dass man nicht hängenbleibt. Trotzdem: Sie müssen näher ran.

Stundenlang Funkstille. Zwei Anrufe, jedes Mal aufgelegt. Die Kopfhörer drängen sich in die Ohren, das Gesäß in das Polster. Revian verlässt den Raum, zwei Beamte kommen herein. Sie stinken nach Zigaretten und Kaffee.

Revian gibt Larut ein Zeichen, dass er für die Ablöse Platz machen soll. Sie gehen ebenfalls einen Kaffee trinken, möglicherweise ergibt sich in der Zwischenzeit etwas.

Larut nimmt ihn schwarz, obwohl er Automatenkaffee nicht leiden kann. Der Geschmack erinnert ihn an den Gefilterten, wenn der Filter umklappt und irgendetwas zwischen Abwasser und verbrannten Bohnen in die Kanne läuft. Dennoch will er nicht unhöflich sein und drängt die Brühe hinab.

Es folgt ein Gespräch ohne Worte, Blicke treffen sich, nichts verlässt die Lippen. Secaut ist als Quelle verbraucht, er wird sich nicht mehr auf derartige Telefongespräche einlassen. Spätestens wenn er merkt, dass er abgehört wurde. Spätestens dann, wenn sie den Mann finden, der den Mord an dem Araber in Auftrag gegeben hat. Sie könnten Secaut drankriegen, alleine wegen Zurückhaltung an Beweismitteln, Irreführung der Behörden, ihn damit erpressen. Ob er etwas preisgeben würde: fraglich, eher unwahrscheinlich. Dann wäre er das nächste Mordopfer und der Araber das zweite. Von diesen Typen erfährt man nichts.

Revians Name hallt durchs Revier. Ein Telefongespräch. Er verlässt den Raum, Larut wirft den Plastikbecher in den Mülleimer, nach fünf Minuten kehrt Revian zurück. Irgendetwas ist passiert, das sieht man ihm an. Revian wirft den Daumen über die Schulter, Larut soll zum Telefon gehen. Er folgt dem Ruf in Revians Büro, schließt die Tür und nimmt den Hörer in die Hand.

»Larut?«

»Monsieur, hier spricht Dr. Iseran.« Revians Freundin.

»Warum erfahre ich Ihren Namen, Madame?«

»Weil es Neuigkeiten gibt.«

»Und die wären?«

»Ich habe ein Wiederaufnahmeverfahren eingeleitet und der Sache höchste Priorität gegeben.«

»Darf ich fragen, warum?«

»Weil es Beweise gibt, die die Verurteilung Ihres Freundes zu einer Farce verkommen lassen. Frankreichs Gefängnisse sind voll, Monsieur. Es werden Menschen begnadigt, weil man ihrem Haftantritt nicht stattgeben kann. Ich habe alles geprüft, mir die Akten schicken lassen, die aktuelle Sachlage analysiert. Auch die Angelegenheit mit der Walther P21. Es handelt sich dabei nicht um eine Nachahmung. Ich habe das von einem Spezialisten prüfen lassen. Die Signatur ist echt und die Verbindung von Vestal und den anderen Toten zur OAS offenbar. Gratuliere, Monsieur.«

»Es ist nicht meine Freiheit.«

»Nicht zu Ihrer Freiheit, sondern zu Ihrer Hartnäckigkeit. Ein Mann mit Idealen ist selten geworden in diesen Tagen. Obendrein ist Ranfort nie besonders aufgefallen, außer durch seine Schweigsamkeit. Weder in Les Beaumettes noch La Santé hat er sich durch tiefgreifende Gespräche hervorgetan. In Les Beaumettes ist er nur als *Le Muet* bekannt.«

Fehlt nur ein Zwicken in die Backe. Braver Junge, gut gemacht. *Le Muet*, der Stumme. Ein Spitzname, so selten wie die Angewohnheit. Speziell in Ganovenkreisen.

»Danke, Madame Docteur Iseran.«

»Gern geschehen.«

Les Beaumettes, Krankenrevier. Eine halb leere Station, ein paar Typen, die sich vor Schmerz krümmen, als sie Laruts Blick begegnen, und wieder beruhigen, als er zu Ranfort weitergeht. Ranfort liegt im Bett, den Oberkörper aufrecht. Die Gesichtsfarbe ist zurückgekehrt, sogar eine Rasur hat er bekommen.

Larut setzt ein Lächeln auf, Ranfort kontert mit seiner Interpretation, die wie ein Pferd beim Tierarzt aussieht. Ein Blick zu Revian, der der Sache kritisch gegenübersteht. Ihn kann er täuschen, aber niemals Émile Revian.

Damit er die Sache nicht auffliegen lässt, will er einen Namen, wissen, ob der Mann am Telefon auf der Liste steht. Einverständnis, Larut gibt klein bei. Die letzten Meter vor dem Tor ist ein Foul nicht vonnöten.

»Wir haben Neuigkeiten«, beginnt Larut, nimmt sich einen Sessel. Revian zieht den Vorhang zu, stellt sich hinter ihn. *Lass die Spiele, Émile.* Darauf wird Ranfort nicht einsteigen. Er kennt das zur Genüge, hat Hunderte verhört. Davon wird kein Profi weich.

»Sie bringen mich hier raus.«

»Nicht ganz. Und nicht ohne Bedingung«, fällt Revian ins Wort.

»Die Sache mit den Namen.« Keine Frage. Revian nickt, beugt sich zu ihm, erklärt die Lage. Dann zieht er einen Zettel aus der Tasche und legt ihn auf den Bettrand.

»Steht unser Mann auf der Liste?«

Ranfort sieht aus dem Fenster, betrachtet die Gitter.

Mach jetzt keinen Fehler und spiel' mit. Revian wird dich opfern.

Ranfort verlangt nach etwas zu schreiben, Revian gibt ihm sein Notizbuch und den Stift. Er kritzelt etwas auf eine Seite, klopft einen Punkt ans Ende. Dann dreht er den Stift wie ein Messer zu Revian und reicht ihm den Block. Patrice Ginol, Stadtrat. Dahinter die Adresse.

Larut läuft ein Schauer den Rücken hinab. Es hat keine Minute gedauert, bis Ranfort den Namen ausspuckt. Er kennt die Liste, hat sie mit Sicherheit auswendig gelernt.

Du warst die ganze Zeit nur ein dämlicher Ball, hast dich leiten lassen von deinen Gefühlen. Noch kannst du deinen Fehler zugeben, deinen Schwur erfüllen und ihn in Les Beaumettes verrotten lassen.

»Das Wiederaufnahmeverfahren läuft ...«, sagt Larut, lässt einen Moment vergehen, »... wenn Sie bedingungslos mit uns kooperieren. Ich will, dass Sie verfügbar sind, sich über Gebühr engagieren und keine Spielchen mehr spielen. Verstehen Sie das?«

Ranfort sieht ihm in die Augen, sie stechen wie Messer, kein Funke von Dankbarkeit, nur Groll und Genugtuung.

Dann: ein stoisches Nicken mit aufgerissenen Lidern.

Revian zieht ihn hinter den Vorhang, sie sollen gehen. Er muss mit ihm über die Sache reden. Wenn sie im Wagen sind.

Warum hilfst du ihm? Lässt du dich zum Narren halten? Schon wieder? Noch immer? Sagt er doch die Wahrheit?

Hätte Larut nur einen Wunsch frei, wäre das ein klarer Gedanke. Ein Narr ist der Errettung widerspenstig.

Das hast du mit Ranfort gemein.

Revian hat wieder diese Miene aufgesetzt. Diesen *Ich-hab-es-dir-doch-gesagt*-Ausdruck. Den Blick geradeaus, steif auf die Straße gerichtet, komplett in sich gekehrt.

»Sag' es Émile«, fährt ihn Larut an. »Sag' es verdammt noch mal. Dass dein Instinkt besser ist als meiner. Dass es meine Schuld ist, dass Ranfort rauskommt und alles, was dann passiert, in meiner Verantwortung liegt.«

»Es geht nicht um Schuld, Pierre. Es geht um Lösungen.«

»Die du genauso wenig hast wie ich.«

»Doch die habe ich. Ich werde Iseran kontaktieren und ihr verdammt noch mal sagen, dass sie Ranfort zurückschicken und ihm noch ein paar Jahre aufbrummen soll.«

»Wie willst du das anstellen?«

»Irreführung der Behörden, Zurückhaltung von Beweismaterial und zu guter Letzt Beihilfe zum Mord, Terrorismus, Gefährdung der nationalen Sicherheit. Von mir aus kommt er für den Mord an Auguste Petrus frei, aber für diese Sache wird er brummen bis an sein Lebensende.«

»Das machst du nicht.«

»Doch, das werde ich. Sobald wir die Angelegenheit mit dem Stadtrat geklärt haben. Er wird uns Kontakte verraten, die Namen, damit wir der Sache endlich ein Ende bereiten können und die Stadt wieder Ruhe hat.«

»Willst du noch das Verdienstkreuz der Republik, bevor du in den Ruhestand gehst?«

»Das war und wird nie mein Ziel sein. Ich fahre aufs Revier, hole das Abhörband. Damit kriegen wir ihn, Pierre. Dann wird er uns alles sagen. Dann wird er bluten.«

»Du bist doch der, der nach Rache sinnt. Ein Akt der Hilflosigkeit, wenn du mich fragst.«

»Selbst wenn, was ich nicht glaube, selbst wenn es so wäre, hätten die es verdient. Hast du dir noch nie gewünscht, einen von der Sorte dranzukriegen? Wie viele Chancen dieser Art werde ich wohl noch bekommen, Pierre? Meine ganze Karriere lang habe ich zugesehen, wie sie Leute freilassen, die schuldiger waren als der Teufel selbst, lachend an der Seite irgendwelcher Protegés. Das will ich nicht zulassen, nicht solange ich im Dienst bin.«

Du hast einen schlafenden Hund aufgeweckt, dessen Kette bald die Spannung nicht mehr hält. Revian wird die Bombe zur Detonation führen. Wenn nötig, selbst darauf reiten. Das kannst du nicht zulassen.

»Wie du meinst, Émile. Ich bin nur ein pensionierter Dorfbulle. Zu dumm, um das zu verstehen.«

Revian konzentriert sich auf die Straße, reagiert sich auf seine Weise ab. Das Blaulicht aufs Dach geheftet, den Fuß am Gas. Destination: Rache.

Revian geht ins Archiv, Larut hat ihm gesagt, dass er sich noch einen Kaffee besorgt. Treffpunkt: In zehn Minuten beim Wagen, eher früher. Sie dürfen keine Zeit verlieren, dieser Fisch ist einfach zu groß, um ihn zurück ins Wasser zu werfen. Larut hat ihm das Gefühl gegeben, dass er sich Revians Allmacht ergibt, ihm zur Seite steht, Einsicht simuliert. Dennoch führt ihn der Weg zum Telefon. Er muss Iseran anrufen, ihr die Dringlichkeit der Sache mitteilen. Ohne verzweifelt zu wirken.

Er wählt die Nummer, Freizeichen, es läutet einige Male, dann der Anrufbeantworter. Larut hechelt die Hektik aus dem Kopf, geht einmal im Kreis, schüttelt die alten Knochen durch und wählt. Wählvorgang, Freizeichen, dann meldet sich eine weibliche Stimme.

»Hier bei Iseran.«

»Ich muss Dr. Iseran sprechen. Es ist dringend.«

»Madame Docteur ist zurzeit außer Haus. Kann ich eine Nachricht hinterlassen?«

»Kann ich sie irgendwie erreichen?«

»Madame Docteur hat ein Mobiltelefon. Für den Notfall. Ist es denn ein Notfall, Monsieur?«

»Wirke ich, als ob es kein Notfall wäre?«

»Sie wirken aufgebracht, Monsieur. Und etwas unfreundlich, wenn ich ehrlich bin.«

»Bitte, Madame. Ich brauche die Nummer. Jetzt.«

»Ich muss sagen, ich bin etwas skeptisch. Ich werde mit ihr Rücksprache halten. Wen darf ich melden?«

»Monsieur Larut. Aber das ist nicht von Belang. Ich brauche die Nummer.«

»Ihr Name kommt mir bekannt vor? Waren Sie bei uns zu Gast? Madame Docteur hat über Sie gesprochen.«

»Bekomme ich jetzt ihre ver … Bitte, Madame, es ist dringend.«

»Weil Sie es sind, Monsieur Larut.«

Der Kloß aus dem Bauch verschwindet blitzartig und macht der Erleichterung Platz. Eine zwölfstellige Nummer. Larut wählt, Iseran geht ran.

»Ich hoffe, das ist ein Notfall. Ich bin gerade in einer Sitzung.«

Larut atmet flach, spricht langsam. »Dr. Iseran, hier spricht Pierre Larut.«

»Wir haben gerade darüber gesprochen. Ich habe seine Freilassung veranlasst.«

»Das freut mich zu hören. Entschuldigen Sie die Störung.«

»In Ihrem Falle keine Ursache. Salut, Monsieur Larut.«

Larut hängt den Hörer in den Apparat. Du hast deine Sache gemacht. Wenn Ranfort erst einmal frei ist, wird sich die Angelegenheit so schnell nicht ändern. Dann bedarf es einer Straftat, einer neuen Anklage. Die soll dann ein Gericht prüfen. Dieses Mal hast du deine Schuldigkeit und dem Rechtsstaat Genüge getan.

Ein Räuspern mischt sich in Laruts Gedanken. Revian. »Du hast Glück, dass wir etwas anderes vorhaben, Pierre. Sonst würde ich dich auf der Stelle verhaften.«

»So ein Glück«, antwortet Larut mit einem Grinsen im Geiste.

Boulevard Ferevoux. Revians Verhalten im Verkehr wird zunehmend unangenehm für Larut. Rote Ampeln weichen dem Blaulicht und der Hupe, gleich mit den Fußgängern. Wenigstens lässt er sich von Larut nicht ablenken.

Die Stimmung ist eisig, Nähe Polarkreis. Jedem Versuch, ein Gespräch anzufangen, hat er eisern standgehalten und mit einem Tritt gegen das Gaspedal beantwortet. Erst im achten Arrondissement nähert sich ihre Geschwindigkeit der Straßenverkehrsordnung. Revian stellt das Blaulicht ab, offensichtlich will er nicht mehr auffallen als notwendig. Ein kleines Stadthaus, eher eine Villa, wo sich Ginol aufhält, wenn er in Marseille residiert und die Geschäfte erledigt. So zumindest die Erklärung der Sekretärin. Wenn sie ihn sprechen wollten, hätten sie Glück, für den Abend sei nichts eingetragen. Dann hielte er sich in der Regel dort auf.

Revian bleibt vor dem halb offenen Tor stehen, drückt die Klingel. Niemand meldet sich, er gibt Larut ein Zeichen, dass er aussteigen soll. Der Anblick entspricht allem anderen als einem Stadthaus, eher einem Anwesen. Moderner Stil mit alten Elementen, um die Ursprünglichkeit zu bewahren, man blieb den Farben treu. Zwei kitschige Nachbildungen antiker Götter zieren den Eingang, ein gepflegter Rasen, der das ganze Haus umringt. Gestutzte Hecken, Rosen, mit Sicherheit aus der Hand eines Gärtners.

»Ist es das, was dich bewegt, Émile?«

»Neid? Kein bisschen. Gerechtigkeit ist das, was mich bewegt, Pierre.«

Sie gehen die Einfahrt entlang, vorbei an dem Mercedes, geradewegs zur Tür. Revian verzichtet auf das Klopfen, verlangsamt die Schritte. Irgendeinen Braten scheint er zu riechen. Er gibt Larut ein Zeichen, dass er hinten herum gehen und die Lage untersuchen soll. Er kümmere sich um die Vorderseite.

Larut duckt sich unter den Fenstern hindurch, bloß keine Aufmerksamkeit erregen, späht um die Ecke. Nirgends brennt Licht, er tastet sich weiter die Wand entlang, ein zarter Lichtschein hinter einer Glastür.

Larut kann nur Silhouetten erkennen, nähert sich behutsam. Zwei Männer, einer sitzt auf einem Sessel, die Arme hinter der Lehne. Er ruft etwas, es hört sich an wie ein Flehen, der andere steht hinter ihm und schraubt einen Schalldämpfer auf eine Pistole. Larut nimmt Anlauf, springt mit der Ferse gegen die Tür, dann spuckt der Lauf die Munition in seine Richtung. Larut geht hinter der Couch in Deckung, ruft, ob Ginol in Ordnung sei. Soweit es ihn betreffe, ja.

Der Mann mit der Pistole kommt näher, umkreist die Couch, Larut tut es ihm gleich. Der Araber streckt den Arm aus, ein Grinsen, *fast hättest du's versaut, du scheiß Bulle*, krümmt den Finger. Einen Moment lang vergeht die Welt um Larut, das Herz schlägt schneller, hoffentlich gibt es nicht auf. Er sieht an sich hinab, eigentlich hat der Araber auf den Kopf gezielt, aber sichtlich verfehlt. Larut sieht zu dem Araber, begraben unter Revian, der Kopf in Revians Ellbogen versteckt. Er bittet um Luft, Revian zieht den Schraubstock enger, bis Larut ihm auf die Schulter klopft.

»Du bist kein Mörder, Émile.«

Revian sieht zu ihm auf, Dankbarkeit, er löst sich und stellt sich aufrecht neben ihn. Der Araber hält sich den Hals, ringt um Luft, flüstert etwas von Polizeibrutalität, Revian holt mit dem Bein aus. Die Spitze des Lederschuhs trifft die Schläfe, sie drehen ihn auf den Rücken und legen ihm Handschellen an. Revians Taschentuch als Knebel. Sie werden ihn wegbringen, den Rest erfahren sie woanders. Ohne Zeugen, nicht vor den Augen eines Stadtrats, mag er auch noch so korrupt sein.

»Es wäre an der Zeit, mich zu befreien«, murmelt Ginol. »Dann werde ich den Zwischenfall hier schnellstmöglich vergessen.«

»Du hältst jetzt das Maul«, schreit Revian. Der Mann sieht ihn an, große Pupillen, der Mund leicht offen, eine leichte Rötung auf der Glatze. Er möchte antworten, Revian holt ein Diktiergerät aus der Jackentasche. Klick, das Band leiert vorwärts, dann das Telefongespräch zwischen ihm und Secaut. Er hält ihm das Gerät neben das Ohr, den Kopf ganz knapp neben Ginols, damit er den Atem spüren kann.

Wie zwei Stiere, deren Hörner sich gleich im Rausch des Testosterons verkeilen. Ginol beißt die Zähne zusammen, kurz ist er versucht, so etwas wie *Das bin ich nicht* zu sagen, doch Revian kontert nur mit dem Zeigefinger auf den Lippen. Er soll es sich zu Ende anhören, sich überlegen, ob er derjenige ist, der auf dem Band spricht oder nicht. Die Aufzeichnung endet, Revian hämmert den Daumen in die Stop-Taste, sagt: »Und, was sagst du? Könnte deine Stimme sein?«

Der Mann brummt hinter den glattrasierten Wangen, fragt: »Was willst du von mir? Brauchst du Geld, Nutten, einen Stricher? Dann nimm dir hundert Francs, das wird schon reichen, dort wo du hingehst.«

»Ich würde das Maul nicht so groß aufreißen, mon ami. Wir haben ein Abhörprotokoll und eine Fangschaltung. Du hattest recht. Keine Namen am Telefon, Ginol.«

»Ein Bulle. Natürlich. Für korrupte Bullen gilt dasselbe. Nimm das Geld und verschwinde von hier.«

»Einer der wenigen, die es nicht sind, die sich nicht von Schweinen wie dir kaufen lassen. Ich werde das an die Öffentlichkeit bringen, zusammen mit deiner Rolle in der OAS. Das wird die Bürger sicher interessieren, was sich so alles in der Regierung tummelt.«

»Dann mach es. Das nimmt dir sowieso keiner ab. Glaub nicht, dass du ungeschoren davonkommst. Dich werde ich an die Wand nageln, dass du dir wünscht ...«

Larut unterbricht den jähen Wutanfall Ginols. Die Faust trifft ihn hart. Blut läuft aus der Nase, der Kopf hängt einen Augenblick regungslos herab. Ein gutes Gefühl durchzieht ihn, Revian sieht ihm entgeistert zu, dann wickelt sich Larut Ginols spärliches Kopfhaar um den Finger und reißt die Fratze in die Höhe. Ginol zieht eine Miene nach der anderen, öffnet und schließt die Lider, bis er kapiert, was gerade los ist.

»Eine Frage hätte ich noch«, sagt Larut, genießt den Augenblick. »Sarah Larut. Sagt dir der Name etwas?«

Ein Grinsen durchfährt ihn, er spuckt Blut auf den Boden. Larut erhöht den Druck, zieht ihm den Kopf in den Nacken, zischt: »Einmal frage ich noch. Kennst du Sarah Larut?«

Ginol gibt ihm ein Zeichen, dass er locker lassen soll, sagt: »Ach, du bist das. Wir wollten die Kleine erledigen, dir ein Zeichen setzen, dass du dich aus der Sache raushalten sollst. Aber als unser Mann dort ankam, war deine behinderte Schönheit schon tot.«

»Und da dachtest du, der Engel in meinem Bett wäre eine gute Idee?«

Ginol lacht. »Meine Leute haben einfach einen Hang zur Dramatik. Ein Engel, ich muss schon zugeben, nicht schlecht.«

Laruts Faust fährt auf Ginol nieder. Dann der Ellbogen, wieder die Faust, der Ellbogen, ein schöner Takt. Bis ihm Revian den Arm nach hinten reißt.

»Du bist genauso wenig ein Mörder wie ich, Pierre.«

»Jeder ist ein Mörder, Émile. Wenn die Stimmung passt.«

20

Der Schlag hat Karim hart getroffen, ihm das Licht ausgedreht. Der Teppich war weich, irgendwie warm, wohlig. Der Sessel, an dem er nun angebunden ist, hart und unbequem. Kälte kriecht die Beine herauf, seine Schultern sind steif.

Er hat keine Ahnung, wie viel Zeit er schon in dieser Position verbracht hat. Kaltes Wasser trifft ihn im Gesicht, jemand reißt ihn an den Haaren hoch. Er presst Luft aus der Nase, dem Mund, um die Nässe zu vertreiben. Die Augen brennen, er blinzelt, erkennt nur Schemen. Ein Lachen, die Hand lässt von den Haaren ab, jemand nimmt gegenüber von ihm Platz. Etwas erhöht, vielleicht auf einem Tisch.

Eine hagere Gestalt, die Beine übereinandergeschlagen, die Ellbogen auf den Oberschenkeln. Die Sicht wird klarer, Karim ahnt, wer dort posiert. Scheiße. Er hebt den Kopf, erblickt ein Grinsen, das sagt: »Alles wartet nur auf Sie, M'sieu Zidane.«

Karim fährt es durch Mark und Bein, der Dürre nimmt ein Handtuch und tupft ihm die Augen trocken. Dann den Mund, wie bei einem Baby.

»Besser?« In höchstem Zynismus, es folgt ein zufriedenes Nicken des Dürren. »M'sieu Zidane«, beginnt er, mit gespielter Begeisterung, »Jetzt reden wir doch einmal wie Erwachsene. Möchten Sie uns nicht verraten, was Sie im Haus des Stadtrats Ginol zu suchen hatten? Ich meine, einen Freundschaftsbesuch können wir ausschließen, das ist ja ethisch kaum vertretbar. Wenn man die Einstellung des Herrn kennt oder kannte, dann muss man sich wundern, wenn Ihresgleichen dort zu Gast ist. Selbst als Hausdiener kaum vorstellbar. Das ließe hoffen, dass sich die Welt wohl doch zum Besseren wenden würde.« Pause, Lachen, der Dürre fragt: »Was meinen Sie, M'sieu Zidane?« Er betont jede Silbe, spuckt ihm seinen Namen förmlich ins Gesicht.

»Was glauben Sie, was ich dort gemacht habe, Monsieur?«

Ein Faust trifft ihn im Gesicht, der Mund füllt sich mit Blut. Die Fingerknöchel des Dürren sind hart.

»Ich habe Ihnen eine Frage gestellt. Kein Grund, unhöflich zu werden. Noch einmal. Was wollten Sie im Haus von Monsieur Ginol?«

Karim sammelt den Speichel in der Mundhöhle, spuckt das Blut auf den Boden.

»Ich wollte ihn abknallen.«

»Sehen Sie, das funktioniert ja. Sie sind ein wenig widerspenstig, aber mit den richtigen Argumenten verschafft man sich Gehör.«

Der Dürre dreht sich um, hält ihm die Liste vors Gesicht. »Was hat es damit auf sich?«

»Das sehen Sie doch.«

Faust, Schmerz, Sternenhimmel.

»Wenn Sie nicht wollen, dass sich unser Gespräch weiterhin so mühsam gestaltet, würde ich vorschlagen, dass Sie mir mit ein wenig mehr Respekt begegnen, M'sieu Zidane.«

»Darauf sind Namen vermerkt von ehemaligen OAS-Mitgliedern, Kollaborateuren. Leute, die es nicht verdient haben, zu leben.«

»Das entscheiden also *Sie*? Mutig, mutig, M'sieu. Was hat Sie zu dem Schluss geführt, diesen Menschen den Garaus zu machen?«

»Ihre Kultur.« Karim hebt den Kopf, schenkt ihm den ganzen Hass, den er aufzubringen imstande ist.

»Unsere Kultur also. Aha. Wohl eher Ihre Vergangenheit. Der Tod der Eltern, der Brüder, das Unverständnis, dass Ihnen das Schicksal so übel mitgespielt hat. Wäre es nicht eher angebracht, Ihresgleichen zur Rechenschaft zu ziehen? Ich meine, Sie wurden fortgejagt aus Ihrer Heimat, beziehungsweise haben Sie das zugelassen. *Wir* haben Ihren Vater nicht getötet. Das waren doch wohl Ihre Freunde, Nachbarn. Leute, denen Sie vertraut haben.«

»Sie haben uns dem Schicksal überlassen, nachdem Sie diesen verdammten Krieg verloren haben.«

»Ach, die Sache. Hören Sie, M'sieu Zidane. Irgendwoher müssen Sie die Liste haben. Diese Leute findet man nicht im Telefonbuch unter OAS. Da benötigt man schon Insiderwissen, einen Informanten und genau den suchen wir. Also, wer ist Ihr Informant, M'Sieu?«

Wenn er das wüsste. Vielleicht das Schicksal, das ihm die Liste in die Hände gespielt hat.

Der Dürre geht hinter den Sessel, bindet Karim die Hände los und stellt ihm ein Glas Wasser auf den Tisch. Dann nimmt er hinter dem Tisch Platz und legt die Ellbogen darauf.

Mit einer Geste macht er ihm klar, dass er trinken soll. »Ich habe gehört, sie halten nichts von Scotch? Verständlich, ich kann dem Single Malt auch nichts abgewinnen. Ich bevorzuge eher den Irischen. Vielleicht liegt das an den Fässern, die sie verwenden.«

Karim sieht ihn an, verwundert über seine Wandlung, wissend, dass es wahrscheinlich nur Teil des perfiden Spiels ist. Dennoch trinkt er, zumindest den Mund muss er ausspülen, das Blut schmeckt abartig.

»Ich erlaube mir, Ihren Werdegang, wenn man das so nennen kann, zusammenzufassen, M'sieu Zidane. Ihr Vater, seines Zeichens ein Harki, ein Idealist für das französische Vaterland, besitzt nicht den Weitblick, das Land nach dem Ende des Konflikts zu verlassen und ergibt sich den Konsequenzen. Obwohl Ihre Brüder von der Polizei ein Jahr zuvor in Paris zu Tode geprügelt worden sind. Sie fliehen aus Tizi Ozou, hoffend, dass Ihnen in Frankreich ein besseres Leben zuteilwird. Bald merken Sie, dass dem nicht so ist, die Demütigungen dort weitergehen. Ihre Mutter nimmt sich das Leben in Bias, Sie bleiben noch ein wenig, haben Freunde gefunden. Dann gehen Sie nach Marseille und schlagen sich dort durch. Auto- und Taschendiebstahl, ein wenig Laisser-faire, hier und da ein Gelegenheitsjob, wenn die Gaunereien nichts hergeben. Nichts Ungewöhnliches für Ihresgleichen. Die Sache geht ja dreißig Jahre lang gut. Sie wechseln oft den Wohnsitz, ich möchte mutmaßen, dass das von Ihrer momentanen finanziellen Situation abhängt. Wenn es die Umstände verlangen, gehen Sie wieder stehlen, weil Sie es nirgends lange aushalten. Ende 1995 passiert das Unausweichliche: Sie werden verhaftet und in der Nähe inhaftiert. In einem Gefängnis, das den schwereren Fällen vorbehalten ist, aber nach Bedarf auch mit Kleinkriminellen besetzt wird. Sie fallen dort kaum auf, werden aufgrund dessen früher aus der Haft entlassen. Ab da wird die Sache interessant. Irgendwie ist die Liste in Ihren Besitz gelangt, wenngleich uns auch nicht klar ist, woher. Deshalb meine Frage, M'sieu Zidane, und ich möchte Sie bitten, gut aufzupassen: Woher kam die Liste? Erklären Sie das.«

Les Beaumettes. Ein dunkles Kapitel. Zwischen Ratten, Urin und Erbrochenem, in überbelegten Räumen. Wenn es regnete, stand das Wasser in den Zellen. Jeden Monat hörte man, dass sich jemand das Leben genommen hatte. Sie hausten zu viert in einer Zelle, die nur für zwei Leute konstruiert worden war. Täglich Prügel, von den anderen Häftlingen, den Wärtern. Ein Ort, an dem er nicht rennen konnte, sondern kämpfen musste. Eine Disziplin, in der er schnell das Nachsehen hatte. Er war es leid zu kämpfen. Er war es leid, zu rennen.

»Ich habe keine Ahnung, woher Sie kam. Sie befand sich unter meinem Kopfpolster. Schnell erkannte ich, worum es sich handelt. Der Verfasser hatte sich darum bemüht, dass ich wirklich verstand, worum es geht und dass der Ablauf genau eingehalten wird. Auf der Rückseite war eine Erklärung, wie der erste Mann zu töten sei. Ich sollte ihn nach Saint-Lemis bringen und ihn dort von hinten mit zwei Kopfschüssen erledigen. Diese Art der Tötung sollte ich auch bei den anderen beibehalten. Es war wichtig, den ersten Mann zuerst zu erledigen, da er im Besitz der Waffe war, mit der ich ihn töten sollte. Außerdem hatte er ein ganzes Lager voll mit Plastiksprengstoff und allem, was man für eine Autobombe braucht: Zünder, Magnete, Drahtseile, inklusive beigelegter Anleitung, wie man die Dinger zur Detonation bringt. Der Verfasser hatte nicht gelogen. Es war wichtig, ihn zuerst zu erledigen.«

»Ich möchte fast meinen, dass Sie Frankreich einen Gefallen damit getan haben. Wir haben diese Männer lange gejagt, aber uns war es nur schwer möglich, sie ausfindig zu machen. Wenn wir das geschafft haben, wurden sie in der Regel begnadigt. Ich glaube, ich muss nicht erwähnen, wie mühselig das war. Fast jeder dieser Herren bekleidet ein politisches Amt oder dergleichen. Anwälte, Industrielle, den Stadtrat kennen Sie ja. Allerdings erklärt das nicht, wie die Liste in Ihren Besitz gelangt ist. Denken Sie nach, M'sieu Zidane, denken Sie nach.«

Karim kramt in den hintersten Windungen nach einer Antwort.

Bis es ihn wie ein Blitz trifft.

Der Dürre bemerkt, dass Karim die Antwort einfällt. Zumindest eine mögliche. Er grinst, freut sich sichtlich wie ein Kind auf Weihnachten. Mit den Fingerknöcheln klopft er auf den Tisch, die Lider zu schmalen Schlitzen verengt, und harrt Karims Antwort.

»Erzählen Sie, M'sieu Zidane. Sie wissen es. Sie denken es. Sagen Sie es ruhig.«

Diese Freundlichkeit. Als ob sich der Henker entschuldigt, wenn er den Strick bindet. Dennoch, vielleicht ist sie ja echt und die Fahrkarte nach draußen.

»Anfangs war ich mit drei Weißen in einer Zelle. Wer am Boden schlief, muss ich nicht erwähnen. Ich bat die Wärter, mich zu verlegen, habe mich über die Haftbedingungen beschwert. Dann gab es Prügel, aber ich habe nicht locker gelassen. Tag für Tag haben sie mich mit den Schlagstöcken traktiert. In der Zelle ging es weiter. Die anderen Häftlinge haben auf mich uriniert, mir ihre Schwänze gezeigt. Dem Muslim, dem Araber. Na, was hältst du davon, Kleiner? Gefällt dir, was du siehst? Eines Tages wurde mir die Sache zu bunt und ich habe den Schwanz in die Hand genommen, ihn umgedreht, bis der Typ nur mehr gewinselt hat. Dann haben sie sich beschwert, über den Araber, den Muslim, der ihnen das Leben schwer macht.«

Der Dürre schwingt die Hand, verdreht die Augen, er soll weitermachen.

»Dann bin ich endlich verlegt worden. In eine andere Zelle. Ich dachte mir schon, dass etwas nicht stimmt. Der Wärter grinste so widerwärtig, als er mich dorthin brachte. Ich vermutete, dass sie mich zu einem Serienmörder verlegen oder etwas in der Art. Aber dem war nicht so. Ich kam in die Zelle, nur ein Bett war belegt, es stank kaum nach Urin oder Kot. Auf dem Stockbett lag ein Mann, ein Weißer, ich kannte ihn. Jeder kannte ihn. Ein Ex-Bulle, der seinen besten Freund auf dem Gewissen hatte. So viel wusste ich. Und dass die anderen vor ihm Angst hatten. Sie mieden ihn wie einen bösen Geist. Der er vielleicht auch war. Ein Phantom, ungreifbar und gefährlich. Er drehte sich nicht einmal zu mir um, als ich die Zelle betrat. Ich bezog mein Bett, wollte etwas zu ihm sagen, aber er machte keine Regung. Von da an wusste ich, warum sie ihn so nannten.« Kurze Pause, weitermachen. »*Le Muet*. Der Stumme. Seit er aus Paris gekommen war, hatte er kein Wort gesagt, zu niemandem. Er saß allein, aß allein und irgendwann schlief er allein. Eine Zelle, in die niemand wollte. Lieber zu viert mit drei Weißen. Mir war das egal. Ich war froh, dass ich diese weißen Schwuchteln nicht mehr sehen musste. Wenn ich Ihnen begegnete, machten sie einen weiten Bogen um ihn. Und damit auch um mich. Ich war zu einem Aussätzigen geworden. Von da an wollte niemand mehr mit mir sprechen. Ich wurde nicht mehr verprügelt, niemand stahl mir das Essen oder rempelte mich an. Bald verstand ich, warum sie das als Strafe verstanden. Irgendwann habe ich die Isolation nicht mehr ausgehalten. Ich fing an zu erzählen. Ich stellte mich vor, ließ mein Leben Revue passieren. Die Kindheit, die Eltern, das Lager, die Mädchen. Warum ich hier war und was ich gerne tun würde. Ich habe in seiner Anwesenheit geweint, alles herausgelassen. Ich habe ihn beschimpft, wollte ihn schlagen, doch es war, wie die anderen sagten. Er ist ein böser Geist, ein Phantom und jeder, der ihn berührt, wird ebenfalls zu einem Geist. Ende Mai, kurz vor meiner Entlassung, habe ich dann die Liste unter meinem Polster gefunden. Ich habe ihn gefragt, ob er das war, aber er zeigte keine Reaktion. Kein Nicken, kein Kopfschütteln, nichts. Ich dachte an eine Fügung, einen Wink des Schicksals, aber ich verweigerte das Offensichtliche.«

»Dass er die Liste geschrieben hat?«

Karim senkt den Kopf.

Wurde er die ganze Zeit auf den Arm genommen? Hat er sich wieder von den weißen Teufeln benutzen lassen? Ist er nur ein Werkzeug?

Der Dürre ist gegangen und bis jetzt nicht wieder gekommen. Karim hat er eingeschlossen. Jede Bemühung, sich zu befreien, vergebens. Aus dieser Hölle gibt es kein Entrinnen. Höchstens sie sprechen dich für den Stummen frei. Vielleicht überprüfen sie die Angelegenheit oder lassen dich einfach hier verrotten. Hier ist niemand und es wird auch niemand vorbeikommen, der dich retten kann. Schreie kosten nur Kraft. Das sind Profis, die machen kaum Fehler. Welchen Sinn hätte es, entkommen zu wollen? Aller Wahrscheinlichkeit nach sind sie vom Geheimdienst, den Informationen nach zu urteilen. Sie werden dich finden, überall, das Land kannst du nicht verlassen, du hast nicht einmal einen Pass. Die Schweiz vielleicht. Ein Flüchtlingsvisum? Dort tummeln sich die Agenten, früher oder später haben sie dich auch dort. Wenn du es bis dahin schaffst. Du kannst nur hoffen.

Die Tür geht auf, eine Minute später die Fesseln. Der Dürre kehrt zurück, im Schlepptau die zwei Hünen. Geht die Sache wieder von vorne los? Werden Sie ihn wieder in die Zelle werfen?

Der Dürre kramt in der Jackentasche, setzt sich gegenüber von Karim auf den Stuhl. Er legt ein Foto auf den Tisch. Der Stumme. Nicht ganz aktuell, aber in jüngeren Jahren könnte er es gewesen sein. Als er noch nicht so verwahrlost aussah.

»Ist er das?«, fragt der Dürre.

Karim nickt.

»Sie haben keine Ahnung, wer er wirklich ist, oder?«

Ein Kopfschütteln, fast erreicht ihn so etwas wie Empathie des Dürren. Dann fängt er an, erzählt von dem Mord in Saint-Lemis, den OAS-Leuten, die sich des Opfers entledigt und den

Ex-Polizisten als Bauernopfer missbraucht haben. Von den Toten, dem Kahlschlag, der die kleine Stadt damals heimsucht, und der Wehr- und Ahnungslosigkeit der Polizei. Die Suche des Stummen nach Beweisen, bis nach Algerien sei er gefahren und wieder zurückgekehrt, weil er den Hinweis in Saint-Lemis vermutete. Er wollte an die Öffentlichkeit, aber sein Kontaktmann hätte ihn verraten. Deshalb sitze er. Seit zwölf Jahren. Zuerst in La Santé, dann hätten sie ihn auf Secauts Geheiß nach Les Beaumettes verlegt. Karim staunt, die Augen aufgerissen, den Mund offen. Der Stumme ist ein Phantom, ein Dämon, der ihn instrumentalisiert hat. Eigentlich egal, er hatte in diesem Leben sowieso kaum Einfluss auf das, was geschah.

Der Dürre lehnt sich vor, sagt: »Eins haben Sie mit ihm gemeinsam, M'sieu Zidane.« Pause. »Er hat fast genauso lange auf seine Rache gewartet wie Sie.«

Karim sieht ihn fragend an, möchte wissen, wie es weiter geht. Der Dürre sieht kurz weg, dreht sich zu ihm, sieht ihm in die Augen, sagt: »Sie kommen nach Hause, Karim.«

Ein Nicken, ein Hüne tritt vor, etwas legt sich um den Hals, vielleicht ein Gürtel, ein Ruck, sein ganzer Körper wehrt sich, bebt vor Aufregung. Der Druck wird größer, die Muskeln schlaff. *Lass es, es hat keinen Sinn.* Nichts mehr. Nur stumme Dunkelheit.

21

Larut hält die Hände auf die Knie, ringt nach Luft. Revian hat ihm deutlich gemacht, das sich die Sache nicht auszahlt. Seine Frau ist allein gestorben, ohne das Zutun der OAS. Ohne irgendjemandes Zutun. Er muss darüber hinwegkommen, endlich mit der Sache abschließen. Alles andere hat keinen Sinn.

Ginol sieht übel zugerichtet aus, das werden sie dem Araber in die Schuhe schieben. Ginol wird nichts sagen, dazu hat Revian zu viel in der Hand. Revian wird gefeiert, Ranfort kommt frei. Alles in Butter. Larut und Revian nicken sich zu, eine zögerliche Umarmung, es ist Zeit, das hier zu beenden. *Den Rest besprechen wir bei einem Kaffee und/oder ein paar Pastis.*

Revian hat beschlossen, in den Ruhestand zu gehen, die ganze Polizeiarbeit hinter sich zu lassen. Ein schöner Abschluss, den Bomber von Marseille zu fassen und einen korrupten Stadtrat obendrein. Revian geht zum Telefon, das Revier anrufen. Sie sollen jemand schicken, der hier aufräumt. Für diese Art der Arbeit sind sie nicht zuständig. Es dauert keine zwei Minuten, da kommt Revian zurück. Er trägt eine finstere Miene und bald weiß Larut, wieso. Drei Männer, zwei davon in Lederjacken und Sicherheitsschuhen, vorne geht einer in einem maßgeschneiderten Anzug. Riecht nach Geheimdienst.

Ein langer Dürrer stellt sich in den Raum, sagt: »Meine Herren, ich möchte mich herzlich bedanken für Ihre Hilfe. Das ist ab jetzt unsere Angelegenheit. Die Sache läuft ab jetzt wie folgt:«

Der Dürre geht zu dem Araber, nimmt die Walther P21, dann zu Ginol, zwei Schüsse in den Hinterkopf.

»Monsieur Commissaire Revian, gratuliere zur Beförderung. Sie werden als Held in den Ruhestand gehen. Ein paar Feiern, offizielle Anlässe, alles, was Ihrer kriminalistischen Laufbahn gerecht wird. Ihre Rente wird ein wenig aufgebessert, vielleicht kaufen Sie sich ja ein Haus am Meer. Wenn Sie sich an die Vereinbarung halten, kann Sie Ihre Tochter von Zeit zu Zeit besuchen kommen. Für die anderen sieht die Sache nicht ganz so gut aus. Sie sind zu Ginols Haus gekommen, haben den Araber gesehen, sind zum Telefon gerannt, haben Verstärkung gerufen. Ganz nach Vorschrift. Der Araber sieht sich der Rache beraubt, schießt dem Herrn Stadtrat zwei Kugeln in den Hinterkopf. Monsieur Larut ...« Kurze Pause, der Dürre nimmt die Waffe und schießt Larut ins Bein. Ein Brennen, Larut hält sich die Wunde, liegt am Boden, sieht ungläubig hoch. Das ist doch? Scheiße, was macht er? Der wird doch nicht ...?

Der Dürre fährt fort: »... schlägt ihn nieder, der Araber schießt ihm ins Bein. Dann geht er her, sie sehen gerade noch die Bewegung, zücken ihre Waffe, aber kommen zu spät. Da hat der Araber Monsieur Larut schon auf den Rücken gedreht und ihm zwei Kugeln in den Hinterkopf gejagt, wie er es eben so gerne tut.«

Der Dürre geht zu Larut, stemmt das Knie in den Rücken, hält ihm den Kopf. Zugekniffene Lider, ein tiefer Atemzug.

Vielleicht solltest du ein letztes Mal das Richtige tun, bevor du bei Sarah bist. Sarah, die du einst geliebt hast wie nichts anderes auf der Welt.

In dem gelben 2CV, im Sommer von Saint-Lemis, Richtung Paris, nur ein paar Tage, der alten Zeiten Willen. Ohne Worte, ihr lasst die Augen sprechen und den Wind durchs Haar gleiten. Ein Spaziergang im Park, ein Besuch in eurer alten Straße, vielleicht gibt es das Café in der Rue Truffaut ja noch, in dem ihr euch kennengelernt habt. Du würdest ein Buch lesen, während sie dich aus dem Augenwinkel beobachtet, den Blick hastig abwendet, sobald du es merkst. Ihr würdet Kamillentee bestellen, wie es den Belesenen gebührt. Euch langsam mustern, die Augen miteinander tanzen lassen, überlegen, wer das erste Wort spricht. Dann könntet ihr …

Den Schuss hört Larut nicht mehr. Nur den Klang von Sarahs Stimme.

FIN

Weitere Bücher

Wolfgang Haupt
Der algerische Hirte
Kriminalroman

Juni 1984. Ein ermordeter Säufer hinterlässt Ratlosigkeit. Keine Anhaltspunkte, kein Motiv. Sein einziger Freund, ein Kommissar aus Saint-Lemis, einer kleinen Stadt in Südfrankreich, gerät unter Verdacht. Ein Verdacht, den er nicht entkräften kann, weil er jedwede Erinnerung an diese Nacht verloren hat. Zeitgleich tauchen immer mehr Männer in Anzügen auf. Sie suchen einen Gegenstand, den der Kommissar zu benötigen glaubt, um seine Unschuld zu beweisen. Es entbrennt eine Hetzjagd, die ihn über Korsika nach Algerien führt und ihn immer tiefer in die dunkle Vergangenheit seines Freundes blicken lässt. Einer Geschichte eines Soldaten, Doppelagenten und vor allem: eines Terroristen.

E-Book:
Midnight by Ullstein
ISBN 978-3-95819-003-0

Printausgabe:
Books On Demand
ISBN 978-3-7386-0629-4

Wolfgang Haupt

Salziges Blut

Thriller

Das Buch

Der Personenschützer Felix Horvat bekommt einen Anruf: Seine beste Freundin und Polizistin Andrea hat ein mit Säure verätztes Opfer am Tatort vorgefunden, auf dessen Handrücken dieselbe tätowierte 5 zu erkennen ist, die auch Felix trägt. Felix war früher in einer Jugendgang und scheinbar hat es jemand auf die ehemaligen Mitglieder abgesehen. Er ermittelt auf eigene Faust und wird von den Geistern seiner Vergangenheit heimgesucht. Als Felix' Familie ins Visier der Verbrecher gerät, muss er sich an den Einzigen wenden, der jetzt noch helfen kann: Darius, alter Freund, gefährlicher Junkie und selbst Träger einer 5. Gemeinsam mit Andrea kommen sie einer hochexplosiven Mischung aus Drogengeschäften, Ex-Militärs und Verrat auf die Spur …

E-Book:
Midnight by Ullstein
ISBN 978-3-95819-039-9

Printausgabe:
Books On Demand
ISBN 978-3-7386-4335-0

Der Autor

Wolfgang Haupt wurde 1979 als Nowak in Salzburg, Österreich geboren. Als Arbeiterkind war der Weg zum Kreativen weit und äußerst unwahrscheinlich, mit fortschreitendem Alter jedoch unausweichlich. Motiviert von den Ängsten, Schwächen, und Konflikten der Menschen ergab sich eine Richtung, die ihn kaum mehr losließ: Politisch motivierte Thriller mit einem Hauch von Gesellschaftskritik. Die Charaktere in den Büchern sind so unvollständig wie die Menschen und kämpfen meist nicht nur gegen einen Antagonisten, sondern vor allem um und mit sich selbst. Das Ergebnis sind Bücher knapp am Leben, gefüllt mit der Rauheit des Seins.

Danksagung

Danken möchte ich allen, die es mit mir aushalten. Literarisch wie im Leben selbst. Hier sei meine Frau Katharina vorangestellt. Danach kommen jene, die nicht müde werden, mich schwach anzureden oder mir Schimpfwörter an den Kopf zu werfen. Zudem sei den Personen gedankt, die an der Entstehung des Buches Anteil genommen haben. Mein besonderer Dank gilt in randomized order: Anyah Fredriksson, Alex Knall, Yvonne Sartoris, Christian Maarhof, Rene Heis, Michael Winklmair und Gattin, Herbert Nowak (Z'up Bro?), und ganz speziell der Person, die ich hier vergessen habe. Liebe Schwiegermama, du bist es nicht. Danke an dieser Stelle für dich.

Register

DGSE (*Direction Générale de la Sécurité Extérieure*), französischer Geheimdienst außerhalb Frankreichs.

DST (*Direction de la Surveillance du Territoire*), Inlandsnachrichtendienst in Frankreich.

FLN (*Front de Libération Nationale*), algerische Partei, gegründet 1954 in Kairo; treibende Kraft für die Unabhängigkeit Algeriens (1962), Kaderpartei mit sozialistischem und arabisch nationalem Programm.

Fellagha (arabisch ‚Räuber'), bezeichnet einen Kämpfer gegen die französische Kolonialherrschaft im Algerienkrieg.

Harki Araber, die an der Seite Frankreichs kämpften. Viele unfreiwillig, viele waren von der Überlegenheit des französischen Verwaltungs- und Politsystems überzeugt.

OAS (*Organisation de l'Armée Secrète*), bezeichnet eine Geheimorganisation von nationalistischen Algerienfranzosen und Mitgliedern der französischen Algerienarmee, die sich der Algerienpolitik des französischen Staatspräsidenten Charles de Gaulle mit Terroranschlägen widersetzte und nach der Verhaftung ihrer militärischen Führer zerfiel. Im Buch: die Anzugträger.

Para (Kurzform von *parachutiste*), französisch für ‚Fallschirmjäger'.

Marseillaise ist die Nationalhymne der Französischen Republik.

Petit Jaune (deutsch ‚kleiner Gelber'), eine Bezeichnung für Pastis (Anis-Spirituose) in und um Marseille.

Pied-noir (deutsch ‚Schwarzfuß'), ein Ausdruck für die Algerienfranzosen, weiße Europäer, die sich während der Kolonialzeit in Algerien angesiedelt hatten. Nach der Niederlage Frankreichs wurden sie vor die Wahl gestellt: *La valise ou le cercoueil* (Koffer oder Sarg). Dieses Motto bezeichnet die Wahl der Auswanderung aus Algerien oder Hinrichtung. Viele der Pied-noirs wurden nach dem Krieg nach Korsika umgesiedelt.

Plastiqueur bezeichnet einen französischen Sprengstoffattentäter. Der Ausdruck entstand durch die häufige Benutzung von Plastiksprengstoff.

Rapratiés (deutsch ‚Heimkehrer'), Algerienfranzosen, die nach der Unabhängigkeit Algeriens nach Frankreich zurückkehrten. Entgegen den Harkis wurde ihnen staatliche Unterstützung zuteil, die vielen aber deutlich zu gering ausfiel.

Rote Hand (französisch *La Main Rouge*), war eine von der DGSE betriebene Terrororganisation, die sich primär die Liquidierung führender FLN-Mitglieder und FLN-Sympathisanten zum Ziel setzte.

Saint-Lemis ist eine Stadt an der Südküste Frankreichs, ungefähr achtzig Kilometer westlich von Marseille. 15.481 Einwohner. Haupteinnahmequelle: Tourismus, vormals Fischfang und etwas Weinanbau. Die Stadt hat in den Wintermonaten mit Arbeitslosigkeit und Kriminalität zu kämpfen. Saint-Lemis existiert nicht.